村上仏山と水哉園

新発見資料と郷土の文献

城戸淳一

花乱社

刊行に寄せて

小倉郷土会会長　馬渡博親

『村上仏山と水哉園──新発見資料と郷土の文献』のご出版を心よりお慶び申し上げます。

城戸さんとは高等学校教諭になられた頃より今日まで、半世紀余り親しく付き合ってきた誠実で温厚な人柄の尊敬する友人であります。

美夜古《みやこ》地方（行橋市、みやこ町、苅田町）は、幕末より近代までまさに人材の淵藪《えんそう》ともいうべき地であります。城戸さんは、その郷土の近代文学史を地道に研究、調査されてきました。その探求心には敬意を以って感銘を覚えます。

城戸さんは地元行橋市の美夜古郷土史学校の運営委員を務められるほか、私どもの小倉郷土会やかんだ郷土史研究会の古文書解読講座にも参加され、歴史研究者同士の絆＝ネットワークを大切にされています。

城戸さんは一次史料（古文書・古記録）を非常に大切にされます。これは自分一人だけの収集には限界があり、多くの郷土史研究者との交流や情報交換が欠かせないからです。

私ごとになりますが、若い頃から多くの郷土史研究の先達たちと出会いました。そのうちの一人が、安広氷人画伯（戊六・アイスマンの愛称で呼ばれていた）との出会いで、仏山先生に近い安広家の資料をいただき、かつ有益な教導を受けて、いくつかの研究発表ができました。その資料を城戸さんに提供すると、彼はそれをさらに詳細な調査を加えて、研究成果をあげてくれました。

仏山先生の夫人・久《ひさ》さんの実家は、水哉園に近い大野井の安広家。久夫人の実弟が十歳年下の一郎（号を紫川とも仙杖ともいう）で、水哉園の副塾長として仏山先生を支えました。一郎の子息の伴一郎は末松謙澄や山県有朋の知遇を得て、司法大臣秘書官となり、その後、内閣書記官長、農商務総務長官、枢密顧問官、八幡製鉄所長官、南満洲鉄道総裁などを歴任しています。私が親しくしていた安広氷人画伯は、一郎の孫、伴一郎の甥にあたる方です。

村上仏山先生は三千人ともいわれる門下生のほか、多くの漢学者、漢詩人と交流されています。それらの人々やその子孫の功績や事跡を調査することは、我々の任務でありましょう。

仏山先生については、これまで友石孝之先生が『村上仏山——ある偉人の生涯』、古賀武夫先生が『村上仏山を巡る人々——幕末豊前の農村社会』を刊行されています。このたびの『村上仏山と水哉園――新発見資料と郷土の文献』の刊行は、先行の二著につぐものと嬉しく思います。

どうか城戸さん、郷土史研究のリーダーとしてより丹念な、誠実な調査を探求して下さることをお願いします。

令和二年一月吉日

まえがき

京築地域（福岡県東部に位置する行橋市、豊前市、京都郡、築上郡の二市五町）では村上仏山や「水哉園《すいさいえん》」のことをいろいろなところで耳にする。美夜古郷土史学校の講義でも、さまざまな人たちの研究を見聞きしてきた。だが、なんといっても村上仏山については、友石孝之先生の著書『村上仏山――ある偉人の生涯』（美夜古文化懇話会、一九五五年）が、難しい内容をやさしくまとめた最も信頼のできる研究書であり、さらに古賀武夫先生の『村上仏山を巡る人々――幕末豊前の農村社会』（私家版、一九九〇年）が出版されて、仏山と「水哉園」のことをかなり詳しく知ることができるようになった。

他方、一九八一年より美夜古郷土史学校事務局長の山内公二氏の主宰で「仏山堂日記」の勉強会が開かれていたが、私は熱心な人の調査研究を聴くだけであった。しかし、後にこのことが大いに役に立ち、当時のメンバーには感謝している。

定年退職後、行橋市史編纂室の白石壽先生のもとで市史編纂を手伝うようになって、郷土史について広く勉強することができた。村上仏山の資料にも目を通す機会ができたのは幸いであった。今まで自分で少しずつ集めていた資料にもつながりができてきた。その後、古書の葦書房店主・宮徹男氏、同じく今井書店主・今井敏男氏のご厚意で、探し求めていた水哉園の「席序」を入手にすることができ、水哉園の研究を一歩前進させることができた。

さらにご両人には、『仏山堂詩鈔　初編』刊行前後の仏山の義弟・安広仙杖宛の書簡を譲っていただいた。これは断片的なものではあるが、貴重な資料である。本書では「村上仏山の書簡」の項で取り上げている。

ここで、本書における書簡ほかの引用文の表記法について一言、付記したい。仏山は漢学者であるが、間違いが少なくわかりやすい表記法として、当時一般的でなかった漢字・カタカナ混じり文で書簡の記述を行った。だが、実際にはひらがな使用になっている箇所もあり、本書では原文のままにしていることをお断りしておく。また、村上佛山を「仏山」とするなど、人物・文献名、引用文の全てにわたり、原則として常用漢字に改めた。

本書の大半はいろいろな雑誌や私の個人誌に発表した文章であるため、形式、長さが異なるものが混在している。また、詞華集《アンソロジー》・評釈集などに収録された仏山の詩には、同一のものが多く出てくる。これは、そうした文献自体を対象としている原稿を輯《あつ》めた関係上、やむを得ないところであって、ご容赦を願う。さらに、同じ仏山詩についても表記の異同（例えば返り点の有無）が多々見受けられ、『仏山堂詩鈔』の原本を参照して可能な限り手直ししたが、見落としや校合《きょうごう》不足があるやも知れない。なお、元々『仏山堂詩鈔』には「二編」と「三編」はあるものの、「初編」と標記されたものはない。本書では便宜上、他の編と形を揃えて『仏山堂詩鈔 初編』と表記した。

文中の人名に敬称を付けたり付けなかったりしているが、これは、私が直接会って教示してもらったり、現在ご健在の方であったりする場合は、敬称を省略するのは失礼だという気持ちが働いたからである。もちろんそれは、敬称を付けなかった人に対して敬意を持っていないということではない。

二〇〇三年に『京築の文学風土』（海鳥社）を刊行して以後、さまざまな機会に書いてきた拙文を、本書と姉妹版というべき『京築の文学群像』とに分けて編成し、一部を削除・合体させるなどして一冊に纏めた。この難しい編集作業にあたった花乱社編集長の別府大悟氏をはじめスタッフのみなさんには大変お世話になった。心より厚くお礼を申し上げる。

二〇二〇年五月一日

城戸淳一

村上仏山と水哉園❖目次

Ⅰ　村上仏山と私塾・水哉園

Ⅱ　水哉園を訪れた人々

Ⅲ　仏山作品の研究と伝播

Ⅳ 仏山ゆかりの人と書物

Ⅰ　村上仏山と私塾・水哉園

村上仏山と水哉園

全国に知られた私塾

江戸時代には今のような学校や義務教育の機関というものはなかった。武士階級の者たちはそれぞれの藩の藩校で学び、町人や百姓などは寺子屋で生活に必要な読み書き、そろばんなどの基礎的な教養を身につけて、さらに、経済的に余裕のある家の者、学問への意欲のある者は、寺子屋よりは一層高い教育をしていた私塾で学んでいた。

江戸時代の終わりから明治時代の初めにかけて、豊前国の「水哉園《すいさいえん》」は全国にその名を知られた。門人三千人といわれた水哉園を開いたのは、村上仏山《ぶつざん》という人である。仏山はすぐれた教育者であり、漢詩人であった。とくに『仏山堂詩鈔《ぶつざんどうししょう》』（初編・二編・三編の各三巻全九冊）という漢詩集を出版して、全国にその存在を知られた。そこで村上仏山についてもう少し詳しく述べたい。

すばらしい師友と出会う

村上仏山は文化七年（一八一〇）、京都《みやこ》郡上稗田《かみひえだ》村（現・行橋市大字上稗田）に生まれた。生家は庄屋や大庄屋を務め、農村では指導的な立場の家であった。本名は「剛」といい、「仏山」という名は二十三歳頃から用いた雅号である。

仏山は幼い頃から学問好きで、多くのすばらしい先生に教えを受けながら成長した。文政元年（一八一八）、九歳の頃には近くの津積《つつみ》村の大島八幡宮の宮司・定村因幡守直栄《なおしげ》に就いて読み書きを習った。直栄は国学者として和歌、連歌に優れていた。文政六年（一八二三）、十四歳になると香春《かわら》の徳成寺黄鶴師《おうかくし》に就いて四書五経を学び、学問や道徳などの基本を身につけ、一層学問をする楽しみを知ったと言われている。

次いで文政七年、仏山は兄の義暁と従兄弟の平石湯山《とうざん》とともに、筑前秋月の原古処《こしょ》の家塾「古処山堂」に学びはじめた。仏山は、古処に学ぶようになってから、ますます漢詩を詠むのが好きになった。師の古処はよく各地を旅したので、留守中は娘の采蘋《さいひん》や子息の白圭《はつけい》、公瑜《こうゆ》から教えを受けた。采蘋はのちに各地を旅して著名な学者、詩人を訪ね、やがて日本の代表的な女流漢詩人となる。また白圭、公瑜の兄弟は若くして亡くなったが、二人は優れた学者・詩人であった。

また、仏山は現在の福岡市にあった有名な「亀井塾」に出かけていき、亀井昭陽《しょうよう》や塾長の広瀬旭荘《きょくそう》などと親しく交わり、詩文の才能を伸ばしていった。
十五、六歳の頃、秋月に留学中、「秋月客中作」と題して詠んでいる。

酒薄難レ令二客恨消一　　酒薄く客恨消えしめ難し
故園回レ首路迢迢　　故園首を回らせば路迢迢
落花芳草清明雨　　落花芳草、清明の雨
独上姑蘇百里橋　　独り上る姑蘇百里橋

（『仏山堂詩鈔　初編』）


ところが、文政九年（一八二六）の年末に尊敬していた原古処が病に倒れたため、やむを得ず、仏山は故郷に帰った。古処は翌年の一月二十日、五十二歳で亡くなった。仏山が原古処とその親子に教えを受けたのは一年余りであった。

仏山は学問への意欲をもちながら実家で過ごしていたところ、現在のみやこ町の岩熊で藤本平山《へいざん》（本名・雪蔵）が私塾「巌邑《がんゆう》堂」を開いていた。そこに原古処の子息白圭、公瑜、采蘋も時々来て、詩会などを開いていることを知る。仏山はさっそく出かけて仲間に加わり、学問・

詩作に励んだ。だが、病弱だった白圭が岩熊で客死。仏山たちは白圭の遺骸を担ぎ、険しい山道を越えて秋月まで送り届けた。そして、やがて公瑜も秋月で亡くなる。

天保元年（一八三〇）八月、仏山は京都《きょうと》に上り、貫名海屋《ぬきなかいおく》（菘翁《すうおう》）の門に入り、詩文を学び、池内陶所《とうしょ》（大学）、梁川星巌《やながわせいがん》らを知り、その年十二月、帰郷する。長州、肥前の学者、詩人を訪ねて、詩文を学んでいった。とくに肥前多久《たく》の草場佩川《はいせん》と交遊し、詩人として力をつけていく。

水哉園の教育

天保六年（一八三五）、仏山二十六歳の時、待望の自分の塾「水哉園」を上稗田村に開いた。これは母親の強い勧めがあったからだと言われる。水哉園は、初め近所の子どもたちに読み書きを教えていたが、しだいに仏山の学問と人柄にひかれて評判は高まり、入門する者が多くなった。入門者は寺子屋などで基礎的な学力を身につけており、水哉園はいわゆる今日の中等教育の私塾となり、西日本の各地、遠くは関東、関西などからやって来る者もいた。

水哉園の教育の基本は、四書五経を学習し、人間教育の実践を重視した。とくに詩を作らせることにも重点を置き、たびたび詩会を開くことを通して、塾生の人間性を豊かにする教育でもあった。

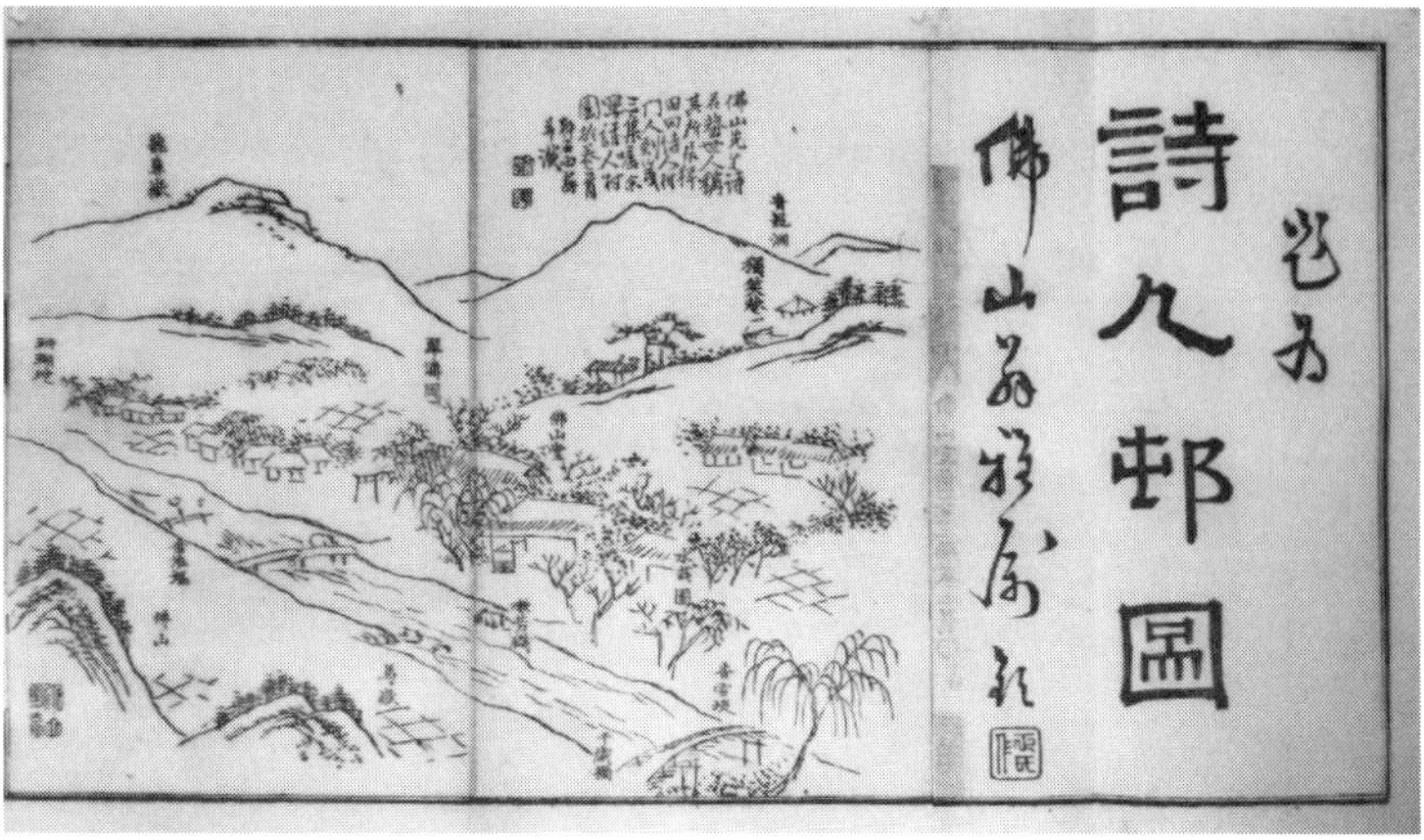

『仏山堂詩鈔 三編』に掲載された「詩人邨図」

塾の組織は、豊後の咸宜園《かんぎえん》を参考にし、「月旦評《げったん》」（成績表）に当たるのが水哉園の「席序《せきじょ》」である。全九段階を大きく上等・中等・下等に分け、さらにそれを三段階に分けるというものだった。

塾生は多い時は六十名以上が入門し、上稗田村は水哉園が開かれたことによって、学問を志す者たちの集う「文化村」となった。

仏山が全国に知られるようになったのは、漢詩集『仏山堂詩鈔』（計九巻）を出版したことが大きかった。初編の嘉永五年（一八五二）を皮切りに、二編を明治三年（一八七〇）、三編を明治七年に、いずれも三巻構成でそれぞれ出版した。初編の上巻の序文を広瀬淡窓《たんそう》、篠崎小竹、撰文を草場佩川、序を貫名海屋、題詞を梁川星巌、梅辻春樵《しゅんしょう》、広瀬旭荘などが執筆している。当時の代表的な学者・詩人ばかりで、仏山の人柄がしのばれる。この仏山の詩集は他の私塾の教科書にもなった。

『仏山堂詩鈔』全９巻と『仏山堂遺稿』

その後、著名な詩人たちの詞華集『安政三十二家絶句』、『近世名家詩鈔』などに仏山詩が収録され、さらに仏山の名は広く知られた。

多くの優れた人材が育つ

水哉園からは多くの優れた人材が輩出した。その中には、末松謙澄（内務大臣、歴史家）、吉田健作（日本近代製麻業の創始者）、吉田学軒《がっけん》（漢学者）、安広伴一郎《ばんいちろう》（南満洲鉄道総裁）、杉山貞《ただす》（教育家）、城井錦城《きんじょう》（漢詩人）、毛里《もうり》保太郎（門司新報社社長）などがいる。

仏山の水哉園はすぐれた教育を行い、近代教育へと引き継ぎ、郷土の文化水準を高めるという大きな役割を果たした。貴重な水哉園跡、入門姓名録、使用された教科書、書簡類などは、現在、福岡県の文化財に指定されている。

私塾・水哉園

村上仏山の開いた「水哉園」は、恒遠醒窓《つねとおせいそう》の「蔵春園《ぞうしゅんえん》」とともに、江戸時代後期の豊前国の二大私塾の一つである。仏山は教育者、詩人として多くの人に知られ、殊に漢詩集の出版でその名が全国に広まり、遠くは越前、播磨、中国地方からも門人たちがやって来た。また、当時、名高い漢学者、詩人たちが仏山を訪ねている。小倉藩主の信望も厚く、仕官を勧められたこともある。

仏山は文化七年（一八一〇）十月二十五日に現在の行橋市上稗田に生まれた。幼くして近くの神官の定村直栄、香春の黄鶴師などに学ぶ。その後、筑前秋月の原古処の「古処山堂」に入門し、古処はむろんのこと、その子の白圭・采蘋にも学んだが、古処の急逝によって一年余で帰郷した。その間、福岡の亀井塾に遊び、亀井昭陽、広瀬旭荘などと交わる。

また、現在のみやこ町の岩熊で塾を開いていた藤本平山と詩友となる。ここに時々やって来た原白圭、采蘋などに再び学ぶ。

水哉園旧景図（仏山堂文庫蔵）

天保元年（一八三〇）に京に上り、貫名海屋の門に入り、池内陶所など京坂の学者と親しくなる。帰郷の後、長州に遊歴して多くの漢詩人と交わり、肥前多久の草場佩川に会い、教えを乞う。また、芸州の頼杏坪《らいきょうへい》、坂井虎山《こざん》なども交流する。その後、梁川星巌、池内陶所など著名な詩人・学者が水哉園を訪問している。

水哉園の設立

天保六年（一八三五）、二十六歳の時に私塾・水哉園を開き、明治十七年（一八八四）まで約五十年間存続した。この間、仏山は明治十二年に亡くなったが、のちに養子の静窓《せいそう》が塾を引き継いで運営した。門人帳（入門姓名録）には一二六三名が記録されている。

水哉園は原則的に全寮制で、師弟が同じ所に住み、朝晩生活を共にし、一緒に学問をしながら人間を育てる理想を実行した。知育偏重にならないよう情操教育を重視し、基本的な学問を終え、子弟たちには詩を読み、詩を作ることを奨励した。師弟は共に周辺の山野を散策し、神社・仏閣を参詣して、詩会を開いていた。著名な詩人が訪ねて来ると、師弟と共に詩会を開き歓迎した。

一方で、仏山は塾生に真剣に学問に取り組むことを求め、毎月、厳しい試験を課して、学力の優劣により席序等級を定めた。それを「席序」（広瀬淡窓の咸宜園では「月旦評」）といった。最近発見された架蔵の「席序」によると、全部で九段階――大きく上等・中等・下等に分け、さらにそれを三段階に分けている。

水哉園跡に建つ仏山堂文庫

漢詩集『仏山堂詩鈔』の刊行

嘉永五年（一八五二）に『仏山堂詩鈔　初編』、その後『二編』、『三編』（各三巻、全九冊）を出版して著名になった。殊に安政七年（一八六〇）三月の「桜田門外の変」を詠った「落花紛紛雪紛紛……」の詩で多くの人に知られた。

仏山は生涯のほとんどを郷里の上稗田の農村で過ごし、自ら「農儒《のうじゅ》」と称し、「偶詠《ぐうえい》」と題した漢詩には次のように詠っている。

農業　儒を兼ねて　跡自《おのず》から安し
朝名　市利　相《あ》い関せず
一生の清福《せいふく》　眼　字を知り
宿世の良縁　身　山に住む
犢《こうし》を索きて　耕を試む　何ぞ累を作《な》さん
童を呼びて　読を授くる　未だ閑を妨げず
今朝　最も会心の事あり
煙雨　西疇《せいちゅう》　句を得て還《かえ》る

（富士川英郎による書き下し）

水哉園からは多くの逸材が輩出した。その中には、漢詩人・学者で歴史書『防長回天史《ぼうちょうかいてんし》』の編者であり明治政府の内務大臣などを務めた政治家・末松謙澄《けんちょう》をはじめ、「昭和」の年号を考案した漢学者の吉田学軒《がっけん》、近代製麻業の創始者・吉田健作、南満洲鉄道社長・枢密顧問官を務めた安広伴一郎などがいる。

多くの藩士が入門

水哉園のもう一つの特色は、幕末・明治初頭の混乱期とはいえ、身分階級意識の抜けない時代に、多くの小倉藩士がこの私塾に入門していることである。藩士の学問への意欲もあるが、仏山の教育者、詩人としての大きさを表していると言えよう。

【新資料】水哉園の「席序」

近年、江戸時代の教育のよさが再認識され、「○○寺子屋」、「○○塾」の名を冠して当世の学習塾と異なった教育を実践する人が多くなった。このような時に郷土の村上仏山の「水哉園」の教育、江戸時代の教育の一端を研究するのも、現今の混迷する教育のヒントになるのではないかと思う。

水哉園の「席序《せきじょ》」（現代的に言えば成績表）は、今まで存在していたことは確実視されていたが、実物を見ることができなかった。その長年探していた資料の一つが、このたびようやく見つかり、架蔵することできた。見つかった新資料は次の四巻である。「安政第二　季夏席序」（季夏：陰暦で夏の末にあたるとされる六月のこと）という題名が付いているもの（これは完全な形で残っている）、安政二年（一八五五）のものから安政三年のもの、安政四年のもの、そして年不明のものが一巻ある。

こうした成績表の類は、大きな塾、藩校などでも作られていたらしい。しかし、今日まで

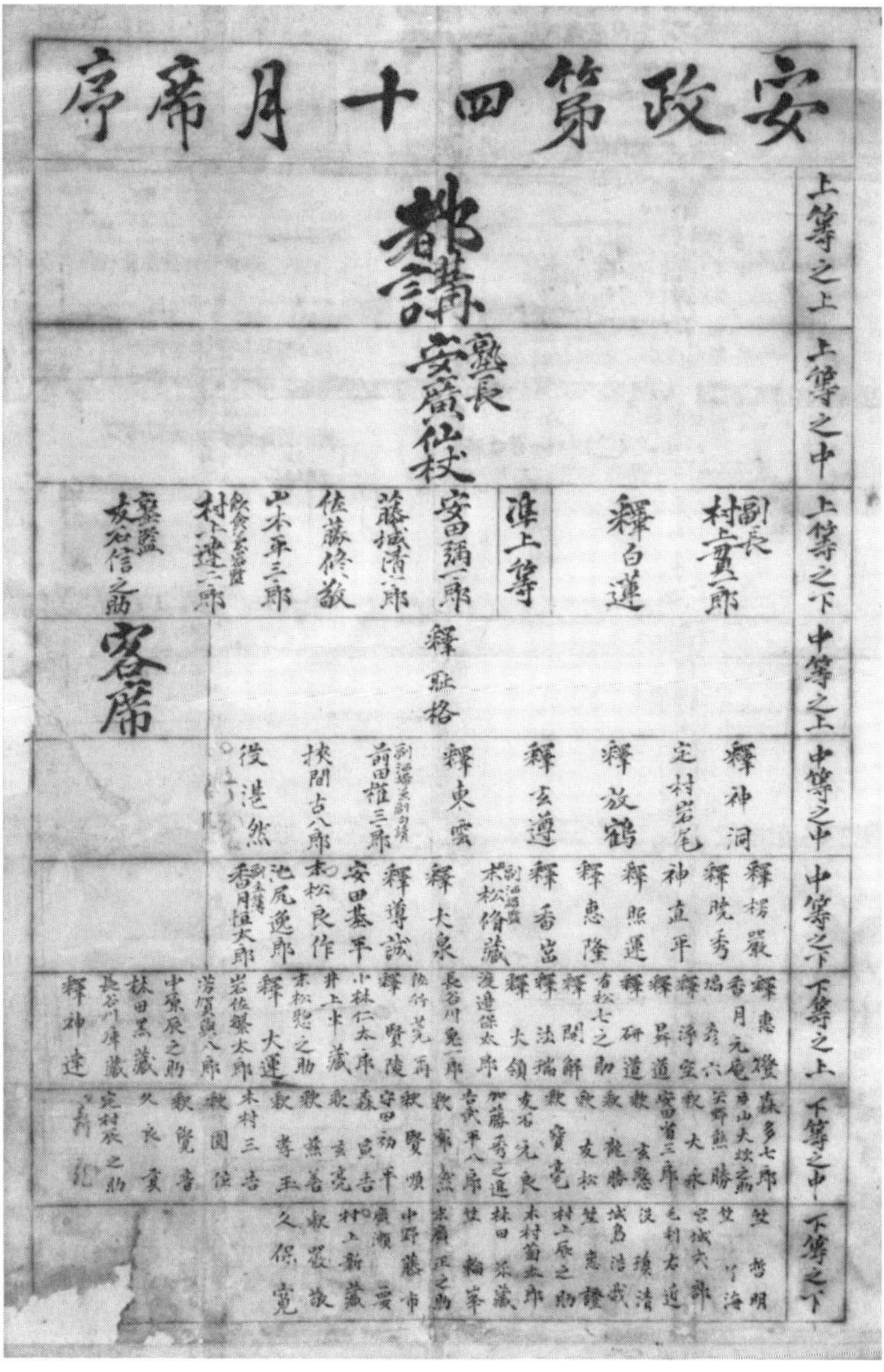

安政第四十月席序

上等之上　上等之中　上等之下　中等之上　中等之中　中等之下　下等之上　下等之中　下等之下

都講

塾長　安積仙杖

副長　村上貫一郎

釋白蓮

準上等

客席

水哉園の「席序」
「安政第四　十月席序」(筆者蔵)

残っているものは非常に少ない。咸宜園では二巻のみが残されているという。意外と塾には残っていない。

広瀬淡窓、長三洲の研究家・中島三夫氏のご教示によると、「月旦評、席序評の類は遠方からやって来た塾生のお土産としてあげていたのではないか」という。

「席序」が見つかったことによって、水哉園の教育内容がかなりわかってきた。

この「席序」は次のようになっている。

「安政第四　十月席序」（一八五七年）を表にする。

上等之上（都講）	上等之中（副長）	上等之下・準上等	中等之上・客席	中等之中	中等之下	下等之上	下等之中	下等之下

全部で九段階（九級）

○上等之上（都講）、上等之中（塾長）、上等之下・準上等

○中等之上・客席、中等之中、中等之下

○下等之上、下等之中、下等之下

＊咸宜園の「月旦評」

九級、八級、七級、六級、五級、四級、三級、二級、一級（九級が最高。時代によって変わっている）

九級	上
	下
八級	上
	下
七級	上
	下
六級	上
	下
五級	上
	下
四級	上
	下
三級	上
	下
二級	上
	下
一級	上
	下

ところで、この「席序」の出現によって、次の点が新たにわかってきた。

一、「席序」の段階別がわかった。断片的に日記に記載されている教科課程もある程度推定できる。

二、職任がわかってきた。

三、昇級の状態もある程度推定できる。

四、塾の規模がわかってきた。

五、門人たちの氏名、動向もわかる。特に入門帳と照合していけば詳細にわかってくる。

右の点について順次詳しく述べたい。

一、「席序」の段階

「席序」の段階については、今まで部分的にしか知られていなかった。村上仏山の研究書としては、友石孝之著『村上仏山――ある偉人の生涯』（美夜古文化懇話会、一九五五年）が、最も詳細に調査された名著である。次いで古賀武夫著『村上仏山を巡る人々――幕末豊前の農村』（私家版、一九九〇年）は友石書にない方向から調べている労作である。さらに『行橋市史』中巻の「村上仏山と水哉園」（行橋市史編纂委員会編、二〇〇六年）がかなりの部分で、前記二著書を補完する形で記述されている。

ただ残念なことに、この「席序」については、いずれも「仏山堂日記」に断片的に記述されていることと、咸宜園の資料の援用とで補完してきている。だが、この安政二～四年（一八五五～五七）の頃の「席序」を見れば、ほぼ間違いなく咸宜園の「月旦評」に類似していることが明瞭になった。しかし、水哉園も咸宜園も何度かの変遷を繰り返してきたようである。

基本的には咸宜園の「月旦評」を参考にしている。仏山は天保六年（一八三五）に塾を開き、塾生は二十人位から始めた。その後、次第に塾生も増え、塾の規約、学則、課業、試業も少しずつ改めていったと思われる。

安政二年は開塾からちょうど二十年を経て充実期を迎えていた。仏山は四十六歳の男盛りであった。その少し前の嘉永五年（一八五二）には『仏山堂詩鈔 初編』三巻を出版して、詩人として名を知られるようになっていた。塾への入門者も増加し、嘉永六年には二十一人、安政元年（一八五四）には三十八人、同二年には十八人、三年には二十四人、四年はなぜか六人だが、翌五年には十七人、六年には十七人の入門者が記録されている（水哉園入門帳＝入門姓名録）。なお、その後も二十人前後の入門者が続いている。

各級の試験は毎月、月末に行われ、月の初めに発表される。この安政二年季夏の「席序」には八十二名が記載されている。「席序」の評価は前月末の試験の結果である。在塾者の大半は受験したであろうが、種々の事情で試験を受けなかった者もいたであろう。他の資料がないので正確にはわからないが、この「席序」によって在塾者は百人前後であったと思われる。

二、職任

職任（職務分担、役割分担）については、かなりの変遷はあったと思われるが、都講、塾長、副塾長、飲食兼器監、洒掃《さいそう》、洒掃監、副洒掃、句読、副句読、主簿、副主簿などが見られる。

三、昇級

水哉園では入門帳（入門姓名録）がよく残されているので、わずかな期間ではあるが、入門後の動向、進級の状況がわかる。

例えば優秀な門人といわれている友石晴之助（子徳）と里見文恪はともに弘化三年（一八四六）に入門している。友石晴之助は九年後の安政二年季夏の「席序」では名前がない。すでに都講まで行き、大帰（卒業）しているようだ。そして咸宜園の入門帳では嘉永四年（一八五一）に入門している。すると晴之助は五年余りで大帰していることがわかった。里見文恪は安政三年（一八五六）の春二月「席序」では上等之下（三等・三級）に名前が記載されているが、安政四年の六月「席序」には名はない。里見も安政二年末か三年には大帰していたとすれば、入門以来十年余になるのである。

このように「席序」によって、門人たちの動向を調べる手がかりとなった。

四、規模

塾の規模が「席序」によって、僅か数年ではあるがかなりわかった。例えば安政二年六月においては八十三名が記載されている。これは進級試験を受けた者だけであろうが、入門者、在塾者であっても家事、病気などの理由によって受験できなかった者もいたかも知れない。とすれば、安政二年から四年にかけては塾生数が八十名から百名くらいであったと推測できる。これも入門帳と「席序」とを照合していけば、かなり詳細にわかるようになった。

五、門人の動向

師の仏山が最も信頼していた釈白蓮《はくれん》の動向について、この「席序」で次第にわかってきた。例えば白蓮は弘化三年（一八四六）に入門して、かなりの位置にいたのであろうが、仏山のもとを離れた。その後各地を流浪して、いろいろな漢学者に学び、嘉永六年（一八五三）に再び水哉園にやって来たことはわかっていた。そしてこの「席序」を見ると、安政二〜四年（一八五五〜五七）にかけて「上等之下」に記載されて「副長」をしていたことがわかった。「席序」は入門者の一人ひとりの動向を調べる手がかりとなる。なお、釈白蓮については後で詳しく述べる。

これ以外にも今までよくわからなかった点が解明され、水哉園の教育の内容の全貌が明らかになることを期待したい。

次に、この「席序」に出てくる主な人物について少し述べたい。

安広仙杖（上等之中〔塾長〕）

仙杖（名は訥、字は子敏、通称を一郎、号を紫川、または仙杖といった）は仏山の妻・お久の弟（大野井の安広家の次男）。この仙杖の長男が満洲鉄道総裁、枢密顧問官、短期間ではあったが官営八幡製鉄所長官などを務めた安広伴一郎である。

当時、豊前界隈ではできなかった出版事業を江戸・大坂・京都の三都書物問屋に依頼するのは大変困難な仕事であった。また、京都、大坂にいた一流の詩人たちの序文、跋文、批評文をもらったりすることも、大きな仕事であった。仙杖はこの大役を見事に果たして、仏山の最初の詩集『仏山堂詩鈔』の出版に貢献した。

友石孝之著『村上仏山――ある偉人の生涯』はこのように紹介している。

「（仏山の）妻お久の弟に安広仙杖という僧がいた。（中略）文政十二年（一八二九年。『仏山堂詩鈔 初編』発行の嘉永五（一八五二）年当時、仙杖は二十三歳、仏山は四十三歳）生まれで、お久より十才年下の末の弟である。この仙杖が、どういう理由からか、数年前より一人僧籍に入り、小倉足原の禅刹広寿山にあって、僧万丈の法弟になっていた。そして時々、姉の嫁入り先き稗田の水哉園を訪ねて来ては泊って行く。背の高い、性格の磊落《らいらく》な、面白い僧で、飄逸《ひょういつ》なことばかり言っては人を笑わせる。又よく飲みもした。晴之助（注：友石晴之助、優秀な門人で水哉園では大帰し、後、師の詩集出版に貢献する。咸宜園に嘉永四年二月十五日に入門し、嘉永六年正月には「位次九級下」の最高級まで昇り、宜園百家詩中の人であった。だが、若くして亡くなる）、文恪（注：里見文恪、優秀な門人の一人で、詩集出版の際、浄書などして貢献した）ともすぐに仲良しとなり、塾生たちには特に『仙杖さん』と呼ばれて大変人気者であった。年齢は二十二才であった」

仙杖は「安政第二 季夏席序」～「安政第四 十月席序」では、門人中では最高の塾長を務め、人望のみならず、後に述べるが、漢学の実力も相当なものを持っていたと考えられる。

詳しいことはわからないが、仙杖は嘉永三年（一八五〇）の頃、京都の池内陶所（辰士・大学）に入門していた。また偶然にも仏山も若い頃、貫名海屋の塾に滞在していた時に池内陶所と知り合っていたという。その縁もあってか、池内陶所は『仏山堂詩鈔』の出版の斡旋を引き受けた。陶所はすぐに仏山の詩稿を携えて当時、漢詩文の大家といわれていた大坂の篠崎小竹（名は弼、通称を長左衛門）を訪ねて、序文を書いてもらうことができた。評語も依頼したが、老齢で病気のため辞退された。この小竹の序文は仏山詩を絶賛しているために、後々評判となった。この幸運のきっかけは仙杖の奔走によるものでもあった。

現在、北九州市小倉北区の古刹・広寿山福聚寺《ふくじゅじ》に紫川の顕彰碑として、「安広紫川先生之寿碑」という巨大な石碑が建立されている。この碑はもともと紫川の生前に小倉京町の寺に建立していたらしく、森鷗外が小倉にやって来た時、これを見て、『小倉日記』（明治三十三年（一九〇〇）十一月四日、三十四年十月十日、同年十二月三日）に記している。

馬渡博親氏の「安広戌六小伝」に「鷗外日記の寿碑は、京町に建立、紫川生存中の碑であり、『元帥侯爵山県有朋《やまがたありとも》書、明治三十三年六月、岡千仭《せんじん》撰文、不肖男亥書』とある。なお、山県は前年まで第二次山県内閣で国政を取り仕切っていた。《不肖男亥書》は紫川の次男亥三郎の書という意味。亥三郎は戊六の父君である。紫川は名は訥、字は子敏、通称一郎。号を紫川または仙杖。京都では梁川星巌、池内陶所、貫名海屋などの門で漢籍・書を学び、西帰して直方で私塾を開く。のち藩主小笠原忠幹《ただよし》の召喚により行橋大橋村の御茶屋で子弟の教育を担った。晩年は小倉に閑居。門人に守田蓑洲、片山豊盛、遠賀郡芦屋の黒山敏行らがいる」と。

この碑文を書いた「岡千仭」という人物についてよくわからなかったが、『なにわ古書肆 鹿田松雲堂五代のあゆみ』（四元弥寿著、和泉書院、二〇一二年）にかなり詳しく掲載されていた。「松雲堂ハ弘化二年篠崎小竹先生額字賜所」とあり、小竹と深く関わりがある。岡は幕末・明治期の漢学者。号は鹿門、通称は啓輔、維新後に千仭と改める。仙台の藩校養賢堂に学び、後に江戸の昌平黌で佐藤一斎、安積艮斎《あさかごんさい》などに師事し、そのあと大坂で双松岡《そうしょうこう》塾を開き、明治期には東京府の書籍館幹事なども務めたという。実力派の学者であるが、あまり知られていなかったようだ。どういう縁故で撰文につながったのかわからないが、歴史の面白さは尽きない。

安広一郎右衛門
- 次男　一郎（仙杖・紫川）── 伴一郎 ──
  - 亥三郎（紫水）── 戌六
- 長女　久（仙山先生夫人）
- 長男　伴三（伴蔵）　平島手永子供役・元永手永子供役・医師
- 二女　カン
- 三女　徳
- 三男　彦太郎

仙杖（紫川）には、長男の伴一郎（龍峯）と次男の亥三郎（紫水）がいた。二人はともに優秀な子どもであった。伴一郎は水哉園を終えると、香港の英語学校からケンブリッジ大学を出て官僚になる。法制局長官、枢密院顧問、満洲鉄道総裁、貴族院議員などを務める。亥三郎は薬局を営んでいたが、能書家であり、漢詩もよくした。漢詩集『安広三亥遺稿』の稿本を残している。

『豊前人物志（復刻版）』（山崎有信、美夜古文化懇話会刊、一九七三年）によれば、「安広訥、字は子敏、一郎と称す、紫川は其号なり、豊前国元仲津郡大野井村に生まる、幼にして学を好み、

『豊前人物志』

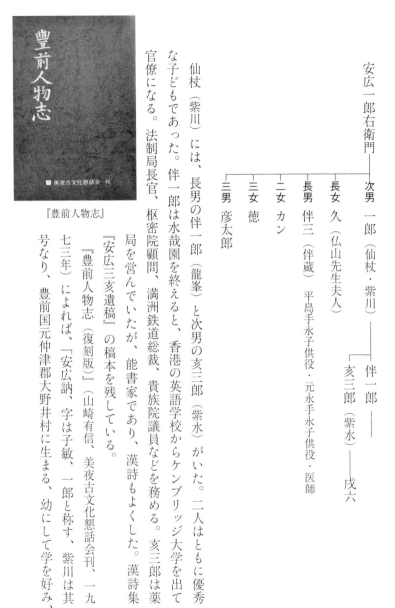

年甫めて弱冠、京師に遊び、梁川星巌、池内陶所、貫名海屋等の門に学ぶ、業成り西帰し、筑前直方において私塾を開き子弟を教授せらる、元治元年藩主小笠原侯之を召還し、仲津郡大橋村御茶屋と称する官舎に居らしめ、普《あまね》く子弟を集めて教授せしむ、遠近諸国より亦笈《きゆう》を負ひ来り学ぶ者多し、藩主与ふるに禄を以てす、先生固辞して受けず後、同郡元永村に移り公立学校を創設し、教鞭を執ること数年、訥碩学先輩の薫陶に浴し、学徳共に高し、門下の士、有為のもの頗る多し、晩年小倉に閑居し、明治三十四年七月病で没す。享年七十有三。前枢密顧問官安広伴一郎の父なり」とある。また同書には次のようにもある。「広寿山福聚寺に山県公爵の揮毫に係る、安広紫川の寿碑有り、著者昭和五年十月中神奈川県小田原町十字二丁目安広伴一郎氏に其実父紫川先生の詳細なる履歴を照会せしも、氏の謙遜なる只僅に左の回答に接するのみ」と。

兄の安広伴蔵（伴三）は「仏山夫人の令弟、大野井村の安広家の当主。藩政時代は元永手永や平島手永の子供役を歴任し、当時は行橋町西町で医院を開業中であった」と、古賀武夫著『村上仏山を巡る人々――幕末豊前の農村社会』で述べている。

『増補改訂　遠賀郡誌　上巻』（遠賀郡誌復刊刊行会、一九六一年）に、「安広一郎豊前国京都郡大野井村人、紫川と号す、幼より学を好み村上仏山の門に入り研学多年、京阪の地に遊び池内陶所に師事し修学不怠学業大に進む、氏経書に明かに詩作に巧みなり、安政の初め本郡香月村に来り私塾を開き漢籍及び習字を教授せしかば門生四方より来り学ぶも者多かりしが、都合により立屋敷村に転居教授する事四五年、慶応元年浅木村有吉某の請により同村に開塾せしに、郡内は勿論近郡及び豊前地方よりも学徒来り学ぶ者常に門に充つ、其後明治初年故国に帰り行橋町に大塾を開きたるも、学制の発布に依り私塾の如きは自然と振はざるに至れる折柄同十三年鞍手郡中学校の設立するに際し其漢籍教授に挙げられしが、同十八年廃校と共に廃官となりしかば小倉市に移住せり、氏半生以上本郡の教育に従事し、功労も亦居多なりとす、現今貴族院議員安広伴一郎は即ち氏の長男なり」とある。

また、同書には次のような記述もある。

「黒山敏行　芦江と号す、芦屋町神武社祝師黒山梩利廉の長子、詩文に長じ尤も詩に巧みなり、幼時林健助に従ひ漢籍及び運筆法を学び、成童安広紫水の門に入り専ら漢学を修め傍ら国学を伊藤直江に学べり、既にして安広翁豊前に帰住せし折柄恰も好し、櫛田北渚《ほくしょ》翁帷を芦屋町に下すに遭ふ、因て直ちに其門に入り勉学衆に超え造詣頗る深く遂に其都講となる、又村上仏山、西秋谷二翁に従ひ詩学を研精し業大いに進む（下略）」

同書に「藩政時代後期の寺子屋と塾」とあり、安広一郎（仙杖・紫川、豊前京都郡人）が安政期～明治初にかけて香月村などで塾を開いていたことを記している。

この塾長の安広仙杖については、安政二年（一八五五）生まれの片山豊盛（水哉園に入門後、佐久間種などに学び、初代の行橋町長、小学校の校長を歴任）の履歴書に「豊前国仲津郡大橋村寓安広仙杖ニ従ヒ、慶応二年ヨリ明治二年迄四ヶ年間経書、歴史ヲ学ヒ」とあり、先の『遠賀郡誌』の記述を詳細に補完する資料となっている。

佐藤修敬

『遠賀郡誌』記載の水哉園に入門した者の中に、「遠賀郡枝光村佐藤修敬」が挙げられている。「席序」では「準上等」。

里見文恪

友石孝之著『村上仏山』に「年齢は十五歳で、築上郡西角田有安村の者であった。文恪は、あたかも老母古稀の賀筵《がえん》の開かれていた同年（弘化三年）五月の入門で、彼もまた晴之助にゆずらない学力を持って入門して来た」とある。文恪は入門して九年位には、当時の水哉園では最高級の「上等之下」に昇進し、師の『仏山堂詩鈔』の出版に貢献した。

村上貫一郎

「上等之下」兼塾監。仏山の兄義暁（彦九郎）の子（仏山の甥）。弘化元年（一八四四）に入門している。漢詩、連歌にも長じていた。後に新津手永の大庄屋となる。

安田彌一郎（雲斎・寅之助・虎之助）

「安政二年季　夏席序」には準上等となっている。

「天保十五年入門の上田村の柏木寅之助、その後改姓して安田雲斎と号し福丸村で開業中の医師で、在野の政治家でもある」（古賀武夫著『村上仏山を巡る人々』）。雲斎は長寿の人で、在世中の大正十年（一九二一）、高来村に建立された「安田雲斎懐徳碑」がある。

友石信（延）之助（愓堂）

「安政四年十月席序」には「準上等・塾監」となっている。在塾は六年半。畑村で私塾「晩翠塾」を開いていた。企救《きく》郡の大庄屋の子息。晴之助、承之助（古香）とは兄弟。信之助は嘉永四年（一八五一）に入門。漢詩詩集『愓堂遺稿』を残している。

友石晴之助

晴之助（子徳・篁陽）は弘化三年（一八四六）に水哉園に入門した。同じ年に入門した者に里見文恪、釈白蓮など優秀な人物がいる。晴之助は大庄屋であり、漢詩文に堪能な父宗右衛門の薫陶を受けて育ち、水哉園に入門して詩文で頭角を現したという。師仏山の詩集の刊行までに原稿の整理・書写・編集などを担当して、『仏山堂詩鈔 初編』（三巻）の刊行に貢献した。仏山はこの晴之助に大きな期待を寄せていた。

水哉園を大帰したのち、日田の咸宜園に入門している。入門帳によれば嘉永四年（一八五一）二月十五日、二十二歳、紹介者は矢田希一となっている。

『豊前人物志』によれば「篁陽は慈亭の子にして古香の弟なり（中略）才学を以て称せらる。嘉永六年、僅か二十四を以って没す。寿命は甚だ短かりしも学大いに進み、藤本鉄石、草場佩川等と唱和の詩あり、又広瀬旭荘、青邨、林外等に推重せられ、交遊する所のもの長三洲、劉石舟など甚だ多かりき。殊に林外とは交わり最も厚く、二人常に詩談し、当時唱和の詩甚だ多し。広瀬淡窓嘗て人に語りて曰く、余嘗て子徳をして旭荘に従ひ、其の姓を冒し、帷を上国に建てしめんとす、而して果たさず」と記す。友石晴之助は村上仏山、広瀬淡窓からも大いに期待された人物であった。

山本平三郎

「準上等」嘉永七年（安政元年〔一八五四〕）に入門、『村上仏山を巡る人々』によると、長川村の人、山本元七の子供で、のち山本寛と改名したという。

山本雄三郎
弘化二年（一八四五）に入門。延永手永大庄屋・山本弥左衛門の子。宇佐郡山口村（宇佐市）の山口家に養子に入ったという。

村上達二郎（諠三）
仏山の兄・彦九郎の子。のち仏山の養子となり、娘の桃と結婚するが、早く亡くなる。

村上仏山の水哉園は、規模、輩出された人数においては咸宜園には及ばないが、その教育内容、育った門人たちは決して負けない内容であった。豊前国第一の私塾であったと位置づけてよい。

安政四年十月「席序」（進祥一氏校訂）

等級及び姓名	出身地	入門年次
上等之中		
安広仙杖（塾長）	大野井	

等級及び姓名	出身地	入門年次
上等之下		
村上貫一郎（副長）		弘化元年
釈白蓮	淡州庄田村平等寺	弘化三年
準上等		
安田弥一郎（雲斎）	京都郡上田	弘化元年
藤城清二郎	企救郡下曽根	嘉永四年
佐藤修敬	遠賀郡枝光	嘉永三年
山本平三郎	京都郡長川	安政元年
村上達二郎（飲食兼器監）		
友石信之助（塾監）	企救郡　畑	嘉永四年
中等之上		
釈恥格	摂州兎原郡河原璧円寺	安政二年
中等之中		
釈神洞	田川郡香春西念寺	嘉永二年
定村岩尾	京都郡下稗田	嘉永二年
釈放鶴	上毛郡安雲光林寺	嘉永四年
釈玄遵	御笠郡山家西福寺	安政二年

釈東雲	摂州兎原郡味泥敬覚寺	安政二年
前田権三郎（副洒掃兼副句読）	京都郡長音寺	嘉永六年
狭間古八郎（畏三）	京都郡岡崎	嘉永六年
役湛然（佐藤中）	京都郡黒田	嘉永五年
脩蔵（新規昇級）		
良作（新規昇級）		
中等之下		
釈楞巌	防州吉敷郡床波西光寺	嘉永四年
釈暁秀	和州吉野郡丹生郷長谷	嘉永五年
神直平		
釈照運	淡州津名郡安坂松亀寺	嘉永六年
釈恵隆	周防佐波郡石田専修寺	安政元年
釈香嵓	早良郡姪浜順光寺	安政元年
末松修蔵（副洒掃監）		
釈大泉	豊浦郡西市長正寺	安政元年
釈導誠	御笠郡阿志岐円徳寺	安政三年
安田基平		
末松良作（房泰）	京都郡前田	嘉永五年
池尻逸郎	企救郡中曽根	安政元年

等級及び姓名	出身地	入門年次
香月恒太郎（副主簿）	田川郡上野	安政二年
下等之上		
釈恵灯	築城郡本庄浄徳寺	嘉永五年
香月元庵	遠賀郡香月	嘉永六年
塙彦六（辰吉）	築城郡湊村	嘉永六年
釈浄空	豊浦郡黒井蓮行寺	安政元年
釈曻道	田川郡川崎光蓮寺	安政元年
釈研道	豊浦郡八道覚証寺	安政元年
有松七之助	京都郡飛松	嘉永六年
釈開解	赤間関極楽寺	安政元年
釈法瑞	紀州高野山遍照光院	安政二年
釈大領	石州邑智郡谷住郷西円寺	安政二年
渡辺保太郎	長門清末藩	安政二年
長谷川鬼一郎		
佐竹莞爾	田川郡弓削田	安政元年
釈賢陵	田川郡糒正法寺	嘉永六年
小林仁太郎	仲津郡大橋	安政二年

井上半蔵	企救郡朽網	安政元年
末松惣之助（松嶋三蔵）	京都郡前田	嘉永五年
釈大運	夜須郡中牟田西福寺	安政三年
岩佐繁太郎	企救郡　畑	安政二年
芳賀与八郎	遠賀郡枝光	安政三年
中原辰之助	京都郡久保	嘉永六年
林田黒蔵（岩次郎）	京都郡苅田	安政三年
長谷川庫蔵	田川郡市津	安政元年
釈神達	越前坂井郡金津善運寺	安政三年
下等之中		
森多七郎	仲津郡大村	嘉永六年
片山大炊之助	仲津郡元永	嘉永二年
矢野熊勝（神官）	田川郡添田	安政元年
釈大永	長門阿武郡小畑永照寺	安政二年
安田省三郎		
釈玄愍	石州邑智郡谷住郷永照寺	安政二年
釈龍勝	豊浦郡殿居見龍寺	安政二年
釈友松	讃州多度津魔尼院	安政二年
釈宝毫	田川郡添田法光寺	安政二年

等級及び姓名	出身地	入門年次
友石元良	企救郡　畑	安政二年
加藤秀之進	周防吉敷郡床波	安政三年
吉武平八郎（医師）	京都郡天生田	安政三年
釈廓然	京都郡箕田	嘉永三年
釈賢順	京都郡浦川内	安政三年
守田初平	仲津郡沓尾	安政三年
森寅吉	仲津郡崎山	安政三年
釈玄亮	企救郡　畑	安政三年
釈慈善	穂波郡馬敷西光寺	安政三年
釈孝玉	赤間関引接寺	安政三年
木村三吉		
釈円位	田川郡香春西念寺	天保十四年
釈覚音	周防佐波郡佐野明照寺	安政四年
久良貢	備後福山藩士	安政四年
定村辰之助（玄甫長男）	京都郡下稗田	安政四年
新蔵（新規昇級）		
下等之下		

笠哲明	田川郡上伊田	嘉永五年
笠了海	築城郡松江明覚寺	安政元年
宮城式部	田川郡　庄	安政元年
毛利右近	田川郡　糸	安政元年
役瑱清	田川郡英彦山	安政元年
城島浩哉	三潴郡江上本	安政元年
笠恵証	築上郡本庄浄徳寺	安政元年
村上辰之助（辰次郎）	企救郡小森	安政元年
木村菊太郎（藤一郎）	京都郡新町	安政三年
林田米蔵（岩次郎弟）	京都郡苅田	安政三年
笠輪峰	長崎寺町興福寺	安政三年
末広正之助	仲津郡大橋	安政三年
中野藤市		
広瀬要	京都郡尾倉	安政四年
村上新蔵		
釈厳敬	小倉善行寺	安政四年
久保寛	仲津郡大野井	安政四年

村上仏山の書簡

義弟・安広仙杖宛

ここに紹介する書簡は全て仏山が、最初の詩集『仏山堂詩鈔 初編』（三巻）を刊行する前後に京都に派遣した義弟・安広仙杖に宛てたものである。十年前、古書の葦書房・宮徹男氏と今井書店の今井敏博氏のお世話で入手したものである。これは私にとって大発見であり、貴重な資料である。両氏には深く感謝している。

ただ、残念なことに傷みが激しく、完全な形で残っている書簡は一通のみで、あとは少しずつ何らかの形で欠けている。何とかつなぎ合わせみたが、うまくいかないところもある。だが、断片的なものながら、水哉園から遠く離れた京都の地で、出版のために奔走する仙杖とやりとりした書簡は貴重な資料である。

書簡の書かれた年月はどれも決定的な資料がないので確定できないが、内容からある程度の年月、順番をつけることができた。ただ、ここでは充分に検討する時間がないので、やや大雑把な順序になっていることをお許しいただきたい。

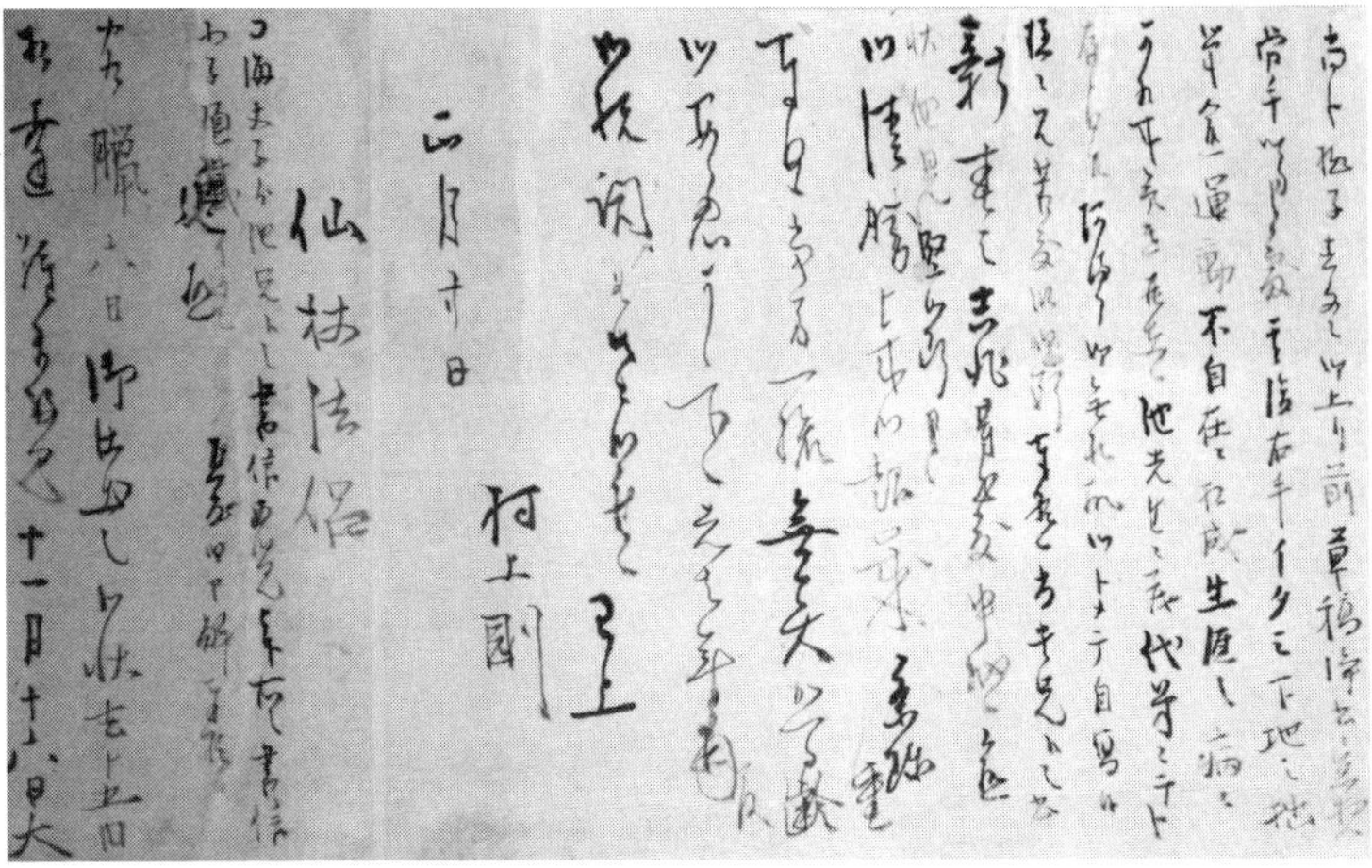

仏山から安広仙杖への手紙（巻子装）

これらは少なくとも、『仏山堂詩鈔 初編』の刊行を本格的に準備し、成就する間の嘉永三年（一八五〇）から五年にかけての書簡である。詩集上・中・下の三巻は上質紙を使い、表紙の色と紙質はしっかりしたものである。しかも、当時の一流の漢詩人・学者に序文、題言、跋文、頭注の評語などをもらって収録するには、大変な苦労があった。また、仏山の文字へのこだわり、詩文への繊細な心配り、さらには書簡魔といわれるくらいの頻繁な書簡の出し様、わかり易く漢字・カタカナ混じりの文と箇条書きにするなどは、編集能力の高さを窺い知ることもできる。

注：これらの書簡は襖などに長い年月にわたって貼られていたものを剝ぎ取ったため、幾枚もの断片の状態で、傷みが激しいものだった。そのため書簡中の解読不明や、剝ぎ取られて行方不明の部分が多い。解読・編集にあたって、判読不可能な文字や、原本の破損のため明ら

かに欠損している時、一字の場合は□、二字以上の場合は［ ］で示した。

仏山の書簡①（嘉永三〜四年〔一八五〇〜五一〕頃か。『仏山堂詩鈔 初編』の発行に関する指示）

先月十八日之貴札（信）投手後絶テ不及貴信愈御清吉可□御滞留珍重、本日爰元一統無異御隆心可被下候。

一、先月当村藤内上京之節、書翰並ニ二品御入手被下候ト、本日同人コト昨十九日帰着イタシソロ。定テ御状委シコトハ、相尋候処、江州ヨリ帰京ノ上、直ニ池内御氏エ指出候ヘドモ、貴君御他行ニテ不得対面、御状御下シナラバ六条エ御出シ下サレ候ヨウ申ヲキ、六条ニテ一両日相マチソラヘドモ何之御左右モ無之間、其マ、罷下リシ由申ソロ、甚以残念至極ナガラ御無事之由承リ、一統安心以田し候。

一、先達テヨリ拙詩改ノコトニ付、又々委シキ愚札サシ出シソロ。定テ御入手可被下、イカニモ御面倒御ワズラワシクアルベケレド、極々大切之コトナレバ、モレヲチ（漏落）ナキヨウ御配意下サルベシ。

一、藤公御序文、星翁題辞、池先生跋已ニ出来ナバ御見セ下サルベシ。

一、公儀御願ハ已ニ相スミソロヤ。

一、先書申上ソロ通蔵板ニテ売弘ムレバイカホドニナル、又板木ヲウレバ、愈ナン両ニナルト申スコト、トクト御聞キ正シ、御申コシ下サルベシ。右ノ処ワカラズシテハ、製本員数ノ決着ツキ申サス、コレ第一ノコト也。御ヌカリ下サルマジ。

一、コノ度大野井ヨリ葛衣並汗取サシ上セソロ。御受取ナサルベクゾロ。○単物御持合セコレナク、定テ御ナンギ《難儀》ナルベシ。コレヨリ上《ノボ》スアマリ、大造且ウンチン《運賃》モ余計カヽルコトナレバ、ソレニテドウトカ御モクロミ《目論見》ナサルベシ。母様御気ツカヒノ様子故ソレニハ及ヒ不レ申ト小子御ナタ《ダ》メ申ソロ。

一、先書申上ソロ通迄コロノ御手紙別テ略文ニテ何コトモ委クワカリ申サズ。以後ハ一ツ書《がき》ニナサレ委ク御申越下サレヨ。

一、小子右手ノ痛ミイヨイヨ甚シクコマリ入ソロ。

一、御手紙ハ不断御下シ下サルベシ。

一、海屋翁ニ別ニ詩ヲタノメハ○《お金》ガイルヨシ、コレハ御見合セ下サルベシ。序文○《お金》ナシニ出来ルナラバ、御頼下サルベシ。左スレバ全唐紙宜シカラン。

一、愈五月中旬ニハ御引取相成ベクヤ。委細又々御申シツカワシ下サルベシ。

一、集中句傍ノ批圏ツケヲトシ《付け落とし》多クソロ。アトヨリ○○○○○、又ハ、、、、、ヲイルレバ費エタクサン掛リソロヤ。是モ御序《ついでに》御シラセ下サルベシ。

一、刻紙出来次第御見セ下サルベシ。委細は先書申上ヲキソロ。

一、返ス返スモ先書申上ソロ拙詩改正ノコト星池（梁川星巌と池内大学）二兄ニ御相談ノ上ヨロシク頼上申ソロ。仮ニ申上度コト多ケレドモ手モ不レ叶、其上先書ニ委ク申上ソロ間、略レ之候。追々暑ニ向ソロヘハ、御用心専用奉存候。　已上

四月二十日　剛

仙杖君

池夫子ニ宜敷奉頼候。○集中ニ貴君ノ名出デ申サズトゾンジソロ、カクマデ御苦労下サレテ御名イラズテハイカガ候也。古詩中ニイズレニテモ次韻トカ和ストカ御出下サルベシ。

一、梅辻、梁川ノ詩ニ旭窓（荘）ノ題詩ヲ加ヘ、一フリニナシテハイカガ、御賢考。

一、是迄申上ソロ拙詩改正ノコト、ココハコウシタ、アレハコウト御シルシ御見セ下サルベシ。

一、星翁ニ扇面ニ一首御タノミ下サルベシ。外ニ詩仏ノ扇面アラハ代料ニテ、御求下サルベシ。五山ノ扇面所持故、三大家合幅ニイタシタク、詩仏ノ扇面ナケレバ、小切レニテモヨロシ、サスレバ星翁モ扇面ニ及ハズ小切ニ御頼下サルベシ。

〔解説〕

仙山が仙杖に宛てた書簡である。年は確定できぬが、嘉永三、四年の間の四月二十日付のものである。いよいよ『仙山堂詩鈔』の計画が進み始めて、京都に派遣された安広仙杖に細かい指示などを与えている。それらを列挙してみる。

なお、この書簡は漢字・カタカナ混じりの文である。これは、通常の書簡文である漢字と平仮名文では間違いが生じる恐れがある、ということからである。合理主義者の仙山らしい考えである。

一、詩集の原稿を持参した仙杖に、藤公に序文を、梁川星巌（星翁）に題辞を、池内大学（池先生）に跋文を依頼していたが、できたかどうかを尋ねている。そして、できたならば、すぐ見せるよう指示。

一、詩集の「蔵板」を書林に売って、刊行代にあてて部数を決めること。

一、わかりやすく「一ツ書き」即ち箇条書きにして、一件一件を詳しく書くようにせよ。

一、自分の右手が痛くて耐えがたいこと。

一、自分に手紙を「不断」に出すこと。

一、星巌に詩集の序文と詩を依頼する費用について検討すること。

一、詩集の句傍の批圏の付け落としが多いこと、句傍の「〇」や「、、、、」などを入れると、費用がかかるかどうかを検討し、節約に努めること。

一、繰り返して「刻紙」（試し摺り）を必ず自分に見せること。

一、自分の詩の改正には、よく梁川星巌と池内大学に相談すること。

追伸の部分

一、仙杖に対して、詩集に名前を出さないが他の方法を考えていること。

一、梅辻、星巌、旭荘の詩、題詩などの掲載の方法を検討せよ。

一、星巌に扇面に書いてもらいたいことの頼み方の相談。

仙山の手紙の特色は、追伸が長いことである。仙山はかなり歳下の仙杖の健康を気遣いながらも、詩集刊行の細かい指示を出し、あくまでも慎重にあたるよう頼んでいる。そんなところにも人間的な温かみも感じられる。

仙山の書簡②（前半は不明、追伸の部分のみ。嘉永五年〔一八五二〕正月の書簡か）

尚々拙子去冬御上リ前草稿浄書ニ立得共労手以田（痛く）成而者其後右手イタミ、下地之拙〔　〕愈運動不自在ニ相成生涯之病ニ可相成、気遣罷在候、池先生ニ茂、代草ニテト存候へ共、［　］り御無礼候、ツトメテ自写候、極々見苦敷候、御断奉［　］候。尚貴兄［　］之出新春之吉兆芽出度申越候処［　］状他見堅御断［　］候。
御清勝上木御報告来参珍重奉存候。当方一統無異か可る齢間、御安心可被下候、是者年甫御祝詞如此ニ御幸候。

已上

正月二十日

村上剛

〔解説〕
一、右手が痛くなり、生涯の病になりそうだ。
一、池内陶所先生には代筆での手紙で失礼したことを詫びてほしい。
一、詩集上木の報告は嬉しい知らせであった。

仏山の書簡③（追伸部分のみ。嘉永四年〔一八五一〕のものか）

仙杖法侶

海夫子ヨリ池兄ト之書信御覧被下、右之書信頂戴イタシ追想、是度御申解奉頼候。先臘六日御仕出之御状、去十五日相達□□（拝）見、十一月十六日大坂御□（暮）御状参リ後打□御被可□信無者、大ニ案居候処、今般之芳信ヲ得、一統大ニ安心以田し候。

一、大野井母様始、一統御無異御安□（度）可被下承候。

一、中村多門君を御訪被下処、御状中之右之義御申越無御座候案居申候。

一、米町一条委細承知、今夕幸後御座候間申遣置申候。

一、金子少々用意イタシ置申候。慥なる京便有之間敷哉之段、今夕便小倉伊賀屋ニ聞合遣申候。来月中ニハ無間違、相届候様取計可被下候。池兄ニも此段被仰□（願）可申候。

一、大野井ヨリ上セ控之事彦大郎公迄申遣［　］急便之間ニモ［　］其内上セ可申［　］之候、御座候、併御□方も去年より御承知之通物入事［　］打続之末ニテ金子上セ之事者六ヶ敷可有之、愚案イタシソロ。

［　］委［　］愚札サシ上セ候。未タ御入手不被下哉。御落手ニ相成候ハバ出中之条ニモレヲチナキヨウ御取計奉頼候。

一、御出立之節御約束申之通、一月ニ両三度宛御書簡御下シ下サレタク、尚カタカナニテ一ツ書ニシ、委ク御申越御頼申候。

一、去ル十七日開講余程賑ニ□其後追々新来有之候。御安心可被下候。

一、兼テ御頼申候嵐山桜樹高雄楓村盆栽ニト成候事御失念被下候間敷事。

一、仏像表具之事［　］ナシ下サレ候ヤ否御知セ頼申候。

一、節倹ヲ専ニ被成候由。実ニ小子之タメヲ思召サレカタジケナク候。此一条ニ付テハ分外之大金ヲ費、先々之義案居申候、諸事成丈省略ニ相済候様奉頼候、併、酒ハ折々微酌可然候、客懐之欝ヲ解ニハ彼ニシク物ナクソロ。貴躰ヲ損テハ相成ラナヌコトニソロ。

一、毎々申上候通板下御校正池兄ニ御頼被下候。○其評語組《クミ》立方等アラマシコレナクヨウ御頼申候、尚申上度事如山ニ御座候得共、後便ニ御頼ミ申様候。

已上

〔解説〕

この書簡も本文がなく、後半の追伸からである。さらにその追伸が長く続けられている。当時、伝達方法が書簡だけしかなかったので、次々と伝えておきたいことを記している。仏山の根気強い性格の一端を見る思いである。

一、右手の痛みがひどく筆も握れないこと。

一、詩集の謄上木知らせをもらって嬉しい。

一、一統皆新年を迎えたが、恙無《つつがな》く過ごしているので安心してほしい。

一、大野井の母（仙杖の母）も別段の変わりもなく過ごしている。

一、お金を小倉の伊賀屋より送る。池内大学にも宜しく伝えてほしい。
一、上京の際、約束したように一月に二、三回は手紙をよこすこと。
一、手紙文はカタカナで、箇条書きにして委しく書くこと。
一、水哉園は新しい入門者もあるので安心せよ。
一、諸事に節約してくれ、これも私（仏山）のためだと思ってくれ。
一、分不相応の大金を持っているので、酒は微量にせよ。旅の憂さを晴らそうと酒飲めば、体にもよくない。
一、毎回言っているように、板下の校正は池内大学に頼みなさい。評語の組み立ても漏れ落ちないようにせよ。言いたいことは山ほどあるが、後の便で伝えたい。

仏山の書簡④（嘉永四年〔一八五一〕二月七日のものか）

星翁ハ海内一ノ詩名高ク愚案小生以後其門入テハイカガ、併千里ヲ隔ソロコト故、謁見ハ出来イタサズ、イササカ束脩《そくしゅう》ヲ呈シ以来拙稿添削ヲ乞フコトハナルマジクヤ。併始終貪リソロヨウナラバ迚《とて》モカナワヌコト御高案是祈、同人門ニ入ヲキナバ、予ガ詩名、亦自ラ流布スヘクゾンジソロ。是ハ極内分也。

一、旭荘評跋等ノコトニ付浪華御下、被下ヘク之由、大ニ御苦労篠崎長□（平）代筆出来候ヤ、後藤序先書中上ソロ通、聊ホメ辞ヲソヘクレソロヤ、旭窓（荘）ハ間ニ合不申ハ強テ求ニ不レ及ソロ。

一、藤波家御序文出来ニ相成候ハバ、御写御ミセ下サルベシ。

一、仏山堂ノ額字海翁ニ御頼被下度候、是ハ御帰迠ニテヨロシクソロ。

一、小子御存ノ通、桜花ヲ好ミソロ。桜花ノ詩ヲ集メ書画帖仕立タク存ジソロ。池夫子ニ御相談、諸家ニ御求被下ソロコトハナルマジクヤ、サスレハ、帖ハ貴地ニテ拵ヘ申ヘク御返答待入ソロ。

一、毎ニ申上ソロ校正ノコト池夫子ト幾度も御苦労下サレタク、遠帆楼ナト煙渓ト申ス門人付ソヒナカラ、右之通誤アルコトニソロ。

一、詩上批圏兼テ申ソロ通、池夫子思召シアラハ無御遠慮、御指図被下タク御頼被下ベシ。サスレバ推敲ニ付之ヘキヤ。

一、凡例中コノ所批圏之二字ヲ加ヘテハイカガ、サスレバ推敲ノ字ニ付之ヘキヤ。

一、諸公所加□評語皆出推敲之意云々。「、」「○」批圏ニ二字入ズシテハ自身批圏付ソロニナリイカガ、是モ兼テ申上ヲキソラヘトモ念ノタメ申進候。

一、拙集序文アマリ多ク相成リテヘハ、何レモ随分小字ニ認クレラレソロヨウ御頼サルベシ。大字ニテハ紙数モマシソロ。淡翁分ハ楷書シカルベシ。

一、別帋《べつし》申上候拙詩愚論余ハトモカクモ観貢ノ詩ハ必御改下サルヘシ。

一、集中大秀ノ名出シヲキソロトソンジソロ。万一ヲチソラハバ、次大秀韻トカナサレ下サルヘシ。彼モ予ニ尤随心ノ人ナレバ也。此外申上タキコト已上ナレトモ□後便□。

二月七日

仙杖様

尚々極内分ニ御［　］［　］共此地朋友ニ御状御下シナバ拙集風評ヨロシキコト御申越下サルヘシ。

〔解説〕

一、仏山は身内のみに伝える極秘のことであるとして、その一つは著名な梁川星巌の門に入って、束脩を払えば、師となる星巌は詩集の添削などを容易にしてくれるのではないかと提案した。そうなれば、自分の詩人としての名が知れるのではないかという、仏山の現実的な考えが窺える。いずれにせよ、詩集編集の苦労が随所ににじみ出ている。

一、広瀬旭荘の序文、評文がなかなかもらえないならば、仕方ないと諦めつつあった（最終的には全てが叶う）。

一、後藤、藤波公の序文をもらうことができたか、もらったならば自分に見せよ。

一、詩画帖の作製のこと、貫名海屋に依頼していた水哉園の額字の件はどうなったか。
一、詩集の序文が多くなったので小文字にし、紙数を減らすように指示。淡窓の序文を楷書にせよ。
一、観貢の詩を改めよ。
一、詩集の中に大秀の名前を出すようにせよ。

仏山の書簡⑤（嘉永四年〔一八五一〕三月二十六日のものか）

一、翰申上候、弥御安全被成御滞京珍重奉存候、茅屋一統互全御安心可被下候得共、当村藤内上京、去ル十五日出立、十八日下ノ寅ニ、恒成真様出帆之由、右便ニ書状並ニ予肴壱包差出申候、最早御入手被下候義、［　］与奉存候。
一、［　］二月二十七日仕出候愚翰相達候哉。御尋申候。
一、同二十六日御手元ヨリ御仕出之書状今月十四日相達、藤内便右之御返書差出候事ニ御座候。
一、上梓一条此頃ハ彫刻余程卒業ニ相成候哉。不一方御配慮被下処奉存候。
一、先便申上候通彫刻出来次第早速為（セ）御摺御見セ被下候様奉頼候。勿論御念入校正被下候事ニ付、誤謬有之間敷候得共、内見之上存付も可有之、此段御頼申候。
一、摺立御見セ被下候へ者中巻ニ而も［　］
節者中巻ニ而も一巻残仕立させ被下、何レも小子内見を願候分ヨリ御仕立被下度ケ様申上候得者御校正ニ漏落も可有哉与気遣候様可、御思召御気毒存候得共、決而左様ニ而者無之。前段申候通内見□存付之受者改正御頼申度追々御座候。右ニ付彫刻出来分一度ニ沢山御下可被下候。
一、別紙申上候豊閣□詩之［　］御面倒可有仕□候得共、幾重ニも宜敷御頼申候。
一、星巌題辞、池兄跋已ニ出来哉、御見セ可被下候。
一、淡翁序代筆出来哉
一、藤公序文必御願可被下候
一、仲津藩士何某京都ヨリ帰リ咄出セリ候ニ星巌翁仏山之［　］ヲ見波西出セリ二一旅人ト一被申候様京都ニ而風評有之由申候ト之噂相聞被申候。
星巌拙詩を称スルコト何ゾ此ニアタラン。併何レホムル方ニ□可有之。星巌ハ予ガ知己ト称感伏申候。兼而御内談申上候義致如何可□哉、御内慮為御知可被下候。
一、数々申上候内ニハ御気ニサハリ候事も可有御状候得共、何事も御気長御勘弁被下、大業成就之程、所希候。御御苦労ニハ候得共、四月中御引取候義、五月ニ相成候共、御忍被下候、万事念ニ念ヲ御入被下候様、御頼申候。□外早々御帰国之事申上候ハ、只々一日三秋之思ヨリ出候事ニ御座候。

一、申上兼候得共、板下タ書キ方処ニ寄り字躰大小有之様存申候、中巻之始メ位之大サ妙ヨリ存申候。格別相違無之様御気付可被下候。

尚申上度も御座候得共調後便早々如此御座候、以上

三月二十六日

村上剛

仙杖君

尚々小子手之痛様弥甚敷、困入申候、右ニ付此度も池先生江別紙不申上失敬之罷宜御断可被下候、御同人不一方御高配被下候［　］ヨリ遠［　］存奉候。

〔解説〕

この書簡はほぼ揃って保存されていた。既に詩集の彫刻が始まっているという内容から、嘉永四年三月のものであろうか。

一、詩集を彫刻し、摺りあがったならば、必ず自分に見せること。そして誤りのないように校正せよ。

一、星巌の題辞、池内の跋、藤公の序文ができたかどうかを尋ねる。

一、星巌が題辞で自分の詩に対してほめたり、自分と知己であるとか書いてくれるかどうかを心配している。

一、問題の豊太閤について詠った詩を宜しく頼む（この詩は後に大きな問題となり、遂に仏山は自説を曲げて取り下げる。三二〇首から三一九首となる）。

一、仙杖に対して、色々気に障ることがあるだろうが、大業（詩集刊行）成就のために我慢してくれ、万事に念には念を入れよ、と。

一、板下の字の大きさに注意せよ。

一、追伸では、右手が痛み、池内に手紙を書けないので宜しく伝えてくれと記す。

仏山の書簡⑥（追伸部分のみ）

尚々本文通り申上ソラヘバ　藤波家御文ヲキラヒソロヨウトモ御心得ニテハ大相違也。［　］家ノ一序微軀之光栄固ヨリ欣喜□至、只アマリ多キニ付イタレシカ、アルマジクヤト也。去ル七日並ニ昨十二日両度書簡小倉伊賀屋ニ向仕出申候。今朝又々一事申上度別書さし出候、二日間ニ数々之義御配慮可被下、御座候得共、跡ニテ致方無之事ニ付念ニ念ヲ入タク貴意ヲ不顧申上候、シカシテモヤ是ニテ思ヒ切ベクソロ。

一、極御内分ニ御座候得共彦九郎［　］文アマリ多スギイカガ也。

［　］波家御序　未タ［　］ニイタシモラヒソロコトハ、ナルマシリヤ、併高貴之御文ヲアトニ置モイカガ也。

不レ得レ已ハ前書申上ソロ通リイズレモ随分小字ニメダタヌヨウ認方御タノミ下サルベシ、海翁文ヲ巻末ニ置コトイカガ、是モ失礼ナルベシ、何レモ御案ノ上ヨロシクタノミ申ソロ。

一、末巻ニ三都書林ノ名ヲ出シソロ方俗人ノミル所ヨキヤウ也、併蔵板ナレバイカカ、是モ御高案。

一、愚母病気兎角不快、前書申上ソロ通リ御周旋ニテ旬ニ卒業是祈、小子一日三秋ノ思、御推察下サレヘシ。余ハ前両書ニ悉之ソロ間、ココニ略之

剛

二月十三日

仙杖兄

〔解説〕

一、藤波家より文をもらうことを避けてはいけない。

一、七日、十二日に二度続けて小倉伊賀屋を通して書簡を出し、今日また別に書簡を出したが、詩集刊行には念には念を入れること。
一、序文が多すぎることも心配し、その掲載順にも苦慮している。小文字にすることも検討せよ。
一、貫名海屋の序文の掲載順も考えてみてほしい。
一、下巻に三都の書林の名前を掲載すれば、一般の人にも評判がよくなるのではないか。蔵板にすればどうだろうか。
一、母上の病気は以前に知らせた通り芳しくない。
一、詩集刊行のために世話をしてもらい、無事に成就することを祈る。
一、私は『仏山堂詩鈔』の刊行を一日三秋の思いで待ちわびている。

仏山の書簡⑦（追伸部分のみ。嘉永五年〔一八五二〕二月中のものか）

前三度ノ書中ニモカズ〳〵愚什改作ノコト申上ソロ。已ニ彫刻ニナリソロトモ御相談ノ上取リカヘサセ下サルヘシ。

正月十日御仕出之貴翰与二十六日落手後、末日貴信ヲ得候共宜御清□可被□御停□段喜不辺

［　］拝見、爰之一統ハ不相変義御案心可被下候。

本月七日、十二日、十三日、三度之拙書共ニ小倉伊賀屋ニ仕立錦小路、俵屋新兵衛帰京便ニ相托申候。

金子三十七両幷軸物一ツ是も一口相頼申候。右三度出申ニ毎回書申しニ、毎回申し上候得共、先頃御座候ニ付又々□出申［　］候。毎々申上候。拙作追考□御［　］一々御正し被下殊漏ナキヨウ□奉先書ニ是ハキリト申上テ［　］、又一事不安心［　］ニイ可［　］申上候御［　］奉願候。
一、拙集已ニ彫刻之［　］何卒貴一、二［　］御出申［　］御下シ被下□奉頼候。
一、先月大坂ニ御下シ候方都の［　］是も承知候。
一、先書ニ池兄ヨリ之御出書ニ三月下旬、四月中旬迄ニ出来ト申事、是ハ閏月ヲコメテ之御コトヤ、何卒一日モ早ク成就イタシソロヨウ御周旋被下タクソロ。
一、先書申上候通、去年ノ尻ニテ当春国中一統大困窮□百姓逃亡ノ者多田地御根付モ出来セス、諸役人大心配付テハ当方大野井迚モ種々談示中第一、六ヶシキハ◯〔お金〕ニ御座候。中スマデモナクソラヘドモ少シニテモ雑費省略之工夫、第一ニ御座候。一日モ早ク御下リニ御相成レハ足下ノ御タメ小子タメニモソラヘハ、御イソギ下サルベシ。
一、木町之ツガウ先書ニ委ク申上ソロ。是ハ今度、足下御上リハ拙者之ツカイナレハ、ナニコトモ稗田ヨリベンズベキコトト申ス意ナルベシ。ソノワケハ書状此方ヨリ□木町ニツカワシソラヘドモ、［　］頼ミ御状御遣可□ゾンジヨホドノコトナラハ◯《〔お金〕》デハ出来致シ申スマジクソロ、ソレガナケレバ下ラレヌト御申越ナサルベシ。

一、先書申上ソロ詩集表紙ハ厚キ方シカルベクゾンジソロ。

一、来知徳易説ハ是非御写シナサルベシ。

一、極内分（注：赤字で記入）蒙求中ニ不分明ノ所アリ。□田舎ニテハ書之乏ク、校考出来イタサズ、御滞留中御シラベナサルベシ。

一、星巌詩集ハホシキ物也。貫一ニ求サセ下サルベシ。

一、詩集句切之コト、船中ニテ御苦労下サレソロヨウ申ヲキソロ、アヤマチナキヨウタノミ申ソロ。

一、先書申上ソロ春樵ノ横物同前、星巌翁ニ御頼下サレ、海屋翁ニモ同様、タノミ申ソロ。三名家一幅シタテタク、海翁モシ読、仏山詩集ト申ス絶（短）句ニシテ作リクレラレバ大幸、左ナリハ旧作ニテモヨロシ。

一、海翁ニ両度書簡ヲ呈シテソラヘドモ、返書クレラレズハ、イカカノ意ヤ、右ニ付此方ヨリ又々呈スルモイカガトゾンジ、サシヒカヘソロ。是ハ池君ニ申上下サルベシ。

一、［　］是第一ニソンジソロ。日田ナトニテハ唐宋八大家文集ヲ専ラ手本ニスルヨシ、貫一ニ一部御ススメ下サレヨ。

一、今度上梓一条池君ナクンバ、迚モ右通リ都合ヨク出来イタサズ、コノ恩誼ハ死後迄モ忘レ申サズ。因テ［　］ニ思ハ以来ヲソレナカラ真ノ兄弟同前ニイタシモラヒタリ。千里ヲ隔テヘトモ情交ノ紙通豈ニ遠近ヲ論センヤ、是モ御序御ハナシ下サレカシ。尚後便ニ委ク申上［　］閣筆候。

已上

二月十八日　剛

仙杖君

尚、御身体御用心第一也、書状ハ不断御下シ下サルベシ。

〔解説〕

一、問題になった太閤秀吉の詩であろうか（豊臣秀吉のことを詠じた詩が、太閤秀吉を軽侮したものだと一部の人からあらぬ批評を受けたため、不本意ながら削除した）、既に彫刻していても、取り替えさせてくれ。

一、今月七日、十二日、十三日の三度にわたって書簡を出した。

一、お金も三十七両と軸物一口を送った。

一、校正には漏れ落ちのないよう注意せよ。
一、当地京都郡、仲津郡などでは田植えもできず、逃亡の百姓も多く、お金の工面に困っている。諸費用を節約せよ。（詩集の刊行は）貴方のためであり、私のためでもある。刊行を急いでほしい。
一、木町（日吉屋に嫁いでいる仙杖の妹の家のことか）にお金を借りるための指示。
一、詩集の表紙は厚い紙にせよ。
一、蒙求中の不明部分を調べてくれ。
一、星巌詩集は欲しいので、貫一に買わせてくれ。
一、船中での詩集の句切などをする時は誤りのないように注意せよ。
一、春樵と同様に星巌にも横物を頼んでくれ。
一、このたびの詩集の刊行は、池内大学がいなければできなかったことである。この恩誼は死後まで忘れられないことだ。真の兄弟同前にしてもらい、千里を隔てていても、情の通う手紙は遠近を問わないものだった。
一、追伸では、身体に用心して、書簡を続けて出すこと、と記す。

Ⅱ

水哉園を訪れた人々

料金受取人払郵便

福岡中央局
承認

1901

差出有効期間
2022年 9 月10
日まで

●切手不要

郵便はがき

810-8790

255

福岡市中央区天神

5丁目5番8号 5D

図書出版 花乱社 行

通信欄

❖ 読者カード ❖

小社出版物をお買い上げいただき有難うございました。このカードを小社への通信や小社出版物のご注文（送料サービス）にご利用ください。ご記入いただいた個人情報は，ご注文書籍の発送，お支払いの確認などのご連絡及び小社の新刊案内をお送りするために利用し，その目的以外での利用はいたしません。

新刊案内を［希望する／希望しない］

ご住所　〒　　　—　　　☎　（　　　）	
お名前　　　　（　　歳）	
本書を何でお知りになりましたか	
お買い上げの書店名	村上仏山と水哉園

■ご意見・ご感想をお願いします。著者宛のメッセージもどうぞ。

はじめに

今日の旅行ブームは決して最近始まったものではない。戦争がなくなり、平和な時代になった江戸時代中・後期からである。享和二年（一八〇二）に十返舎一九の『東海道中膝栗毛』初編が出版されてベストセラーになり、『続膝栗毛』編、姉妹編など旅ものの本が続々と出版され、これに刺激されて旅行をする者が多くなった。享和・文化・文政時代になると、成熟・円熟した江戸の町人文化が地方にも広がり、とくに「お蔭参り」ということで伊勢の参宮者は文政十三年（一八三〇）には四五七万九一五〇人に達した。当時の人口の一割五分になるという（金森敦子著『江戸庶民の旅――旅のかたち・関所と女』平凡社新書、二〇〇二年）。

文人たちの修業の旅も盛んに行われた。「人びとは文化を一方的に享受するだけでなく、積極的に新しい文化を生み出していった。伝播してくる文化の波をただ居場所でじっと待ち受けるのではなく、文化を求めて旅に出た。行く先は江戸・京都・大坂の三都に限らず、各地に点在する風流を楽しむ友を尋ねて、時には其の住居を宿泊所として何日も滞在し、文芸や学問の修業をした。また、自然を道場として詩歌を詠じ、絵筆をとった」、「学問のため三都へ行き、地方に住む師を訪ねるのは男性だけでなかった。女たちも学問を目ざして家族とともにあるいは一人で旅に出た」（柴桂子著『近世のおんな旅日記』吉川弘文館、一九九七年）という。

さて、水哉園は村上仏山が天保六年（一八三五）に開いた私塾である。それから明治十七年（一八八四）の閉園までの入門者、通学生などを入れると三千名近くが学んだと言われている。ことに仏山は嘉永五年（一八五二）以降にわたって『仏山堂詩鈔』初編・二編・三編（各三巻）の計九巻を刊行して著名になった。さらに詞華集『安政三十二家絶句』、『文久二十六家絶句』、『明治三十八家絶句』、『皇朝分類　名家絶句』などに仏山詩が収録されて、その名が全国に知られるようになった。その水哉園の入門者ばかりか、文人墨客の訪問者も多くなった。九州にやって来る文人の多くは長崎、博多に行くが、中には遠回りをして、小倉から二十数キロ離れた水哉園にやって来る者もいた。

仏山とその弟子たちと訪問者は、互いに詩論を交わし、詩会を開いて詩歌の世界に遊んだ。そして、終われば酒宴を開いて親しく心を通わせた。それがお互いの詩人・学者としての切磋琢磨となった。

ここでは、水哉園の訪問者と仏山の交流と文学的な営みを少しでも明らかにしたい。ただし、資料が少ないため、各訪問者が色々なかたちで書いた文章を拾い集めたものと、残された数少ない「仏山堂日記」、さらに『仏山堂詩鈔』などと照合しながら書き進めた。

楠本碩水

肥前平戸の儒者・楠本碩水《せきすい》（一八三二〜一九一六）は元治元年（一八六四）に水哉園を訪れている。

『碩水先生日記』（岡直養編、一九三五年）には元治元年三月十五日、「伊東紀輔来訪。紀輔肥後人。久従敬斎云。十六日偕紀輔至大隆寺、展敬斎墓。十七日発小倉抵京都郡稗田村。訪村上仏山。仏山。名剛。称彦右衛門。善詩。十八日、宿高瀬」とある。

ところが、『過庭余聞』（楠本正脩録、文成社、一九三三年。長子の正脩が碩水の回顧談を筆録したもので、全文会話体で綴られている）には「（元治元年三月）十六日大隆寺ニ往テ墓参ヲシタゾ。此地ニテハ迚《とて》モ敬斎（称敬次郎、播州安志公氏）ノコトヲ聞クコトハ出来ヌト思ウタカラ。京都郡稗田村ニ至リ。村上仏山ヲ訪ウテ一宿シタゾ。仏山モ話シテ聞カセナンダゾ。射場開ニテ弓ヲ射ラレタガ。誤ツテ左ノ手ノハラヲ傷ツケラレタガ。ソレカラ病気デ前年九月十四日死ナレタト。紀輔カラ聞イタバカリゾ。其ノ後下ノ関ノ伊藤静斎ヘ文通シテ問ウタレバ。静斎モ余程探索シタトミエタガ。其ノ時分ハ長州ト小倉トハ。フナカデアッタカラ。ヨク探ルコトモ出来ヌト云ウテ来タゾ。但事実モ少シハ分ツタゾ」とある。

日記と回顧談の性格の違いがあるが、回顧談はより詳しくなっている。ことに日記では水哉園に宿泊したかどうかわからなかったが、回顧談では「一宿した」とはっきり記している。『碩水先生日記』と『過庭余聞』とが残されていたため貴重な資料となった。

また、両書によって元治元年の長州藩と小倉藩の政治状況が読み取れる。この年の前年、文久三年（一八六三）五月に長州藩は下関で米国商船を砲撃、それに対して六月、米国軍艦が長州藩砲台を報復攻撃する。八月には三条実美《さねとみ》ら七卿が長州へ走るなどの事件が起きている。

長州藩では尊皇攘夷に走る革新派と保守派の藩士たちが入り乱れて大事件を起こし、それを抑えようとする譜代の小倉藩とは険悪な雰囲気になっていた。その年の十二月十六日には、高杉晋作らの奇兵隊が馬関を襲撃し、時代の風雲が険しくなっていた。

碩水は安政五年（一八五八）、二十七歳の時、兄端山《たんざん》と共に江戸の佐藤一斎のもとに遊学。江戸では多くの儒者・文人・学者に会い、その中に小笠原敬斎がいた。

碩水は敬斎について、「英邁特立《えいまいとくりつ》、議論は湧くようであったが、俗気がなく、気象がさっぱりしている人物である」と。また、二人の関係について解説者は「敬斎は碩水の真の友人といってよい儒者であった。敬斎も蒙斎の学を慕い、後日、碩水と一緒に蒙斎を訪問する約束をしながら、それを果たさずにあの世の人となった。碩水が江戸を去るとき敬斎は離別の宴を設け、互いに詩を吟じて別れを惜しんだ」（岡田武彦他編『楠本端山・碩水全集』解説）と書かれている。

碩水は肥前（長崎県）平戸藩に仕え、藩校「維新館」の教授を務めたことのある漢学者。『日本漢文学大事典』によれば、「幕末・明治時代に活躍した。名は孚嘉。字は吉甫。通称は謙三郎。号は碩水・天逸。楠本端山の弟。平戸藩藩儒浅野鶉庵に従学し、ついで広瀬淡窓・草場佩川・佐藤一斎・月田蒙斎などに教えを受け、春日潜庵・大橋訥庵・吉村秋陽などと交わり、月田蒙斎の学風を慕って兄端山と共に闇斎派朱子学に帰した。平戸藩に仕え維新館教授となった。明治元年貢士となり、（中略）大学少博士に叙せられたが、三年辞して平戸に帰り、私塾鳳鳴《ほうめい》書院にあって子弟を教導した。大正五年十二月二十三日没、年八十五」とある。著書には『日本道学淵源録 続録増補』（二巻）、『聖学要領』（一巻）、『崎門学派系譜』（一巻）、『碩水先生遺書』（十二巻）、『碩水先生日記』（一巻）などがある。後に葦書房より『楠本端山・碩水全集』（一九八〇年）が刊行されている。

『楠本端山・碩水全集』

元治元年（一八六四）当時、仏山は五十五歳、碩水三十三歳である。仏山は嘉永五年（一八五二）に『仏山堂詩鈔 初編』を出版して、その名も多くの人に知られ、水哉園も順調に塾生が増加していた時期である。碩水とは親子ぐらいの年齢差であるが、同じ儒学者、漢詩人として意気投合し、大いに語り、三都の詩壇の動向について碩水からの話があったであろう。ただ当時の漢学者の日記の通例として簡略に「善詩」するとのみ記しているが、その言葉の奥までは想像するしかない。

久坂玄瑞

久坂玄瑞《くさかげんずい》（一八三九〜六四）は勤皇の志士として蛤御門の変で戦死したが、若き日に水哉園を訪れている。『特装版　久坂玄瑞全集』（福本義亮編、マツノ書店、一九九二年。『松下村塾偉人　久坂玄瑞遺稿』〈誠文堂、一九三四年〉の復刻）の「久坂玄瑞先生年譜略」によれば、玄瑞は安政三年（一八五六）三月、十七歳の時に九州方面に旅に出たという。そして、「九州に遊び久留米、柳川、大村、長崎、熊本、中津、耶馬溪等を周遊し、和田逸平、宮部鼎蔵、恒遠醒窓、村上仏山等を訪ね時事を談す」とある。その時に詠んだものを『西遊稿　上・下』に残している。

日時はわからないが、当時、水哉園では百名以上の塾生が学んでいて、塾の隆盛期であった。残念なことに、この年の「仏山堂日記」が欠本になっているので、仏山の対応、感想などはわからない。しかし、久坂玄瑞の詩が残されているので紹介したい。「秋吉台」と題して「行李薫然探勝来／青松到処路程開／遠嶽雨霽晗眸濶／春色也佳秋吉台」。この詩について玄瑞は仏山に批評を乞うたのであろう。次のようにある。「村上仏山曰、詩趣亦好」と。この他、仏山も自作の詩を示して、評を乞う。さらに広瀬淡窓、恒遠醒窓の塾にも立ち寄り、同様に自作の詩の評を乞うている。

　玄瑞の詩は「村上仏山を訪ね、席上賦して贈る」（七言古詩）と題して次のように詠っている。「仏山堂仏山堂／堂在稗田馬嶽傍／吾聞其名墻外望／書剣匆匆辞旧郷／秋日春暖鞭匹馬／赤関浪穏艤軽航／昨夜来宿大橋駅／暁来雨発路程長（中略）負笈出郷傚蘇章／茶酒交膝談方静／慇懃依我一唫囊／詞賦幾十首温意／咳唾玉丼金石鏘／且吟且誦起呼快／当軒群嶽勢欲驤／更仰崔巍抜然出／仏山雲散雲後蒼」と。なお、この詩に対して把山は批評して「全篇澹蕩頗学坡公／又曰吾聞以下四句刪之如何」と記している。若き日の玄瑞は文学青年であった。後年の過激な行動は想像もできない。

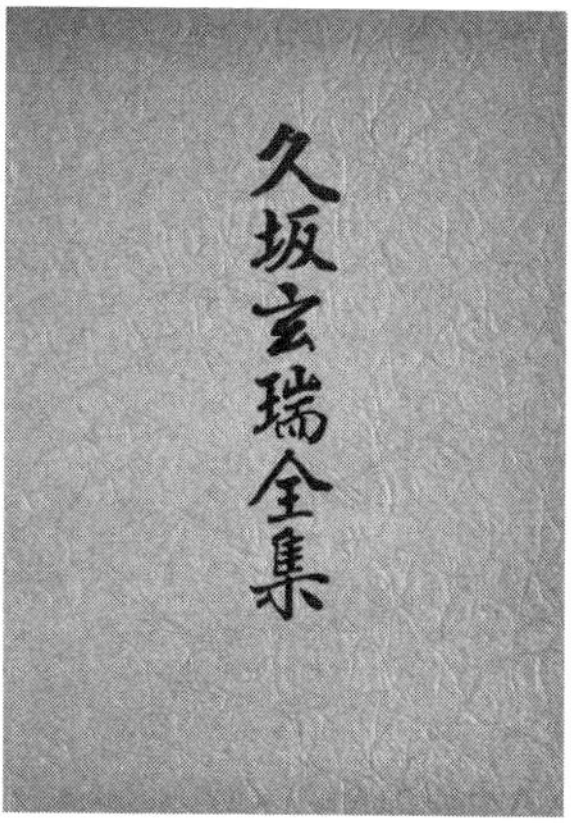

『特装版　久坂玄瑞全集』

　久坂玄瑞について簡単に述べたい。幕末の志士として映画、テレビなどで名前はよく知られているが、『日本漢文学大事典』によれば、「長門人、名は通武《みちたけ》・誠。字は実甫。通称は玄瑞・義助。号は江月斎・秋湖。家は世世医を業としたが、医を好まず、兵学を吉田松陰に受け、のち芳野金陵に漢学を学び、詩文に長じた。山口藩に仕えたが、尊王攘夷の志厚く、やがて倒幕を謀って蛤門の変に戦死した。時に元治元年七月十九日、年二十六」、「その学は陽明学を主として、著に俟采択録《しさいたくろく》一巻、江月斎遺集二巻」などとある。

池内陶所

池内陶所《とうしょ》（大学）は幕末の儒学者、詩人。『日本近世人名事典』（竹内誠他編、吉川弘文館、二〇〇五年）によれば「文化十一年京都の商家に生まれる。名を奉時、通称は泰蔵、大学はその号。貫名海屋に学び、知恩院宮尊超入道親王・青蓮院宮尊融入道親王の侍独読となり、また堂上諸家の子弟を教えた」とあり、尊王攘夷の志士として幕府より目をつけられていた。文久三年（一八六三）正月二十二日、尊攘過激派の士から暗殺されたという。時に五十歳であった。年齢は仏山の方が陶所より四歳上であったが、若き日、二人は京都の貫名海屋《ぬきなかいおく》のもとで共に学び、意気投合したようである。

陶所は安政四年（一八五七）五月二日に水哉園の仏山を訪ねている。「仏山堂日記」には「二日晴、京都池内大学上下四人ニテ過訪、門人備中千屋真川泰輔従来、東坊条殿息女長州肉（宍）戸家ニ入輿ヲ護送シ、夫ヨリ崎陽ニ遊、帰路之由。二十八年之別、邂逅相遇歓意可知、終夕緩話使余忘病。三日晴、伏枕、池内氏発足」とある。水哉園に一泊して翌日に出発した。

この年の四月頃から仏山は体調が悪く、「仏山堂日記」にはたびたび「伏枕」という言葉が出てくる。しかし、池内陶所が二十八年ぶりにやって来たので、大感激して歓待し、積もる話をひと晩中交わした。仏山は自分の「病気」も忘れるほどだったという。

陶所は仏山にとっては大恩人である。詩集の刊行を親身になって世話をし、特に著名な詩人・学者の序文や評を斡旋している。そのひとつに『仏山堂詩鈔 初編』の刊行の際、当時の漢詩人の大御所的存在だった篠崎小竹（弼・南豊）の序文の仲立ちをした。その「序」を紹介したい。

「池内陶所、京師自り来訪、仏山堂詩鈔三冊を携え示す、曰く是れ僕の友人、豊前村上大有の著わすところなり。評して、且つ序せんことを請う。余、辞するに、病且つ懶なるを以てす。陶所、固く請う。乃ち評を辞して、序のみを諾す」とあり、続けて「繙《ひもと》いて、これを読むに、開巻数首、既にして人意を悦ばす。愈《いよいよ》読んで、愈楽し。覚えずして朱筆を以て、その警句に圏し、その佳篇を評し、遂に三冊を畢《お》える」（原文は漢文）と絶賛した。

しかし、その草稿が完成したのは亡くなる直前であった。その後、娘婿（養子）の篠崎竹陰（訥堂・公概）が清書し、さらにそれまでの経過を追記のかたちで、小竹の「序」に載せている。小竹の死は悲しむべき出来事であったが、仏山にとって序文の草稿が出来上がっていたことは幸運であった。しかも、その草稿の校正を竹陰という一流の学者が引き継いでくれたのも幸いした。この篠崎小竹の序文は後に大きな影響を及ぼすことになった。

南摩羽峰（峯）

南摩《なんま》羽峰《うほう》（一八二三〜一九〇九）は幕末・明治の漢学者、詩人。

『日本漢文学大事典』によれば「会津の人、名は綱紀《つなのり》。字は士張。通称は八之丞。号は羽峰。初めは会津藩校日新館に学んだが、弘化四年（一八四七）二十五歳のとき江戸に出て昌平黌に入学して経史百家を修めた。ついで杉田成卿《せいけい》らについて洋学を修め、さらに大阪に出て蘭医緒方研堂に蘭学を学んだ。（中略）明治戊辰の役に会津城陥落して官軍に捕えられ、越後高田に禁錮せられた。明治二年（一八六九）赦されて高田に留まり、私塾正心《しょうしん》学舎を設けて生徒に講説し」、その後、淀藩に招かれ、藩校明親館などで教授した。「廃藩後は京都府学識・東京大学教授・東京高等師範学校教授を歴任した。明治四十二年四月十三日没、年八十七」とある。

「仏山堂日記」の安政四年（一八五七）三月十四日の条に「奥州会津藩士南摩三郎（羽峰）河野俊蔵添書持参、肥前諫早蒲池文策同道、外ニ一生凡三人来訪」とある。

その後、『仏山堂遺稿』に羽峰の回想文が記されている。「南摩羽峯（峰）云、余嘗訪仏山信宿其家、酒詩談笑、温淳古撲、至誠動人、臨別翁送余里余、余賦一絶、叙別、音容猶在目、而幽明異途今読此篇、黯然沾襟矣」とある。南摩羽峰は「仏山堂日記」にあるように安政四年三月十四日、水哉園を訪問して、一夜宿泊し、仏山と「酒詩談笑」したという。「肝胆相照らす」仲になったようである。仏山の人物評については、少しはわり引いても、「温淳古撲、至誠動人」と記す。仏山は南摩の帰途に際して、一里余りも見送って別れを惜しんだ。

原　采蘋

原采蘋《さいひん》（一七九八〜一八五九）は六十二歳で歿。『采蘋詩集』一巻がある（全著作集ではない）。原古処《こしょ》の娘、筑前秋月藩の人で、女流詩人として著名である。村上仏山の師でもある。生涯の大半を旅し、多くの文人たちと交流した。江戸で二十年近く過ごしたという。ただ残念ながら、采蘋は多く詩文を残しているが、未だまとまった本にはなっていない。しかし幸いなことに、この采蘋の『東遊日記』（文政十年（一八二七））が残されている。山田新一郎氏の写本）が残されている。

文政十年（一八二八）、この時仏山（健平）十八歳、兄彦甫（義暁・彦九郎）は二十六歳、采蘋は三十歳であった。仏山はまだ私塾・水哉園を開いていない。当主は兄義暁である。

『東遊日記』には次のように記されている。

文政十年、「六月、晴、四日、宿香春駅平石在宅、五日、発香春及暮投稗江《(ママ)》村彦甫宅、翌六日、到弓師医師島野玄珉家、伯氏（白圭）養痾之処也。翌七日伯氏帰巌邑、予及弟瑾村健平留、与主人遊築城之海辺、従翌八日到藤本寛蔵滞留避暑、閏六月十又八日、告別於伯氏従暮出立」

（注：伯氏は兄白圭のこと）

「閏六月、晴十有八日、発巌邑留別詩云、『秋風吹一葉、無処不悲哉、同根客異郷、……』（中略）余皆送到稗田村彦甫宅、時明月中天、彦甫移高牀於稗水之中央、開別筵飲其上、既酔弟瑾及玄中、帰巌邑、予亦就寝鶏鳴而東方微白覚時、日出三竿宿醒、猶未解、此日亦留」

「晴、十又九日、彦甫、有送行之詩次韻留別云。『三千屈指予期程（中略）』。及暮又飲、月出移牀於中庭、飲飲而酔酔而眠。翌朝欲発暑甚矣。遂不発、日落又飲、七ツ時出立」

「晴、二十日□ツ時発稗江村、大有並猛、観、玖送、到行司宿旅」

「陰、二十一日。早朝発行司、鶴水橋辺、別村大有兄弟、大有有詩次韻、『一従萍跡出郷山、離恨綿々如循環、月桂秋高香馥郁、看吾更折一枝還』又鶴水橋辺暁相見、……九ツ時到神田浄言寺、避日中、昼飯後、暴風遂一宿」

「陰、二十二日、早天、発神田、九ツ比《ころ》到小倉、買舟、七ツ過達馬関西細江、投江大声」

「晴、二十四日、昼飯後、送行吉田、吉武二生到阿弥陀寺、別詩云（詩を略す）二子乗舟帰故城」

仏山兄弟は短期間であったが原古処、采蘋に教えを受けた師弟の間柄である。村上家は采蘋師匠を厚くもてなした。さらに行事（行橋市行事）まで見送り、共にまた宿に泊まり、詩会を開き、酒を酌み交わして別れた。

その後、原采蘋は嘉永二年（一八四九）七月に水哉園を訪れる。それは『北豊紀行』（戸《と》原《はら》卯《う》橘《きつ》著）によって知ることができる。この時采蘋は、子弟・戸原卯橘と族子・手塚律三郎とを連れて豊前遊歴の旅でやって来た。「仏山堂日記」は欠本であるため仏山の詳細な行動、思いなどはわからない。しかし、この『北豊紀行』によって当時の様子はかなり詳しくわかる。

七月二十三日、仏山宅（二泊）、二十五日、今井村片山出雲宅。二十六日、沓尾村村上幾太郎宅（二泊）。二十八日、稗田村村正村上彦九郎宅（仏山の兄宅、二泊）。いよいよ帰る時が来る。三十日の条の『北豊紀行』に「午後辞村上、送行者至七折阪。発行厨、酌別酒。買酔告別而去。日已暮矣。梅本某、僧某、猶持灯、前導。危石刺履。荊刺引衣。路険不能進」とあり、三十日、香春駅平石湯山宅（二泊）、と続いている。

この嘉永二年七月は後に刊行する『仏山堂詩鈔　初編』三巻の準備の最中の頃である。詩鈔刊行の話が出たのは弘化三年（一八四六）五月、母・お民の古稀の祝いの時だという。それから詩稿の推敲、整理をはじめ、「半分即ち前巻だけが出来あがったのが、四年後の、嘉永三年六月十日のこと」（友石孝之著『村上仏山』）だったという。そのためこの嘉永二年七月の頃は、仏山は勿論のこと手伝っている門弟たちは多忙であった。それでも一週間余り詩会、吟行、酒宴を開き、師匠一行を大歓迎している。若い戸原卯橘は、毎日毎日の酒で倒れてしまうほど

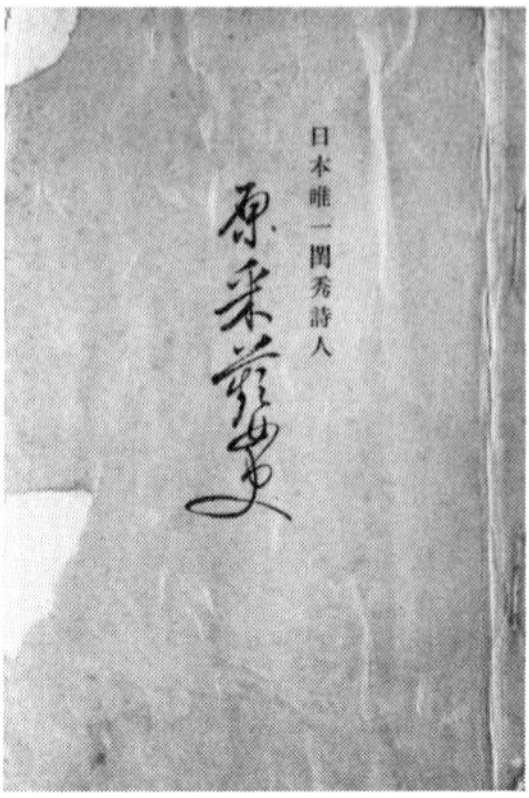

『原采蘋女史』

だった。

　この年の「仏山堂日記」がないのは残念でならない。仏山は四十歳で堂々たる塾主、詩人として門弟たちを教授していた。采蘋もその様子を見て大いに満足したであろう。後に、仏山に自分の詩（七言絶句）を贈り、「幸いに斯文《しぶん》の後苑に伝うる有り／喜び看る家学の遐方《かほう》に及ぶを」と詠い、仏山の成長を喜んでいる。

　采蘋は安政六年（一八五九）二月、秋月を出て江戸に向かう。水哉園には二～四月頃に訪れていると推測される。しかし「仏山堂日記」に記載されていないのでわからない。『原采蘋女史――日本唯一閨秀詩人』（春山育次郎著、原采蘋先生顕彰会、一九五八年）によると、「春寒二月花に負《そ》きて故郷を発したり。爾後の肯行程は、一詩半言の存するなきを以て全く之を知るを得ざるも沿道豊前に村上仏山等の旧知を訪ひ、志を告げしは論を待たず」と記す。

八条半坡

　八条《(條)》半坡《はんぱ》については友石孝之編『注釈　八条半坡先生詩抄』（百回忌記念、八条宗詢発行。一九六一年）に詳しいが、ここでは簡略に紹介したい。諱は房詢、字は子猷。半坡は号である。天明五年（一七八五）二月二十八日に中津に生まれる。家は代々奥平侯に仕え、禄百石を領した。父は平次右衛門勝記、茅斎と号す。「茅斎君文武の芸に於て学ばざる所鮮し、其学ぶ所其蘊を究めざるものなし、房詢君父に従ひて、弓馬剣槍の道を学び、皆其室に入る、且甲陽の兵法に達す、性最も文学を愛し能く詩を作る、常に松川北渚、恒遠轟谷、村上仏山と相唱和す」と。さらに「兵制を改めんと欲」し、安政二年（一八五五）頃、「江川太郎左衛門、高島秋帆、佐久間象山、藤田東湖、牧穆仲、島津文三郎、其他数名の諸士に謀り、阿蘭陀の火器兵法を甲陽の兵法に加へ、長を取り、短を舎て以て大に藩の兵制を改革す」とある。「全国兵備の未だ整はざるを痛飲し尊皇愛国の義を唱へ、鎖港攘夷の説を述べ、藩公及び水府老公に建議する所あり」と。万延二年（一八六一）正月二十四日没す。年七十八歳。仏山よりも二十五歳年長であった。

弘化元年（一八四四）九月二十五日、半坡は水哉園を訪問する（その十六年後の安政六年（一八五九）四月十五日には仏山が半坡を訪ねている）。その時の様子を「仏山堂日記」（九月二十五日）では次のように記している。

「中津藩士津田半蔵号小石、八条平太夫半坡、井上嘉源二号蓼汀、冨永万福寺号呵石、外ニ小僕一人、此辺古跡ヲ探リ夕方来訪一宿」とある。半坡は親しい友人三人と小僕（世話をする子供）の五人連れで水哉園にやって来た。

当然、宿泊するので、前もって先触れを出すか、書簡で訪問することを連絡していたであろう。その後、「日記」には二十六日の条に「晴れ、早朝右五人同伴、御所渓（谷）ニ遊、夫ヨリ香春高坐寺観楓、河上屋ヨリ酒肴持参、西念寺ヨリ持出有之、日田屋酒持参、紅葉ノ最中奇興無限、塾生モ追々馳加、夕方味見越、河内吉武氏ニ一宿」、さらに二十七日の条に「吉武氏出立、青龍窟探洞中ニテ小酌、夕方、神護村ニテ告別、中津客ハ大橋ノ様行、余ハ塾生三人同道、鋤崎永昌方ニ立寄、深更帰宿」とある。

「日記」に「御所渓ニ遊」とあるが、馬ケ岳にも登ったのであろう。『仏山堂詩鈔 初編』には「馬岳に登り、八条半坡の韻に次ぐ」と題し、次のような詩を載せている。

片片寒雲出レ岫飛　依稀城上動二旌旗一
血涙当日応レ漂レ杵　鬼餧千秋誰建レ祠
澗菊狐穿疎蕊乱　崖松鶚哭大枝岳
吟人固有二悲秋感一　況是荒山弔レ古時

安政六年（一八五九）四月十五日、今度は仏山が中津の半坡を訪ねていく。その前日、当日などを「仏山堂日記」から追ってみる。

四月十二日の条に「予久ク東遊之志アリ、半坡翁ヨリ是非十四、十五日頃東遊致呉候様中来レドモ、来二十日ヨリ本家仏事執行有之、大迄ニハ帰宅不レ致テ不レ叶ニヨリ一日期ヲ早メ、明日十三日発程之筈ニテ、用意混雑也」。

翌十三日になると、「五ツ半時馬上ニテ発家、塾生恥格、僕源四郎跟随《こんずい》、九ツ時湊町塩屋伝五朗方ニ着、酒飯供給有之、七ツ下刻、安雲光様寺ニ着、緩宴到深更」とある。

十四日の条に「今日安雲ヨリ馬ヲ返ス。馬夫ハ彦三郎也、今日光林寺ニ強テ被留尤モ法鶴子今津ニ遊学致シ居候ヲ呼ビ返シ旁大ニ丁寧之過待ニ付、不得已、再宿ス、今夕、大宴成当村医生増田文治ナル者陪飲」とあり、仏山は大歓迎を受け、なかなか中津の半坡の家まで行き着かない。

十五日になって「今朝、岸片徳善寺隠居来訪、共ニ緩酌。七ツ時、安雲出立、黄昏中津八条氏ニ着、主翁喜無限共ニ十余年之情ヲ談ジ、緩酌至深更、津田小石亦来会」とある。二人は十六年ぶりの再会で「喜無限」と記しているが、「仏山堂日記」の中でも、こんな喜びの表現は少ない。この後、半坡先生の次から次へ歓迎会、詩会が続くのである。

長梅外・長三洲親子

「仏山堂日記」によれば、長梅外《ばいがい》（南梁）・三洲《さんしゅう》（炗）の親子が弘化二年（一八四五）一月十五日に水哉園を訪問し、「彦山儒生野沢数馬男主馬召連来訪」とあり、翌十六日、「野沢滞在」とある。当時、幕府の厳しい取り締まりから変名を使うことが多かった。この野沢数馬は父梅外、主馬は三洲の変名である。

父親の長梅外の姓「長」はもともと「長谷」であったのを改めたという。梅外、南梁《なんりょう》、允、允文、楳外、文世などの号、または変名を使用した。長子の長三洲は幼名を富太郎、通称名を太郎、光太郎、諱を炗《ひかる》、字を世章、秋史、号を三洲、蝶生、胡蝶生などと称したが、倒幕運動をして危険人物として追われ、主馬、横三、小野秀夫という変名を使用していたという。

仏山と長谷南梁（長梅外）と三洲とは親しく交わり、父子は何度か水哉園を訪れている。「仏山堂日記」に記載されているものを、もう少し拾い出してみると、弘化二年四月七日、仏山は門人の守田、片山を連れて英彦山の南梁（梅外）を訪ねる。途中、友人、知人と出会い、英彦山に着いたのは九日であった。梅外に英彦山の名所の梵字巌などを案内してもらい、英彦山の道士も加わり、詩会を開き、そのあと「大宴」となった。その後も詩や書簡のやりとりがあったが、弘化四年五月十六日の「仏山堂日記」には「彦山長谷南梁上国遊歴の由にて迂路過訪、吟酌尽歓」と記す。

これだけ見ても、仏山と梅外は詩人として親しく交わっている。実際に三洲も何度か水哉園の仏山のもとを訪ねているが、倒幕運動に加わっていたため、「日記」に書かなかったこともあると思われる。また、日記自体も欠落した年もかなりあるので、実際のことを把握できない。
長梅外はすぐれた教育者・詩人であった。梅外は文化七年（一八一〇）、豊後日田郡五馬《いつま》村の寺に生まれ、医術を修業し、その後、儒学を修め、広瀬淡窓の咸宜園に学び、〝淡窓の十八子〟の一人に数えられたという。

梅外は学問の修業を続け、英彦山の座主の祐筆となったが、天保八年（一八三七）から嘉永四年（一八五一）まで英彦山で家塾「南渓荘」を開いて修験の子供の教育をしていた。そんな関係から英彦山の子供を咸宜園への入門の紹介をしていた。もともと英彦山の僧、修験者の中には、漢学、漢詩を学ぶという伝統的なものもあったようである（瓜生敏一著『田川の文学とその人びと』一九八二年）。

仏山とは同年齢で、しかも真からの詩人で、塾主であることなど境遇も似ていたため気が合ったのかも知れない。

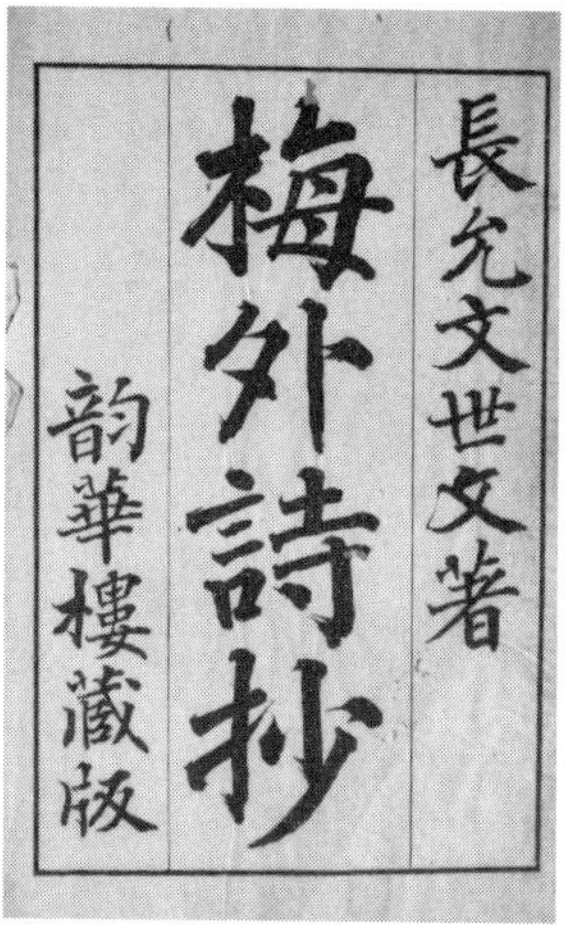

『梅外詩抄』

梅外は詩集『梅外詩抄』（乾・坤二冊、安政四年（一八五七）刊。文政九年〜安政四年（一八二六〜五七）までの詩約三百首を収録し、英彦山時代のものが多く含まれている）を出版している。

その後、『梅外詩抄』二編（上・下）、同三編（上・下）の他、附録として「古雪遺稿」、「静士遺稿」、「春堂遺稿」、「竹香閣小詩」などがあり、他に著書の『左伝彙箋』、『唐宋詩醇抄』、『左邇録』、『古今異字叢』、『詩書評釈』、『詩書評釈拾遺』、『詩学問津』などがあるという。この大半は未見である。

『日本漢文学大事典』によれば、「講説を業とし、詩・書を善くした。のち長州藩の賓師となり、維新後は東京に移り住んだ。明治十八年十月二十八日没、歳七十六」と記す。

仏山に梅外（長南梁）に対する次のような詩がある。

憶㆓彦山長南梁㆒

神山自与㆓世間㆒違　羨爾幽居占㆓翠微㆒
星向㆑頭懸如㆑可㆑抉　雲遭㆓膝圧㆒不㆑能㆑飛
晨炊乞㆑火従㆓丹竈㆒　夜読会㆑堂皆羽衣
記得分明昨宵夢　石楠花底叩㆓巌扉㆒

（『仏山堂詩鈔　初編　巻之下』）

梅外の「彦山」と題した詩を一首あげる。

彦山

彦山駿極天　巌巌九州望
群巒尽拱向　三峰互低昂
谷鳴忽急雨　崖静已斜陽
雲霧所族集　変幻不可量
春寒山骨凍　入夏初風光
澗水漲新緑　山花飄異香
杉檜幽且邃　中蔵羽人郷
法螺声何処　吹裂白雲房

さて、ここで少し長三洲について触れたい。

漢詩人で『梅外詩抄』の著者である私塾塾主の長梅外の長男として生まれ、貧しい生活の中に幼い時から学問を始め、その才能はめざましく「神童」といわれた。広瀬淡窓の咸宜園に入門して、「途中の八ヶ月の欠席はあったが、三年八ヶ月という抜群の速さで九級上に到達した」（中島三夫編著『三洲長炗著作選集』中央公論事業出版、二〇一三年）という。九州各地を放浪し、安政二年（一八五五）六月、

『三洲長炗著作選集』

旭荘の大坂咸宜園に行き、塾主の手助けをしていたという。後、長州藩士と親交を深め、万延元年（一八六〇）、再度、長州に赴き、藩校明倫館の教壇に立ったこともあったが、薩摩、土佐の藩士たちの信頼関係を築くために走りまわっていた。しかし、幕吏の追跡を受け、たびたび危険な目に出遭う。奇兵隊に加わり、小倉戦争、戊辰戦争に参戦し、維新を迎えると明治政府の文部少丞に任命され、「学制五篇」を草した。

その後、教部大丞、学務局長、文部大丞、宮内省御習書御用掛、宮内省御用掛、文学御用掛などを歴任。明治の最初の学制を咸宜園の学則、月旦評を参考に作成するのに尽力したという。「その学は程朱を奉じて実践を主とし、また詩文・書画に長じた」（『日本漢文学事典』）という。著書に『三洲居士集』、『書論』、『復古原論』などがある。

三洲の書道の手本はよく知られている。架蔵しているのは『三洲先生真書正気歌』（明治二十六年（一八九三））、『草稿松菊帖』（明治二十八年（一八九五））、『松陰先生・士規七則帖』であるが、この他、『草行詠詩帖』、『草書帰去来』、『楷書帰去来』『三体千字文』（大正八年（一九一九））、『小学習字本・第一級〜第七級』など多くの手本集を出版している。当時、三洲の習字帖は人気があったという。書家として著名である。

晩年の三洲は名筆と文章力をかわれて、膨大な碑文、撰文、著書の題辞、扁額、軸物、寄せ書きなどを依頼されている。

『三洲居士集』（長寿吉編、明治四十二年（一九〇九）、西東書房）より、三洲の詩を紹介する。

九月朔、宿大橋駅、同夕田賦
酒夢半消灯滅明　大橋駅裏欲三更
不知暗汐生秋枕　海鶴中宵亦有聲
（注：大橋駅は現在の行橋市内。この詩は年譜によると安政六年（一八五九）の作のようである）

長三洲が編集した文芸雑誌『咸宜園』（多くは咸宜園の出身者の作品を掲載している）に、末松謙澄など水哉園出身者の詩も収録している。仏山とその門弟たちとも親交があった。

『三洲長芡著作選集』によれば、三洲と水哉園出身の人たちとの親交がよくわかるものがある。

それは明治二十八年（一八九五、死去する一カ月前）に、一種の遺言状であるが、官吏として明治三年（一八七〇）、『新封建論』を著して廃藩置県を主唱し、多くの人に知らしめるため我が国初の新聞雑誌を刊行し、ようやく明治四年七月に廃藩置県が無事成功したことなど、自分の歩んできた道、主に官吏になっての出来事を記している。この病床での口述筆記を担当したのが堤（吉田）増

『三洲居士集』

蔵（号は学軒。水哉園入門は明治十二年〈一八七九〉。「昭和」の元号の考案者）である。
また、三洲は家族宛の「遺言」（明治二十八年〈一八九五〉二月）を残している。長くなるが紹介したい。

「生死は寒暑昼夜のごとし、もとより悲しむべきものなし、われ、三十年以来王事に奔走せし時戦事その外において決死せしこと幾十回、すでに己に心を動かさず、今日の病またこれ人生免るべからざる事なり、決して悲哀すべからず、汝等いずれも悲を節し、勇気を鼓し、我が後のことを処置すべし。（中略）

われら知己朋友天下に満つ、されど死後を託すべき人は多からず、我が第一の親友は山県大将、鳥尾中将、三浦（梧楼）、野村（素介《もとすけ》）大臣（三洲の後任文部丞）、杉大夫等もまた同じ、その他西島青浦《せいほ》、堤増蔵諸子および門人数輩、児玉少介《しょうすけ》、末松謙澄君もまた同じ、この節は野村大臣の語に随い、三浦中将に托して寿吉の後見人たらしめ、承諾を致したれば予の死後は何事も三浦の指揮にしたがい、子供等成立致すまで一同勉励すべき事。（中略）われら生涯にわが詩を板にし、五六百部も天下の知人に分増すべしとおもいたりしに財なき故にて出来ずこれまで板の格好等色々好みたれども、もはやどうでもよし、わが没後にもし少々の余財をさき只今かきぬきおける六巻の分を堤増蔵、進一にてエリヌキ今四巻つくりて全拾巻、添作の小字版するもよき故、印刷いたし、あまねく四方朋友故旧その外に贈るべし」

堤増蔵（吉田学軒）は当時、宮内省御用掛をしていたが、三洲と共に斯文会員でもあった。遺言に近いものの口述筆記を依頼され、遺言状には二度にわたって記載され、詩集の刊行にも拘わるように書かれている。増蔵（学軒）は三洲にかなり信頼されていたのであろう（ほかに増蔵は森鷗外の信頼が厚く、晩年の日記の口述筆記をし、鷗外は所蔵の漢籍を譲ると遺言状に記した）。それにしても、この三洲の「遺言」はいろいろな意味で完璧なものだろう。

また、この「遺言」には、末松謙澄（慶応元年〔一八六五〕、水哉園に入門。逓信大臣、内務大臣、歴史家、詩人）の名も出てくる。やはり三洲の信頼が厚かったのであろう。

三洲は生前に自分の詩集の出版を望んでいた。そのため「遺言」に、「われら生涯にわが詩を板にし、五六百部も天下の知人に分増すべしとおもいたりしに財なき故にて出来ず」と書き記している。長男の寿吉（のち九州帝大教授）は、遺言に従って、十八年後の明治四十一年（一九〇八）二月、『三洲遺稿』（十一巻・全五冊）を出版した。この詩集には広瀬林外の序「古味堂焚詩序」と淡窓の「淡翁贈言」を掲載し、凡例には「評先子詩者、有淡窓、旭荘、仏山、五岳、橘門、青邨、林外、湖山、枕山、静斎、羽峰諸先生……」とある。ここに子息寿吉は父三洲、祖父梅外と仏山との交誼の深さを著したのではないだろうか。この詩集の刊行を成就させた寿吉も立派に親孝行したのである。

また、生前の三洲は自分の詩集の刊行は後回しにして、父梅外の著書『詩学問津《もんしん》』（三冊、明治十二～十四年（一八七九～八一））、詩集『梅外詩抄』二編（上・下、明治十四年（一八八一））、同三編（上・下、明治十九年（一八八六））などを先に刊行したのではないかと思われる。これもまた素晴らしい親孝行である。

なお、長三洲研究の基本図書として、前掲の中島三夫編著『三洲長炗著作選集』があるが、これはA４の大判、二二〇頁の分厚いもので、略伝、作品目録、書翰、篆刻と印譜、関係文献目録、年譜、附録など、三洲研究にとってまさに必読の書である。特に晩年の三洲は書家として有名であったため、多くの人に依頼されて膨大な数の扁額、軸物、碑文、寄せ書きなどをしたためているが、中島氏は全国にわたって所蔵者を訪ねて調査し、収録している。その永年の精力的な研究に頭が下がる思いである。私も一点の書を所蔵していたので写真撮影に提供した。ささやかであるが、私蔵で終わらなくてよかったと思っている。

釈　白蓮

釈白蓮《はくれん》（坂本葵園）は、安政四年（一八五七）八月の「席序」（一種の成績表）では「上等之下」となっている。

水哉園の入門帳（「入門姓名録」）によれば、弘化三年（一八四六）に入門したようである。その前後の白蓮のことはよくわからなかった。断片的に「仏山堂日記」、『仏山堂詩鈔』などに出ているが、多くは謎であった。しかし、その後、いくらかの資料が出てきて、その人物像がわかるようになった。ここではそのいくつかを記したい。

まず、前記の資料の他に『白蓮池館詩鈔 初編』（友人の林英の校訂、一八七一年頃刊行）、『白蓮池館詩鈔 二編』（坂本文一郎編・刊、一九二二年）、『白蓮池館遺稿』（男文、門人真野鷹の二人の校訂、坂本文一郎編・刊、一九三〇年）、さらに『日本漢文学大事典』によって白蓮の足跡がかなりわかってきた。ただ白蓮の足跡を調べる上でもっとも混乱したのは、名前を何度か変えていることと、村上仏山と関わりのあった河野鉄兜（名は維羆、字は夢吉、通称は絢夫・俊蔵）とよく似た名前の時があったため間違っていたこともある。そのため、容易に白蓮と坂本葵園が同人物であることがわからなかった。

『白蓮池館詩鈔』

ここで白蓮の略歴を記していきたい。まず、簡単にまとめている『日本漢文学大事典』より紹介する。ここでは「坂本葵園」として収録されている。

「文政十年（一八二七）～明治十四年（一八八一）。江戸末期から明治時代、淡路の人。名は亮。字は亮平。号は葵園・白蓮居士。はじめ僧となり白蓮と称したが、学を好んで岡田鴨里・河野杏村に師事した。のち江戸に出て梁川星巌・大沼枕山などと交わった。明治の初め還俗して大坂に出て、河野杏村の塾を継ぎ、白蓮池館塾と称して教授した。その学は程朱を主としたが、拘泥しなかった。文政十年九月九日生、明治十四年十二月十九日没、年五十五。著に白蓮池館詩鈔二巻・同二編三編一巻・白蓮池館遺稿一巻がある」と。しかし、ここには村上仏山に師事したことは記されていない。

先の『白蓮池館詩鈔　初編』の「白蓮居士小伝」（浪華府黌官・春颿河野通胤撰）によれば、「淡州の人。初めは炬口浦の成願寺の住職をしていた。詩を学ぶため、各地を遍歴。そのうち、藤沢東畡翁に入門。その後、村上仏山の塾に入門。さらに大沼枕山などの諸名流と交わる。また、河野亮平に改名。正学に帰り、詩作に専念し、各地の詩人と交流する」とある。ここにははっきりと「村上仏山翁の門に入り、業成り還る」とある。この初編の跋は村上仏山が書き、批評もしている。

次いで二編の序文のあとに「墓碑」の文（友人・藤沢恒）を載せている。「淡洲三原堺村の人。初めは僧たり。後儒に帰る。名教を以て興し己の任となす。而して詩名最高。（中略）配は熊谷氏。一子を挙げ、曰く文。猶幼し」とある。

同「詩鈔二編」の後書きに白蓮の一子・坂本文一郎が記している。「最後は浪華北浜に住んでいたが、明治十四年十二月十九日に死去し、小橋中橋寺街の梅松院で葬式を行った。そして先考は本姓は坂本、中年に故有って河野氏を冒し、晩年にいたって本姓にす。そのため詩鈔の前後編の姓が異なっている所以である」と。ようやく白蓮と坂本葵園とが同人物であることがわかった。

ここで、白蓮の詩、人となり、仏山との交流について見ていきたい。

水哉園の「入門姓名録」（入門帳）には弘化三年（一八四六）の項に「淡洲庄田村、平等寺白蓮」とある。詩鈔二編の「墓碑」には「淡洲三原堺村の人」とあるが、入門当時は「庄田村の平等寺」にいたと思われる。ただ白蓮は弘化三年から何年間、水哉園にいたのか記録がないので、わからない。その後、再び水哉園に入門したため「安政四年八月の席序」では「上等之下」で副長格を務めている。『仏山堂詩鈔 初編 巻之上』には「憶僧白蓮」の中に「衣鉢去年尋我至」とあるが、この詩が詠われた年が正確にはわからない。『仏山堂詩鈔 二編 巻之上』に「与白蓮夜話賦示二首」の注には「白蓮七年前在塾今復来学故云」とあるので、七年を隔て、子弟再会の感激をうたっている。資料には安政二年頃、白蓮は副長格を務めているところからして、水哉園に入門して、後、各地を転々と修業し、再び嘉永六年（一八五三）に来て、副長として塾で教えていたと思われる。「仏山堂日記」嘉永六年の八月二十五日の項には、「淡洲白蓮再遊」とある。推測すれば、弘化三年（一八四六）九月に入門し、数年間在籍したあと、嘉永六年に

「再遊」したということであれば、「七年の蹤跡」ということは、計算が合う。

水哉園は天保六年（一八三五）に創設され、十年を経た「弘化元年ごろ塾制も完備され」、名実ともに充実期に入っていた。仏山も詩人として、塾の師匠として指針を定めた時であろう。白蓮はその頃入門した。その後、仏山と白蓮の子弟は、よほど馬が合ったのであろう。二人の交わした詩に見られるように情の厚さを感じ取ることができる。ここで二人の関係を詩で見ていきたい。

まず、仏山の詩集『仏山堂詩鈔』に白蓮との関係を直接詠ったと思われる詩が三編ある。「初編巻之下」に「僧白蓮を憶う」と題して「南海中分す淡路洲。曽つて聞く禅室風流を占むるを。禽声夜度須磨の月。帆影朝に迷ふ明石の秋。衣鉢して去年我を尋ねて至る。琴書今日誰と与にか遊ばん。君を伴ひて唯有るは宵宵が夢のみして。飛過する天橋は最頭上にあり」と。

先に挙げた『仏山堂詩鈔』の弘化四年（一八四七）の作を紹介しよう。「白蓮夜話とともに賦して示す、二首」と題して「南国の詩僧再び逢ふを得、七年の蹤跡談に入りて濃し、君よ知るや自ずから作させし楓橋の感を、客枕依然たるや半夜の鐘」、もう一首は「多謝奇談ありて寂寥を破る、南洋の険悪魂使しむる、一炉活火し茶声涌、恍として聴く鳴門の半夜の潮」とある。

これに対して白蓮が師仏山を詠った詩三首を紹介したい。

『白蓮池館詩鈔 二編』に収録している「仏山先生六十寿詩」と題して、「鐘鼎、山林両つながら是れ天。風流儒雅亦因縁なり。詩中の宗派皆仏に帰し。壺裡の乾坤著仙を別つ。高会秖に当に万歳を歌ふべきのみにして、茲生延年を過ぐること莫かるべけんや。有時領取す蓬瀛の信。只翩翩として海鶴の伝はるのみ喜ぶ」とあり、その十年後には「仏山先生七十寿言」と題して「先生の乱歯徳両つながら相全くして、自ずから握る扶桑風月の権。妙偈西方より老仏を推し、悪くんぞ詩の東海のかた頑仙を笑はんや。人生七十古稀の後、酒債尋常長酔の辺。千里の書来りて賀頌を徴し、濫竽深く愧ず羣賢に列するを」と。

明治十七年（一八八四）九月十二日、仏山が亡くなって後、白蓮は「哭仏山先生」と題して追悼の詩を作る。「幾たびか西溟に向かひて旧恩を拝し、蒼波渺渺として遠きかたより招魂す。恨むらくは古寺の敲く鐘三杵にして、涙灑ぐは霊牀菓一盆なり。遺愛の後生は泰斗を瞻る、風流夫子は琴樽を只にする。詩乗徹底は真に訣れの如くして、逝水浮雲は亦法門」とある。

詩人として仏山の名を高め、水哉園の隆盛の大きな一因をなしたのは、嘉永五年（一八五二）、『仏山堂詩鈔』の出版であろう。

また、その背景には時代の要請もあったようである。富士川英郎はこう指摘する。「江戸時代の漢詩は安永・天明から寛政へかけての頃に、その変遷の第三期に入っている。この時期には、これまで支配的であった盛唐詩を範とする浪漫的、理想的な詩風への反動が起り、それに代って宋詩に倣った現実的、写実的であるとともに叙述的な詩が現われ、やがて一世を風靡したのであった。（中略）化政期に至るとこの詩風の詩はひろく日本全国にひろがり、それを支持するおびただしい作詩家や読者の層を得て、その安定した、ひろい基盤をもった」と（『詞華集 日本漢詩 第八巻 絶句集』）。

河野鉄兜

河野鉄兜《こうのてっとう》は弟の東馬《とうま》と共に安政元年（一八五四）閏七月二十九日、水哉園を訪問した。「仏山堂日記」には、「播州林田河野俊蔵（姓は越智、名は維羆、字は夢吉。通称は絢夫・俊蔵。号は鉄兜・雪苑・秀野）。其弟東馬（名□、字季一、号香村）共ニ来訪」とあり、翌八月朔日「河野ト文談ス」、二日に「河野ト吟酌」、三日には「河野出立」とある。

二人は気が合ったのであろう。三泊して水哉園を出発したが、仏山は天生田《あもうだ》まで見送って「小酌告別」した。しかし、弟子の村上文吉、僧昇道にはその先まで付いて行かせる。その後、鉄兜は『仏山堂詩鈔 二編』の校訂をしている。

鉄兜について『日本漢文学大事典』は次のように紹介している。「丸亀藩儒吉田鶴仙の門に入り、のち梁川星巌に師事し、最も詩学に通達した。林田藩に仕え、藩校の教授となって子弟に教え、安政二年（一八五五）家塾秀野草堂を開いて諸生教導した。その学は折衷学派に属し、また本草に精しく、禅理に通じた。慶応三年（一八六七）二月六日没、年四十三。鉄兜遺稿三巻・詩轍・美竹西荘一詩箋」などがある。

鉄兜の詩を紹介したい。

菅丞相

西都風月付㆓長嗟㆒　回首浮雲是帝家
一去騎㆑龍仙跡香　空留㆓正気㆒在㆓梅花㆒

（『皇朝分類　名家絶句』）

西　鼓岳

西鼓岳《こがく》は『仏山堂詩鈔　初編』の批評・序文・題詞・跋文の執筆者八人のうちの一人である（鼓岳は批評のみ）。鼓岳は肥前（佐賀県）の人で、享和三年（一八〇三）に生まれ、仏山より七つ年長であった。名は賛、字は叔襄、号は鼓岳・芳隣舎。佐賀藩家老・多久氏の家臣西忠能の第四子。『日本漢文学大事典』によると、「多久聖堂に入学して草場佩川に学び、のち佐賀藩校弘道館に入ったが、文政八年（一八二五）二十三歳のとき、江戸に出て古賀侗庵の門に学ぶこと三年に及んだ。帰って多久聖堂で教えて、助教に進み、監察を兼ねた。詩を善くした。安政四

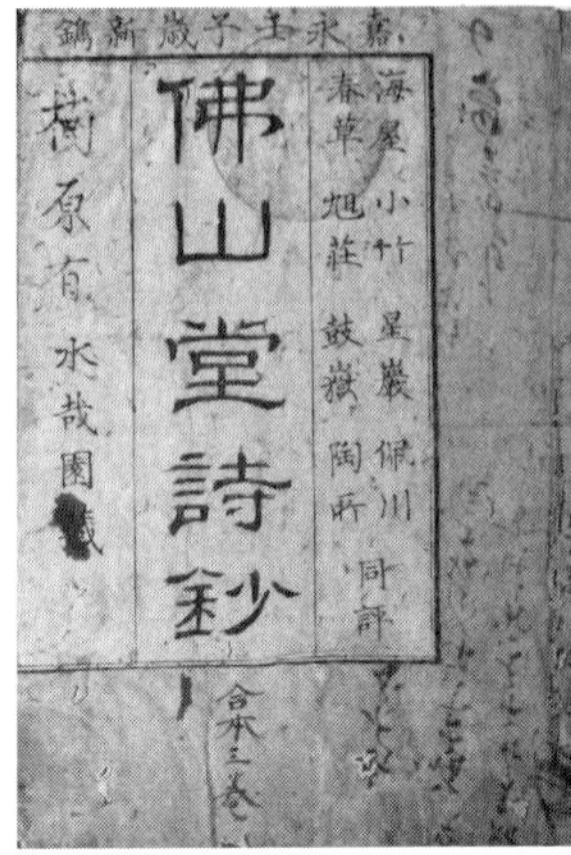

『仏山堂詩鈔 初編』。評者の中に鼓岳の名前が出ている。

年二月二日没、年五十五。著に芳隣舎詩鈔三巻・鼓岳遺稿二巻がある」と記す。

鼓岳が仏山と親しくなったのは、天保五年（一八三四）三月、多久の草場佩川を訪れた時（二十五歳）であるという。

『京都郡誌』（伊藤尾四郎編、大正八年（一九一九））には「仏山も従僕も痛く疲労して宿屋に入った、（中略）疲労がひどいので、晩飯の味も碌にわからず、箸を取り落とすという風で、寝具を運ばせる遑《いとま》も無く、肱まげて直に白河夜舟の状況であった」と。間もなく、宿屋の者から揺り起こされて見れば、知らぬ客が来ていた。その人と詩文を談論し、近作の誦するのを聴くと、何れも清新の句であった。仏山も自作の詩稿を示す。話は益々盛りあがった。よくよく聞いてみると、その人が西鼓岳だったという。「鼓岳は仏山を自宅へ引張って往く」、「好きの道とて前の疲労も打ち忘れ、夜を明かした」という。「草場佩川は年長だが、西鼓岳は年が若いから、直に親しくなったものと見ゆ」とある（原資料不明）。

『京都郡誌』によると、仏山は当時を次のように記している。

「誘我至君宅、高堂別有天、書画積如阜、杯盤列其間、置書把杯酌、置杯把画看、二人共酩酊、不省夜向晨、豈啻忘疼痛、兼銷旅懐酸、素無一面識、過蒙君子憐、詩巻実良媒、結此好因縁」

その二十二年後、安政二年（一八五五）一月十日、鼓岳が水哉園を訪れている。「仏山堂日記」には次のように記されている。

「肥前多久西庄三郎（鼓岳）門人田上馬之助（敏、字子訥）、徳永源三郎（鉱、字鼎卿）両生ヲ召連来訪。余鼓岳ト二十二年之再会。歓喜可知。且談且酌到深更。今夕下本家節会ニ被招深更チョト出席。

十一日、雨、軽雷、肥客ト吟酌。仙杖・周英・貫一郎亦与ル。

十二日、風雪如吹、肥客帰ル。仙杖ト送之、香春駅ニ到、河上屋ニ乞宿所……町家ニ一宿セシム。河上屋ヨリ酒肴持出、緩飲到深更。今日大風狂雪、途中之難苦却奇興アリ。余別ニ有詩、記之」

この時の詩であろう。『仏山堂詩鈔 二編 巻之中』のに「肥前西鼓岳来訪次其恵韻」と題して詠んでいる。

半庭蓬藋忽跫音　喜極発レ狂歌且吟
詩本無レ瑕同二趙璧一　酒唯知レ趣似二陶琴一　（鼓岳酒戸頗小）
春声震レ地雷驚レ蟄　暮影投レ山風送レ禽
刎レ燭今宵何用レ睡　倶談二十二年心

仏山と鼓岳は二十二年の歳月を経ての再会を共に喜ぶ。仏山は「喜極まり狂を発し、詠い且吟ず」、「ともに二十二年間の思いを談」じたという。

仏山は一月十二日、風雪の中での送別にあたり「過㆓七曲嶺㆒到㆓香春駅㆒告㆑別」と題して長詩を詠んでいる（『仏山堂詩鈔 二編 巻之中』）。前半の一部のみを紹介する。

天上之奇無㆑若㆑雪　人間之奇無㆑若㆑詩
雪能使㆓山川色改㆒　詩能使㆓鬼神魂飛㆒
歳之乙卯春正月　村子送㆑客客是誰
西肥詩傑西鼓岳　二子追随亦奇才（以下略す）

この詩について斎藤拙堂は「発端頗奇」、大沼枕山は「起得奇雋（魂）自是有力者之詩」と評している。仏山は自由奔放に言葉を駆使して詩を詠っている。

それにしても鼓岳との再会は感激的で、二人の厚い友情は羨ましい限りである。

後藤素行（素一）

後藤素行（通称は素一、号は田川）は豊前国の代表的な詩人の一人である。田川郡後藤寺村（田川市）の人であるが、若い時、各地に遊学して国学、漢学、医学に励んだという。瓜生敏一著『田川の文学とその人びと』（瓜生敏一著作刊行委員会、一九八二年）に詳しい。同書によると、素行は寛政六年（一七九四）、後藤寺村の二村武兵衛の三男として生まれ、のちに二村家から分かれて「後藤寺」姓を名乗ったという。祖先は地頭のような役をしていたらしいが、素行の父の代には農業と商業をしていた。

素行は文化五年（一八〇八）、十五歳の時、江上苓洲《れいしゅう》の門に入り、漢学を学んだ。苓洲は肥前の儒者であるが、筑前藩に仕えたという。素行は苓洲に七年間学び、京都《みやこ》郡延永の大庄屋・山本氏のもとで（素行二十二、三歳の頃か）村の子弟に学業を授けていたらしい。その後、飄然と郷土を飛び出し、畿内に遊学し、文政の初め頃、備前福山藩の国学の助教をしていた。一時、父の病気で帰国したが、再度、筑前の秋月に行き、江藤半山に就いて医学を学んだという。医者としては信頼される腕をもっていたが、放浪癖はなかなかおらず、各地の名士との交流を楽しんだらしい。

さて、仏山との関係だが、「仏山堂日記」（以下「日記」と表記する）の嘉永三年（一八五〇）十一月十三日の条に「田川素一、今井社参詣之由ニテ過訪」とある。この時、仏山は四十歳、素一は五十六歳の頃である（素行は仏山より十六歳年上）。この時はすでに旧知の間柄であって、嘉永三年以前の不明の「日記」に素行の名が登場していると思われる。

「日記」の嘉永四年一月二十二日の条には「田川過飯」とあるが、その後、仏山は嘉永五年一月七日より田川方面への旅行に出かける。この時、『仏山堂詩鈔』刊行という大事業の仕事を終え、あとは詩集の出来上がるのを待つだけになり、やっと一息ついたところであった。「日記」嘉永五年一月七日の条には「兼テ田川一遊之志有之。今日僕政次郎ヲ従へ発足。七ツ時湯山ニ着。緩飲到深更」、翌八日には「於平石氏朝飲。午前発足。皿山ニ過。後嶋（藤）寺後藤素一ヲ訪。留守ニテ不遇。夕方、猪膝伊藤浚明《しゅんめい》宅ニ着。歓飲□□、予与浚明二十年之別、一夕相遇。彼此欣喜可知」、翌九日「早朝ヨリ又々酒宴。午時出立」し、のち後藤の家に行き、「後藤素一要ト飲」とある。

嘉永六年（一八五三）一月二十五日の条には「後藤素一来訪」、同二十六日「留宿」、同二十七日「後藤氏出立」、翌七年（安政元年）十月二十日「後藤素一来訪共談詩」、同二十一日「素一氏ト賦詩」と記し、素行はたびたび水哉園を訪れている。

嘉永六年になって、仏山は自著『仏山堂詩鈔』を前年十二月に出版し、詩集祝賀会を開いたが、母親お民が亡くなり、大変多忙な時期を過ごした。次第に仏山の詩名は高まっていった頃であろうか。素行は水哉園に宿泊し、詩会を開いている。素行とは詩人として心通わせる間柄であったのであろう。

その後、安政四年（一八五七）五月二日の「日記」には「後藤素一大橋ニ行之由ニテ過訪」、同年七月二十三日の条、「安広伴蔵大橋医生後藤素男同道、久保ニ行之由ニテ過訪」、さらに万延元年（一八六〇）九月九日の条には「今日旧例登高スト云トモ今年ハ御様子ニ付遠慮致シ不及其義於塾中開宴。書生凡三十人余。後藤田川於大橋来リ会ス。田川深夜ニ帰ル」とある。

素行の大橋行きは、息子の規が大橋で医者をしていたからだという。素行はもともと医者であったが、子息も医業を営んでいた。また孫の幾太郎も軍医となり、大阪衛戍病院長、日露戦争時の第四師団軍医部長などを歴任した。同業の森鷗外の『小倉日記』にも何度か登場する。なお、後藤規も漢詩を好んだようだ。『江山寿詠』（守田蓑洲《さしゅう》の周甲の紀念集で多くの著名な詩人が詩歌を寄稿している。明治十八年（一八八五）刊）には、規が「新田挿秧」と題して漢詩を寄せている。

偉哉田夫子　曽墾百頃田
教民務耕耘　穣々年又年

人給家亦足　余沢及四隣
功成不自居　悠々独楽天

惜しいかな、詩文に長じた素行の遺稿はあまり残っていないという。素行の詩を一首のみ紹介したい（『田川の文学とその人びと』。小倉・徳力居住の藤井愿亭の『晴耕雨読楼詩集』稿本の掲載）。

小倉途上遇雨、投宿徳力駅藤井、賦之示主人

山間逢驟雨　狼藉湿単衣
村屋縦希見　他人無可依
踏蹊行潦走　上阪片泉飛
前駅存相識　投来宿不非

吉雄　敦（菊瀕）

吉雄敦（蔵六）は小倉藩の藩医であり、漢詩人でもある。文政十二年（一八二九）三月の生まれで、仏山より十九歳の年下である。十三歳の頃、日田の咸宜園で学ぶ。その後、家業の医学

を継ぐため、秋月の医家、大坂の緒方洪庵に学んでいる。山崎有信著『豊前人物志』によれば、「甚だ医を懌《よろこ》ばず、儒を以て立たんと欲し、屢々《しばしば》職を辞せんとするも聴かれず」、その後、「小笠原氏藩庁を豊前豊津に移し、藩学を興す、敦之が教授と為り典医は旧の如し」とある。

緒方清渓は吉雄敦を次のように紹介している。

「先生姓吉雄。名敦。字公礼。号菊瀕。北豊小倉人。世事小笠原公。為侍医。幼学詩於淡窓広瀬翁。才気横逸。圧倒儕輩。為咸宜園十才子之一。旭窓先生深愛学術淵深詞藻煥発。使其子惟孝就先生室。聴其講。訂其詩。惟孝。即林外也。先生及年壮。遊長崎。学医。帰為藩学育徳館教授。維新之後。奉職陸軍。任少佐。司参謀本部一等書記官室。側与胡山梅外橘門寧詩賢。来往訂交。晩年帰郷而逝矣。（明治二十四年〔一八九一〕十月、六十三歳で没）嗚呼。仏山秋谷已没。我豊之文壇。寥寥者久矣。頃者余探筐底。得先生存稿。録以頒示同臭之徒云。明治四十三年庚戌六月上澣」と。

緒方清渓は自身の履歴書（宇都宮泰長編著『小倉藩文武学制沿革誌』鵬和出版、一九九九年）によれば、慶応四年（一八六八）から明治七年（一八七四）まで育徳館で学び、その後、小倉の「小学授業法伝習所」を卒業。さらに豊津中学校で皇学を研究し、同十年「小学師範科」も卒業している。その後、小学校の教員を経て、明治十四年四月より豊津中学校で漢文・国語の教諭（中村十生著『新豊前人物評伝』〔一九七四年〕によると、七等教授方・明治二十九〔一九八六〕年文検の漢文科に合格。『福岡県立育徳館高等学校創立二百五十年史』〔二〇一〇年〕には、明治二十九年四月より大正九年〔一九二〇〕十月までの在職となっている。明治十四年〔一八八一〕から二十九年三月までの勤務は含まれていない）。

清渓は漢学、漢詩の泰斗であった。このようなことから、清渓は吉雄敦をよく知っていたのであろう。それゆえ、この文は信頼できるものと思われる。

仏山の亡きあと、清渓は西秋谷と共に北豊前の漢詩文界の指導的な役割を果たした。清渓は漢詩が得意で仏山とも親しくしていた。

吉雄と仏山とは友石（小森）承之助を介して親しくなったようである。『小森承之助日記』（北九州市立博物館編、一九九五〜九九年）に吉雄の名が度々出てくる。友石家と吉雄家もかなり親しく行き来していたようである。

「仏山堂日記」の安政元年（一八五四・嘉永七）十一月六日の条に「今般従　上御沙汰有之、牛痘種付ノタメ官医吉雄蔵六（注：敦のこと）出郡。今日ヨリ当手永入込ニ相成、午前ヨリ拙宅ニ来訪、深更迠対酌。光川周英ヲモ招、深更当村定宿薬師庵ノヨウ被行」、また翌七日の条に「吉雄氏ノ寓居ヲ訪緩話」、八日の条に「吉雄氏来話」、九日には「吉雄寓居ヲ訪」、十一日「早朝、吉雄氏来、告別、小酌餞之」とある。吉雄が来ている間、仏山は毎日のように会っている。

詩人同士として、よほど気が合ったのであろう。敦との交友の一端を示す詩がある。

吉雄君携㆓摂醸㆒見。余一酔醒則君已去矣。
（吉雄君摂醸を携へ見える。余一酔。醒則ち君已に去りたり）

客携㆓美醞㆒来　却令㆓主人酔㆒
客去主人醒　暁雲茫㆓別思㆒
（『仏山堂詩鈔　二編　巻之下』）

吉雄敦の詩はあまり見当たらないが、一首紹介したい。

初夏偶題

花殊雨似烟　新竹連幽樹
燕戸帯香泥　書窓籠緑霧
羲皇以上心　栗里先生趣
高臥愛虚閒　重敲送春句

（緒方清渓が吉雄の詩の中から選んで「菊瀬存稿抜水粋」と題し、『豊津中学・校友会雑誌』明治四十三年〔一九一〇〕の二十号に掲載した中の一首である）

島村志津摩の顕彰碑
（白石壽氏撮影）

他に吉雄敦は、金辺《きべ》峠（小倉南区呼野）にある島村志津摩の碑の撰文と書が有名である。

小野原善言

小野原善言《ぜんごん》は文化七年（一八一〇）、築上郡築上町西八田の農民・田中善右衛門の三男に生まれた。文化七年といえば仏山と同じ年である。これ以後、恩師・小林安司先生の論文「小野原善言について――北豊儒学史研究」（『北九州大学文学部紀要』第一号、一九六七年）によって小野原善言の略歴を紹介したい。幼名は種次郎、のち丹治、諱は善言、字は奉徳、古助、鬼丘、琴水隠士と号す。文政二年（一八一九）、八歳の頃、宇《う》留《る》津《づ》の人に句読を受け、十三歳の頃、日田の広瀬淡窓の咸宜園でも学んだという。その後、千《ち》束《づか》藩士・井上吉兵衛の家を嗣ぎ、城外足立村に住む。近くの広寿山の僧万丈と親しく交わり、共に苦学した（この万丈に仏山の義弟の安広仙杖が学んでいる）。天保七年（一八三六）二十五歳の時、藩老・丸田南山（靫負・秀実）の推薦によって四月に藩公より江戸に官学せしめられる。この時、名を丹治と改めた。

その後、天保八年頃、江戸の学問に物足りなかったのか、藩公に申し出て水戸に遊学し、藤田東湖の斡旋により会沢正志斎《せいしさい》の門で学ぶ。一年余で「丸田藩老の職を去るにおよび、藩公の命により帰国し、それより旧里に隠れ」たという。水戸においても苦学して師の会沢に期待され、「送井上秀才序」と題した詩を贈られた。

善言は文久三年（一八六三）に致仕して（官職を辞める）古里の八田で私塾を開いた。善言は学んできた「実学を主張し、一藩の士風を一変させん」とすることができなかった。「佐幕随一」の小倉藩では受け入れられなかったのである。しかも小倉本藩では攘夷派の小笠原敬次郎が急死し、青木政美《まさよし》が蟄居されたことで、水戸学を学んできた善言にまで影響したのであろう。

小野原善言が水哉園を訪れたのは弘化元年（一八四四）七月十一日。「仏山堂日記」に「井上古助（注：小野原善言）号鬼丘、又号山堂、小倉篠崎邸、吟酌夕清興無限」とあり、この夜、水哉園に一泊し、翌十二日、「与鬼丘唱和、与鬼丘登独笑庵喫茶、鬼丘帰」と記し、詩人同士の楽しい二日間を過ごした。

仏山が善言について詠った、「小野原善言来訪。移牀于前渓共飲。分韻賦似」と題する詩がある（『仏山堂詩鈔 三編 巻之上』）。

渓 声 鳴ㇾ玉 玉 珊 珊　引ㇾ客 移ㇾ牀 就㆓浅 湾㆒
十 歳 思 懸 雲 樹 外　霎 時 談 湧 酒 杯 間

灯光一串焼二秋浪一　柳影千重現二夜山一
君已鶯遷占二喬木一（善言近為支藩侍読故云）勿レ嗤依レ旧白鷗閑

『仏山堂詩鈔 三編』は明治七年（一八七四）に刊行されたが、万延元年（一八六〇）から明治二年（一八六九）までに作られた詩をまとめたという。小林安司先生の論文の年表によると、善言が小倉藩の侍読になったのが万延元年で、翌文久元年に井上から小野原に改姓している。詩中の注に「善言近為支藩侍読故云」とあるから、詩作は善言が水哉園を訪問して十数年後ということになる。

友石孝之著『村上仏山――ある偉人の生涯』によると、安政六年（一八五九）に仏山が第二編の詩集編纂を思い立ち、大槻盤渓に序文を請うた。そして盤渓との連絡を奇縁にも井上鬼邱（後の小野原善言）に頼み、原稿の督促の依頼をした。「鬼丘は小倉篠崎侯即ち築上郡千束藩の儒臣で、長く侍講等つとめた。（中略）たまたま小野原善言にその使いを依頼した理由は、千束藩侯に扈従《こしょう》して彼が江戸に登るついでがあったから」であると。その仏山が善言に宛てた手紙に「大槻、大沼行書状一封差出申候、失敬恐入候得共宜周旋所レ希候……両氏へ御接見之節定而野生身柄之義相尋申候事奉レ察候、何卒都合能、御対《おこたえ》可レ被レ下、猶又先達而御話申上候通、一日茂早く上梓仕度精々御促、大躰九月頃迄に者落成相成、御送被下候様、御周旋奉レ希《こいねがいたてまつり》　先方へも成丈相急呉候様、書中に申遣候」とある。

玄海生（伊東尾四郎）は「仏山は詩人たる資格は有っても、これだけの人々の批評や序跋を求むるには苦心した形跡が見ゆる」（「門司新報」明治四十三年（一九一〇）七月一日）と評した。結果的にうまくいったのは、仏山の人徳でもあったと言える。

友石惕堂と晩翠社

この稿の最後に、水哉園を考える上で参考になる、友石惕堂《てきどう》の「晩翠社」（初めは「集成舍」、後に「集成校」、「晩翠園」、「晩翠社」など名称を変えた）について述べたい。

惕堂は水哉園で学び、同じ豊前国で私塾を開いた人物であるがゆえ、どのように水哉園との違いがあったかという関心を抱いている。これらを知るための主な資料として、友石孝之著『淡彩集――友石孝之漢詩集』（美夜古文化懇話会刊、一九八三年）の「友石家の家系」、山崎有信著『豊前人物志』、吉永禺山編『門司郷土叢書 第四巻（旧藩時代及明治初期の学園他）』（門司郷土会、一九八一年）、『惕堂遺稿』（一九一二年）によって述べてみたい。

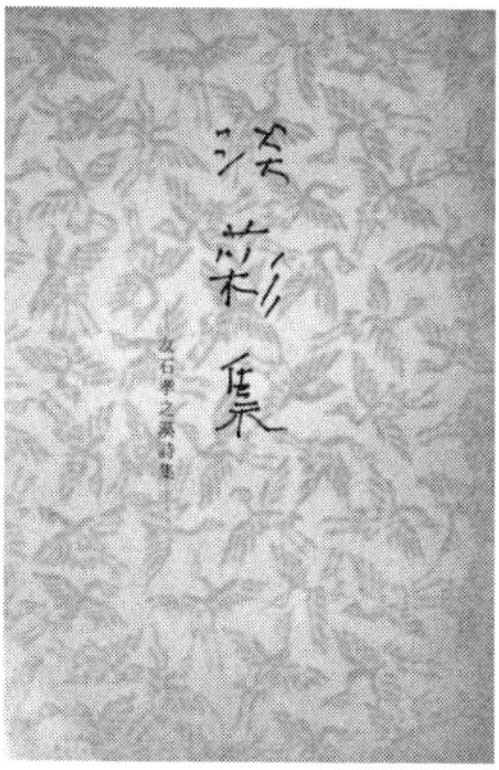

『淡彩集――友石孝之漢詩集』

友石惕堂（惕堂は号、通称は延之助・信之助、諱は盛郁、字は子

『惕堂遺稿』

春）は天保九年（一八三八）に現在の門司区畑《はた》に生まれる。父・友石宗左衛門（慈亭）の長男が承之助（号を古香といい、小森手永の大庄屋を務めた）である。この承之助のすぐの弟が晴之助（篁陽・子徳）である。前にも述べたが、『仏山堂詩鈔』の校訂者であり、著名な学者の序文、評文をもらうために奔走した人物である。水哉園を大帰《たいき》したが、仏山から最も期待されていた。その後、広瀬淡窓の咸宜園に学び、僅かの間に最上級までの成績を残し、師の淡窓に嘱望された。

その晴之助の次の弟が譜之助（専之助。号は戸山）で、水哉園で学んだという。その次の弟、即ち四男が惕堂（延之助・信之助）である。

惕堂は嘉永四年（一八五一）に水哉園に入門（『門司郷土叢書』では嘉永六年に入門）している。安政四年（一八五七）頃、水哉園を辞して帰郷したという。明治三年（一八七〇）、三十三歳の時に、畑村に私塾「集成舎」を開いた。明治五年、教育令発布のため公立学校に準じ、「舎」を「校」と改める。明治六年は畑村小学校教授試補、明治八年、小学校授業伝習所卒業。明治十年三月、私立学校設置出願、六月許可される。

明治十三年（一八八〇）、四十三歳の時、私塾「晩翠園」を開き儒学を教授する。同二十二年、五十二歳で没した。その後、甥の類次郎（文斐）が後を引き継いで、明治三十年まで続ける。友石孝之著「友石家の家図」ではわからなかったが、惕堂の没後に刊行された『惕堂遺稿』（一九一二年三月、惕堂の門人・生野荒太郎、冨士本登一外二名の編）により詳細がわかった。この遺稿集に掲載の西秋谷（当時八十八歳）の「墓誌銘」によると、「配四宮氏、生五女、無男、養古香君（注：承之助）第二男文斐（注：類次郎で孝之先生の父君）、為嗣、配其長女、有遺稿詩二巻」と記している。

さて、先述のこの「集成舍」・「晩翠園」（「舍」・「社」、「校」）は、水哉園の影響を受けた塾とみて、筆者は関心をもっていた。惕堂は六年余り水哉園に在園して、仏山の教えを受けている。帰郷して十三年後の明治三年（一八七〇）、三十三歳の時に家塾を開いている。しかし、時は明治五年の学制が発布する前で、時代が大きく変わろうとしていた。

『門司郷土叢書』には、編者の吉永禺山《ぐざん》が在学したことのある者に確認して入塾の手続、服装、課業の開始、講義、詩文課題、教科書・職員・月謝、食事などを簡略に記している。

惕堂は己の学んだ水哉園の大方を取り入れているようだ。例えば「詩文課題」の項で、「週末には、詩文の題が貼り出される。此原稿ができると、塾長塾主の手で添削され、佳所には朱・白点を施し、佳作には批評が加えられ貼り出される。すると、有志集って佳作者を胴上げして祝意を表するなど無邪気な行事もあった」と。

胴上げなどはともかく、よい成績をあげた者への祝意は水哉園にもあったという。また、初級、中級、上級者への教科書の使用や、塾主が上級者を、塾長が中級者を、古参学徒が中・初級者をそれぞれ教授することなどは、水哉園を参考にしたのかも知れない。未だ水哉園の塾則、告諭などが発見されていない現在、この晩翠社の記事は大いに参考になる。

結び

江戸期の文化・文政の頃、文化、教育の面でも隆盛期を迎えた。また、文士の修業の旅も盛んになった。頼山陽をはじめ広瀬旭荘、河井継之助《つぎのすけ》、司馬江漢《こうかん》、菅江真澄、吉田松陰、久坂玄瑞、森鷗外などの紀行記・日記、さらにドナルド・キーン著『百代の過客——日記にみる日本人』正・続（金関寿夫訳、朝日新聞社、一九八四年・八八年）を読んでみても、その多様さには驚かされる。総じて、自分の感情、感想を多く記さない紀行記、旅日記が多い。とくに儒家、漢詩人のものは簡潔な表現に留めている。しかし、その言葉の中には温かい人間関係が隠されているようだ。

修業にやって来た人は、地方には三都の詩人、学者に劣らぬ人物がいることを知り、大いに教えられることもあった。そして当然、都会からやって来た彼らも、地方の文化人に新しい知識を教示した。地方の学問好きな人は歓迎し、宿泊させ、詩会を開き、詩論、学問を論じた。

また、かなりの潤筆料《じゅんぴつ》を出して、書幅、書画などを依頼した。そこに文化の伝播の足跡を見ることができる。同時に文化・教育が地方にも広がっていた証左ともなるだろう。

はじめに述べたように、村上仏山の水哉園へも、その名を聞いて多くの文人・墨客が訪問している。明治になると、藩の家老、県令などまでが水哉園を訪ねた。

仏山は温かく客を迎え、互いに詩を詠み合って楽しんだ。客を見送るのに何里も一緒に行き、さらに途中で宿泊し、詩会を開き、また酒を汲み交わして別れを惜しんでいることが、度々日記に出てくる。今日では、まずできないことである。この時代の人間関係の温かみが感じられる。文学をする者の純な心があるように思える。教育の中心に詩をすえた広瀬淡窓や村上仏山たちの私塾の真髄は、ここにあるのではないだろうか。

この論の多くは、「仏山堂日記」と『仏山堂詩鈔』を主たる資料にしたが、残念なことに不明の年の日記もあるため、訪問のわからない人たちも多くいる。例えば、阪谷朗廬《ろうろ》、梁川星巌なども水哉園を訪問したといわれているが、不明である。今後、関係資料の出現によって不明の部分が解明できることを期待している。

【参考文献】

村上仏山著『仏山堂詩鈔』初編は嘉永五年（一八五二）、二編は明治三年（一八七〇）、三編は同七年（一八七四）の梓行（各三冊本）

村上仏山著「仏山堂日記」天保十五年・弘化元年（一八四四）より慶応二年（一八六六）までの十四年分で、欠本が多いが貴重な資料の一つである。

末松謙澄編『仏山堂遺稿』東京国文社、一九一四年

友石孝之著『村上仏山——ある偉人の生涯』美夜古文化懇話会、一九五五年

古賀武夫著『村上仏山を巡る人々——幕末豊前の農村社会』私家版、一九九〇年

板坂耀子編『近世紀行文集成 第二巻 九州篇』葦書房、二〇〇二年

岡本武彦・荒木見悟・町田三郎・福田殖編『楠本端山・碩水全集』葦書房、一九八〇年

近藤春雄著『日本漢文学大事典』明治書院、一九八五年

佐藤平次郎編輯兼発行『明治碑文集』（一、二巻）一八九一年

竹内 誠・深井雅海編『日本近世人名辞典』吉川弘文館、二〇〇五年

成松佐恵子著『庄屋日記にみる江戸の世相と暮らし』ミネルヴァ書房、二〇〇〇年

野口武彦著『日本の旅人⑪ 頼山陽』淡交社、一九七四年

広瀬淡窓著『広瀬淡窓資料集 書簡集成〈大分県先哲叢書〉』大分県立先哲資料館編、大分県教育委員会、二〇一二年

前田 淑 編『近世福岡地方女流文芸集』葦書房、二〇〇一年

Ⅲ

仏山作品の研究と伝播

＊本章は、筆者が執筆・発行する通信＝個人誌「郷土・美夜古《みやこ》の文献と歴史」の創刊準備号（二〇一五年一月）～四六号（二〇一九年十月）に掲載した文章を編集して収録した。

はじめに

私が村上仏山先生に興味、関心をいだいたのは郷土の碩学・友石孝之、古賀武夫両先生に直接に教えていただいたこと、また両先生のご著書『村上仏山――ある偉人の生涯』（一九五五年）、『村上仏山を巡る人々――幕末豊前の農村社会』（一九九〇年）などによって影響されたからである。私にとっては、もう三十年以上前のことである。

そして自分でも少しずつ調べていくと、友石・古賀両先生の調べていないこともかなりあることがわかった。それは両先生の研究以降、多くの人によって漢学者、私塾の研究が進み、新資料が出てきたことにもよる。

友石孝之著『村上仏山――ある偉人の生涯』

古賀武夫著『村上仏山を巡る人々――幕末豊前の農村社会』

仏山先生に限らないが、この豊前地方では江戸期の古文書、関係資料が少ないため、めったに新資料が出てこない。それでも時々、周辺の断片資料が出てきて、それらを少しずつ蒐集していると大きな発見にもつながる。多くのものは断片のままで終わりそうだが、できる限り、友石・古賀両先生の調べられなかったところを少しでも埋めていくつもりである。

私が今まで蒐集した関係資料のうち最大の発見は「安政二年、三年の席序」である。親子二代にわたって古書店を営む主人も「こんな資料に出会うのは稀有のこと」と言う。まさに資料も「一期一会」である。

ところで、この「席序」は現在の成績表に近いもので、大きな私塾では作成していたようである。何といっても大分県日田市の咸宜園の「月旦評《げったんひょう》」が有名だが、それも三、四枚しか残っていないそうだ。

さて、私が初めて手にした仏山の本は、写本であった。昭和四十年（一九六五）頃だったか、小倉北区の銀天街の一角に「教養堂」という古書店があった。〝古本病〟にかかり始めていた私は毎日、必ずこの店に寄り、そこで写本の『仏山堂詩鈔』（上・中・下巻）の三冊を見つけて購入した。この書物は中本というもので、現代の文庫本と同様の、携帯に便利な大きさ。これは歴然たる手書きのもので、凡例、上段に頭注、評語まで記して、刊本『仏山堂詩鈔』（初編は嘉永五年（一八五二）の水哉園梓行）を筆写したものである。実に細かい字で、丁寧にはっきりと墨で書かれており、表紙裏には「佐藤善蔵書、三本之一」とある。

三冊目の裏表紙に鉛筆書きで「三冊揃　八百円」と古書店の値段が書いてある。当時、私は就職したばかりで、給料は一万八千円だったので、かなり高価なものであった。

なお、書物には大きく分けて、「写本」と「刊本」の二種類がある。古い時代は「刊本」の借り賃を払って「写本」を二冊作り、そのうちの一冊を他人に売って利益を得る、ということもしている。書物が貴重で高価な時代の産物である。現代のようにコピーや写真撮影などができなかった時代には、学問意欲のある人たちは結構、本を写すことを根気よくしていた。私塾でも門人たちは塾主の詩集を写して勉強したようである。日田市の咸宜園でも多く見られる。

筆写という行為は「見て」、「解釈して」、「書く」ことだが、これは学習の基本である。現代でも同じではなかろうか。

写本『仏山堂詩鈔』（上・中・下）。表紙の題字は本文を写した人が書いたものではないようで，残念なことである。

仏山の著作と作品集

『仏山堂詩鈔』

『仏山堂詩鈔 初編』上・中・下（日＝巻之上／月＝巻之中／星＝巻之下。嘉永五年（一八五二））

私が『仏山堂詩鈔 初編』を架蔵したのは昭和四十五年（一九七〇）頃である（厳密にいえば、最初の『仏山堂詩鈔 初編』三巻本には「初編」という記載はなく、以降の「二編」、「三編」と区別するため便宜的に『仏山堂詩鈔 初編』と称している）。今からもう四十五年前のこと。当時、古書店などにも出ていなかったので、所蔵していた人のものをコピーさせてもらっていた。本物の『仏山堂詩鈔』（以後『詩鈔』と表記）は古書店の目録を見て注文し、ようやく架蔵することができた。それも幸運の一つであった。値段は五万円位であった。

この頃、空前の古書ブームで、デパートなどでの即売会が盛んに催されていた。競争も激しく、抽選でもまず当たることはなかった。北九州のデパートでも正月、お盆には即売会が開催され、開店前から多く客が並び、開店と同時にエレベーターと階段に殺到して先を争って会場になだれ込んだ。しかし、目的の本を手に取れることはあまりなかった。目指す本を手にするのは、この道のベテランたちか、地方からやって来る同業者たちである。その素早い行動に素人は歯が立たなかった。

さて、その後、架蔵しているもの以外の『詩鈔』を見ると、和本の特色でもあろうが、表紙の色、大きさ、活字の濃淡などが微妙に異なっていることに気がついた。そこで『詩鈔』を少しずつ購入していった。最近整理してみると、初編（三巻）六セットを所蔵している。

最初に購入した『仙山堂詩鈔』３巻

最初に購入した『仙山堂詩鈔』（写真）は、全体的に状態はよくない。発行から一六〇年以上経つため、少しぐらい傷むのは致し方ない。昔の和紙を使用しているため、現在の一般的な本に比べると、はるかに長年の使用に耐えられる。表紙の色が他の数種類と異なっているので、装丁をやり直しているようだ。これもよく読まれた証だろう。持ち主が次々と変わっていることも珍しくない。

また、架蔵の六部は、表紙や表紙裏紙の色、題字の字体、奥付、刷りの状態、本の大きさなどがすべて異なり、書誌学的に見れば面白いのであろうが、中には序文の順序が異なるものや、省略されたものもある。上の写真の本は、最初の広瀬淡窓の序がなくて、次の篠崎小竹の撰文が初めに来る。佐野正巳氏の「解題」に記載されているものと微妙に異なるものもかなりあって当惑する。

この『仏山堂詩鈔 初編』は村上仏山の出世作である。この詩集でさらに名声を高め、特に幕末から明治の初めまで一流の漢詩人として認められた。主宰する私塾・水哉園の入門者も多くなった。その後、仏山は明治三年（一八七二）に『仏山堂詩鈔 二編』（三巻）を、明治七年に『仏山堂詩鈔 三編』（三巻）を刊行し、詩人・水哉園主として、さらに名声を高めた。仏山の詩は『安政三十二家絶句』、『近世名家詩鈔』、『元治絶句』、『文久二十六家絶句』、『明治新撰 今世名家詩鈔』などに掲載された。

「初編」は最初三百部を印刷し、その後、百部を追加、全部で千部位は発行されたのではないかと友石孝之先生は指摘している。版木は書林が持っていて、次々と印刷されたようである。著作権などのない時代である。

『仏山堂詩鈔 二編』（風＝巻之上／雅＝巻之中／頌＝巻之下。明治三年（一八七〇））

『詩鈔 二編』は、仏山の四十一歳から五十歳代半ばまでの作品を収録している。詳しく言えば、上巻は嘉永三年（一八五〇）から六年までの作品、中巻は安政元年（一八五五）から二年までの作品、下巻には安政三年から六年までの作品を収録している。

　この「二編」の版木は水哉園で買い取っているためか、架蔵の三セットのみに限って言えば、一部の表紙のみ換えられていると思われる。しかし、調べてみるうち『詩集 日本漢詩』（汲古書院）の「解題」に指摘されているものと架蔵のものとを比較してみると、奥付が全く異なる。佐野正巳氏の「解題」、復刻影写本によれば、跋文などはなく、二編の奥付は四周双辺の枠内を二分割し、右側に「和漢西洋書籍　文部省御蔵版翻刻書　仕入売捌処、学校用書籍類」、左側に「下京第五区弁慶石町　三条通御幸町西入五十六番地　津逮堂　大谷仁兵衛」とある。

　ところが、架蔵の三部の奥付は、「弘通書肆」として九店が名を連ねている。「東京芝明神前の岡田屋嘉七、大坂北久太郎町四丁目　河内屋新次郎、同所　同正助、京都御幸町通姉小路上ル　菱屋孫兵衛、同三条通御幸町角　吉野屋仁兵衛、同三条通寺町西入　同甚助、同三条通柳馬場角　堺屋仁兵衛、同四条通御旅町　山城屋勘助、同富小路通四条上ル　丁子屋栄助」となっている。

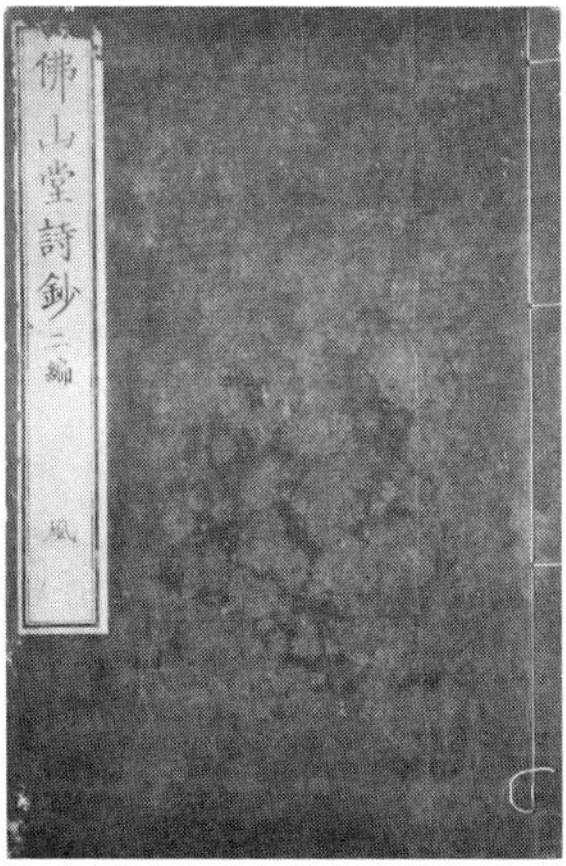

『仏山堂詩鈔　二編巻之上』

　いずれにしても、版木は同じものを使用したとしても二回以上にわたって『仏山堂詩鈔　二編』は刊行され、販売されていた可能性がある。これも「初編」が好評であったため、今でいう増刷されたのであろう。なお、この「二編」

の書肆のうち「初編」と同様のものは、江戸の岡田屋嘉七と大坂の河内屋ぐらいか。ただ、河内屋は代替りしたのか、住所は変わらずに「喜兵衛、茂兵衛」の名がなく、「新次郎、正助」となっている。また、どのくらいの部数が刊行されたのか不明である。

復刻『詩集　日本漢詩』に「文部省御蔵版翻刻書　学校用書籍類」とあるが、学校ではどれほど使用されたのかわからない。また、最後の詩のあとに直ぐ奥付がある。ところが、架蔵の三部共に、最後の詩のあとに、草場船山の「題言」、斎藤拙堂の「題仏山堂詩鈔後」、大槻磐渓《ばんけい》の題詞がある。

この時代の和本には取り合わせ本と各編の序跋、奥付に異同が見られることが多いという。しかし、同版で、刊行年も同じであることもある。

村上家のご好意によって、水哉園所蔵の版木を見せてもらった。やはり、私の架蔵しているものと同じで、詩集の最後の詩に次いで、佩川の「題言」、拙堂の「題仏山堂詩鈔後」、磐渓の題詞があり、奥付の書肆の九店が掲載されている。結論として、架蔵しているものが刊行当初のものであると言える。

ただ友石孝之先生の『村上仏山』（青巧社）には「仏山堂詩鈔第二篇風雅頌三巻……書林大坂河内屋庄助（版木は今も稗田にある。又、水哉園の印が押してある）」と記述しているところからすると、別に異本があるのかも知れない。これは未見のため、今後の課題である。

それにしても、先の汲古書院の復刻本の底本となったものは、かなり市中に出回ったと思われるが、どのように読まれたのか、出版の経緯はどうだったのか、大いに気になるところである。

『仏山堂詩鈔 二編』は私の知る限りでは、少なくとも二、三種類があると思われる。

『仏山堂詩鈔 三編』上・中・下（雪＝巻之上／月＝巻之中／花＝巻之下。明治七年（一八七四））

架蔵の二部のみで論じるのは軽率のそしりは免れないが、個人的な感想として述べたい。ただ、この「三編」の異本はないだろうと思っている。現時点で私の知る限りで記したい。

仏山の高弟・藪集成の附言によれば、校正は全巻を江馬天江《てんこう》が行っている。『詩集 日本漢詩』（汲古書院）の解説によれば、「三編三巻大冊、縹色表紙。左肩の題簽」、「三編の見返は紅色紙で四周双辺枠の欄上に『明治甲戌歳新鐫』と横書し、枠内右側から『磐渓 天江 支峯 湖山 林外 松塘《しょうとう》 秋谷 菊瀕《きくひん》 同評 〃仏山堂詩鈔三編〃 京都書林 村上治平蔵』」。

『仏山堂詩鈔 三編巻之下』
上は22.3cm ×15.2cm。
大冊は25cm ×17.7cm。

長くなるが、もう少し引用すると、巻頭に題字があり序文に続く。㈠「仏山堂詩鈔第三集序」明治辛未

（四年）亀井省軒、㈡「序」明治壬申（五年）仲夏（五月）、阪谷素（朗廬）、㈢「後序」壬申三月、山本秀夫（弦堂）、明治甲戌六月弟章夫（山本愚渓）。この後に「詩人邨図」、江馬天江の「識語」、小野湖山の「題言」、明治七年八月、門人筑前藪集成の「附言」がある。跋文は上巻末に「題仏山堂詩鈔後」豊津（豊前）西秋谷、中巻末に津の某氏跋、下巻末に㈠「三編題詞」癸酉（六年）四月、大槻磐渓、㈡「跋」明治七年夏四月、南摩綱紀（羽峰）㈢「仏山堂詩鈔跋」明治七年五月、梁文玩、㈣「跋」明治甲戌（七年）頼復（支峯）がある。奥付は四周双辺枠内を二分割し右側から「門人　某某合資刻／御用御書物（所）東洞院通三條上ル町　村上勘兵衛」と記す。

『仏山堂詩鈔　三編　巻之上』は万延元年（一八六〇）から文久二年（一八六二）までの三年間の詩作を収めている。「巻之中」は文久三年から慶応元年（一八六五）までの詩作を、「巻之下」は「巻之中」のあとを継ぎ、慶応二年から明治二年（一八六九）までの四年間の詩を収めている。「鼇頭部分の評者は、大槻磐渓のほかはすべて入れかわっている」と指摘するように、江馬天江、小野湖山、広瀬林外、鈴木松塘、西秋谷、吉雄菊瀕らが協力している。いずれも当時、名を知られていた詩人・学者である。

この「三編」は「初編」と同様に当代一流の詩人たちが、評語だけでなく、序文、題言、題字、題詞、後序、詩人邨図、跋などを寄せている。こういう類の詩集は珍しいのではないだろうか。未調査であるが、この詩集は多くの人に読まれたであろう。

『仏山堂遺稿』上・下　末松謙澄編纂兼発行（大正三年〔一九一四〕）

この本は仏山の逝去（明治十二年〔一八七九〕九月二十七日）から三十五年後の大正三年（一九一四）七月に出版された。遺稿集の話は以前から出ていたが、適当な編集者がいなかったためか、また出版資金のために遅れたのであろうか。謙澄は『防長回天史』の編纂で多忙を極めていた時でもある。

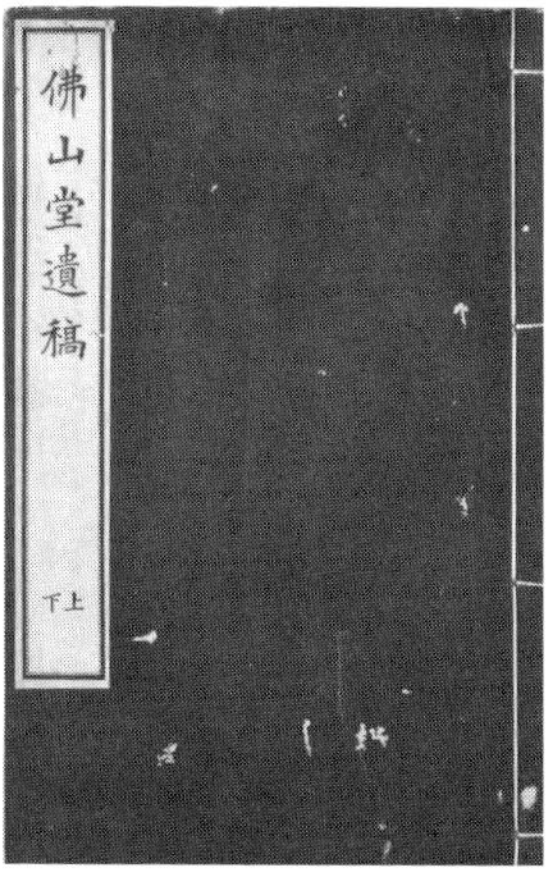

『仏山堂遺稿』
上・下巻一冊本

「門司新報」大正三年九月十七日の記事で紹介している。「翁（仏山）の詩は仏山堂詩鈔として翁の生前に於いて、既に三編九冊を刊行したり。末松青萍子爵（謙澄）此頃、翁の晩年の作を収録し、上下二冊合装し一巻とし、仏山堂遺稿の名を以て、印刷に附し、予約法に由り、実費を以て同好の士に頒かつ。巻中に収むる所、長編短章百六十余首。巻首附するに子爵珍蔵の仏山翁筆蹟数幅を以てし、十行十八字二号活字の印刷頗る鮮明美麗を極めたる大本なり。翁の詩品世既に定評あり。蛇足の賛辞を添ふるに及ばざれど、遺稿を通覧すれば翁の作、晩年に入るに従って愈々霊妙を加ふるを覚ゆ」とある。

仏山の第三編掲載の作品が万延元年（一八六〇）から明治二年（一八六九）までのものを収録したとあるので、遺稿集はそれ以降十年間の作品ということになる。即ち仏山の晩年の六十歳から七十歳までの作品である。「門司新報」の指摘するように「翁の作、晩年に入るに従つて愈々霊妙を加」えて、老詩人の作品として興味をそそる。

また、この本はしっかりした装丁と大きな字の木版刷の和本である。かなりの印刷費がかかったであろう。そのためか予約をとって実費を負担した。「凡例」には「此編印行之挙予約応分投資以表賛助之意者為左録諸氏」と記し、二十七名の氏名を掲載。「大正三年五月　青萍　末松謙澄識」とある。その中に伯爵小笠原長幹《ながよし》、貝島太一、麻生太吉、柏木真静、男爵小沢武雄、松室致《いたす》、片山豊盛、守田鷹太、緒方達太郎などがいる。郷土出身者、関係者で、いずれも錚々たる顔ぶれである。

他に門人の城井国綱の「仏山先生行状」、南摩《なんま》羽峰《うほう》、三島中洲《ちゆうしゆう》、長三洲の仏山の人物、詩の評を掲載している。そして、仏山の「長編短章百六十余首」を収録。その中に「絶筆」の七言絶句もある。巻末には僧五岳が「仏山先生に呈し奉る」という文、長三洲の著書、城井国綱編集の詩集の跋文なども収められている。

また、明治名作選集の『青すだれ』に選ばれて名文の誉れ高い、末松謙澄の「亡師仏山先生を祭る文」を掲載し、さらに、この文に対して緒方清渓の評語、説明文が添えられている。それには「余（清渓）三十五年前（亡師仏山先生を哭する文）写以寓二景慕之意一、頃者得二之筐底一、抑博士久在二政海一、又不レ暇二文墨一、或恐尊集中散逸焉、今贈以請二一瞥一、博士其又有二戚々焉者一乎哉」と。そして緒方清渓は「退之（韓愈）の十二郎を祭る文にも劣らない」という、この謙澄の名文の散逸することを怖れて、遺稿集に掲載することを勧めたというのである。編者の謙澄は自分の文章を載せることに躊躇《ちゅうちょ》したであろうが、清渓の後押しで掲載にふみきったようだ。

なお、佐藤平次郎編輯兼発行『明治碑文集』一、二巻（明治二十四年）には、草場廉（船山《せんざん》）の「邨上仏山先生墓碑銘」が収録されている。

この『仏山堂遺稿』は、村上仏山研究の貴重な資料でもある。遺稿集の一部を紹介したい。

「偶成」と題し、

名利従来夢一痕　畢生不レ入紫衣門
落花垂水柳栄帯　春在二詩人住処村一

「荒平（村名）土豪藤江愚翁、請二余一遊一久矣、今茲首夏、特遣二轎丁一相迎、乃与二家姪義貫

門生某某赴焉、途中作」と題し、

短李長張昇夢行　薫風芳艸七十程
故人相待心情重　不似籃輿如此軽

土豪藤江愚翁の庭は「魚楽園」のことで、雪舟の作った庭、紅葉の名所として有名である。

私は昨秋（二〇一五年）、この「魚楽園」に行き、その庭の見事さ、紅葉の美しさを実感した。

また、遺稿集には「到荒平里」、「藤江氏席上作」、「雪舟仮山」、「荒平夜歩」など「魚楽園」での作を掲載。「魚楽園」のパンフレットにも「漢学者村上仏山が来遊の際に詩経の中から命名した」と記している。当主の藤江氏と仏山は昵懇《じっこん》の仲であった。

仏山の書

仏山の書を随分見てきた。素人の私には、素晴らしい書だということはわかるが、どのように素晴らしいのか評することができない。ところが、既に五十年前に『美夜古文化』誌上で有元成蹊福岡教育大学教授が「村上仏山の書」という論文を発表している。本格的に仏山の書を論じた初めてのものと言えよう。少し紹介したい。

有元教授は今まで「仏山の書画が郷党において傑出したものだということを発表したものはなかった。只儒者としての書、郷土先達の書として慕われる程度であった。しかし仏山の書がその条幅においても細字においても決して幕末の唐様書家として劣るものではなく、むしろ個性的のあるきびきびしさにおいて、頼山陽、頼杏坪《きょうへい》、広瀬淡窓、亀井昭陽等と比べて優るとも劣るものではなく、特に晩年の細字においては、良寛の書に比肩する高い書の世界を展開している」と評価した。

劉寒吉も「線の細い字体はまことに整った品格を備えている」と評している。

仏山は二十一歳の頃、京都の貫名菘翁《ぬきなすうおう》（海屋）の門で学んでいる。貫名は三筆・三蹟以来の書家である。ここで書の修練を重ねたのではないかという。

友石孝之先生は、仏山の書は「元来自ら少しも能書家をもって任じていなかったようである。後年になって、書画雑誌に出たり、骨董雑誌に出たり、色々と儒家と呼ばれて巷間に高く価を呼んだのは、恐らく、俗味ない人格的気品がたまたま世人の鑑賞に入ったからであろう」と述べている。

棚田看山《かんざん》氏は、仏山の書は「丸みを帯びたやわらかな筆遣いで書かれ、彼の人柄がにじみ出た味わい深いものとなっている」と述べている。

もう少し細かに有元成蹊教授の評したものを見ていきたい。

条幅については、「仏山の字は一言に之を言えば気格厳正で気骨がある」、また「主として行書体」であり、「意志的な厳格なリアルな書であって中に鬱々たる気骨を含み老成した風格ある書だ」と評している。

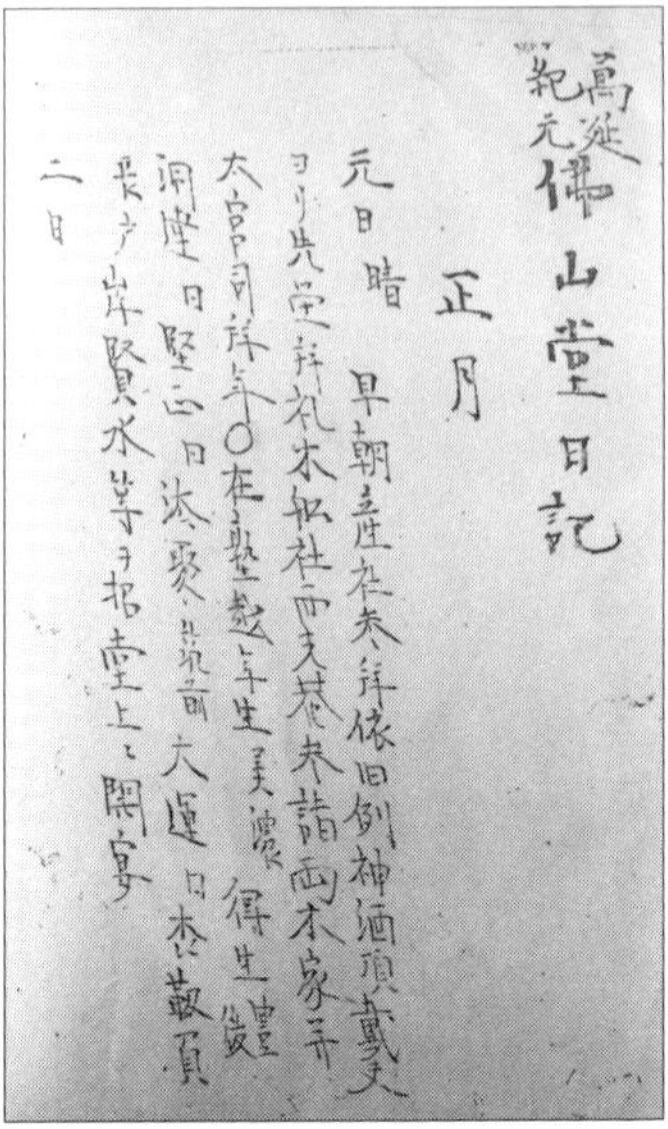

「仏山堂日記」

「仏山堂日記」ついて有元教授は、日記の書は細楷が主体で「条幅大字の気骨に対して清韻の妙味喫するべきものがある。太字のリアルな厳格な点画に対して、細字は中にリアルを蔵しつつも夢あり詩情がある。就中《なかんずく》若年のものよりは晩年の細字がよい」、「贅物《ぜいぶつ》を一切すててしまった表徴的な表現は渋味のある煮つめた美しさを感じさせる。非常に細い線で書きながら渾厚な力強い表現となり、法を超えながら法に則し、技巧をすてて一気に全生命をぶちつけて孤高蕭散《しょうさん》な表現となっている」と述べている。また、「文章は和文で時の公式文書の様な候文体で書体は殆んど楷書である。年代で云えば安政六、七年頃のもの」で、「清韻はここに頂点に達している」と言い、「良寛の中に仏山を見、仏山の中に良寛を見出したのである」と称賛した。

仏山が関わった本

『福博新詞　完』藤田謙三郎著（明治十二年〔一八七九〕）

村上仏山の門人、筑前の藤田謙三郎の漢詩集である。

藤田は水哉園の出身。門人帳によれば明治二年（一八七二）の項に「遠賀郡、一月十七、藤田謙三郎」とある。明治二年は仏山が六十歳。各地の門人、知人、詩人、文人たちより著作、詩集に序文、評文、題、跋などを依頼されていた。それから十年後に出版されており、仏山の最晩年の評文が掲載され、かつ福岡という地方の出版事情がわかるということでも貴重である。

この詩集は現在のほぼ文庫本の大きさで、二十頁余。奥付の出版人は「古野徳三郎・筑前国早良郡福岡簀子町五十六番、同　山崎登」。表紙の裏には「明治十一年十一月刊行」と印刷されているが、奥付には「明治十一年十月二十五日出版御届、同十二年四月二十日出版」となっている。評者には仏山、亀井雲平、宮本茂任《しげとう》、水越成章《しげあき》がいる。この日付にも理由があるのでは

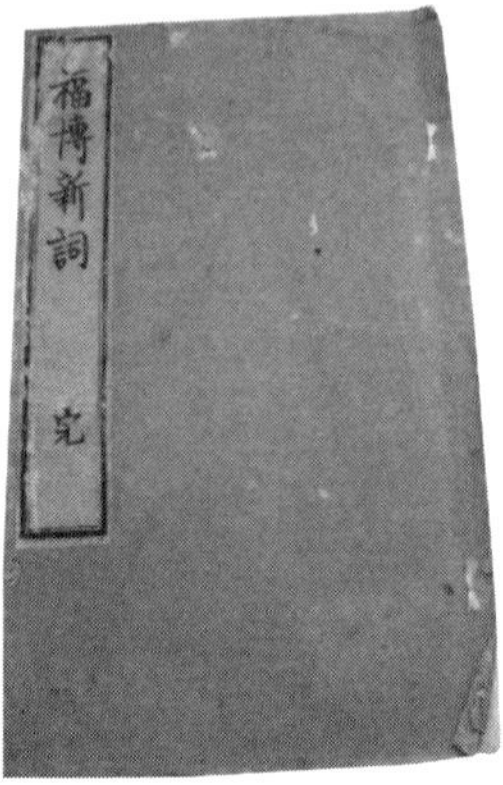

『福博新詞　完』。本文に朱筆での書き込みがあり，タイトルの上に「○，◎」など付けて評価している。

ないだろうか。当時の地方の出版事情があったと考えられるが、もう一つ、師・仏山の健康状態によるものではないだろうか。

仏山は病をおして、藤田から依頼された評文を書き上げたのであろう。藤田は仏山先生の元気な時に詩集を出版して見てもらいたかったに違いない。予定通りにはいかなかったものの、十二年四月に発行したとすれば、仏山（明治十二年九月二十七日死去）の生前に間に合ったことになる。刊行についての資料がないので詳細は不明であるが、想像するに病床の仏山に詩集が届けられ、子弟共に喜び合ったであろう。

ここで『福博新詞』の一部を紹介しよう。

箱崎

晩雲蔽レ島夕陽頽
又有二松林吐レ月来一
伏敵門頭春色遍
梅花落処早桜開

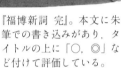

この詩に対して仏山は「伏敵門為二遊観場一、太平之沢可想矣」と評している。亀井雲平は同じ藤田の詩に対して「曩日徳輝今日花光」と評す。他に播州の水越成章の批評がある。藤田謙三郎は水哉園で学んだ後に裁判所判事となるが、仕事の合間に漢詩を詠んでいたようである。亀井雲平が序文を、宮本茂任が跋文を寄せている。

『明治名家詩選』 村上仏山校閲、城井錦原修纂

明治十三年（一八八〇）十一月三十日版権免許・同年十二月二十三日出版。修纂兼出版人は城井国綱（錦原）。

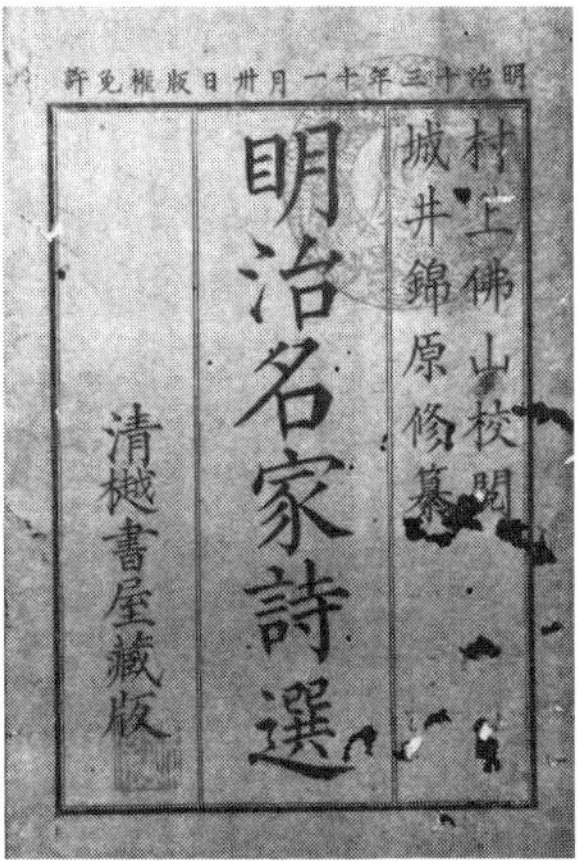

『明治名家詩選』

この本も仏山先生が最晩年に関わったものである。錦原は例言に、「此編は先師仏山翁の慫《しょう》慂《よう》する所に係る。翁の校閲いまだ半ばにして遽《にわか》に簀《さく》を易《か》う。今巻の首に翁の名字を題せしは、其の素志の存るためなり」と記している。

この本は上・中・下巻、三冊の和本。二十五人の漢詩人の詩を収録しており、湖山、船山、林外、三洲、梅外、省軒などがいる。梅外（三洲の父親）の詩を二十四首も収め

ているのは珍しい。仏山の詩は四十八首を収録している。

『梅隠亭詩鈔』 西肥 楠東林運著、北豊 村上大有剛校

著者の楠東林運と仏山（大有剛）は、よほど親しくしていたようである。仏山は晩年の病気がちの頃に、この詩鈔全編の批評と校訂を行っているのである。ただし、二人の関係についてはまだ詳しくわからない。

この本の発行年も正確にわからない。というのは、和本の例にならって奥付がないためである。序文、後書きなどから見て明治十四年（一八八一）前後と思われる。ただ、仏山は明治十二年九月二十七日に亡くなっているので、生前に序文、校訂を済ませていたと思われる。

二人の交友についてはまだ詳しくわからないものの、以下、この詩鈔の「附言」を記した島静卿と占野素行の文によって記していく。

東林運は若い時から各地に遊学し、のち住職をしていたが、病気のため辞めたという。戒円と号して静かに暮らし、詩作を楽しんでいた。他に呼び名として「法運老師」とも記している。「万事信天、一心帰仏」の生活を送っていたらしい。東林運と仏山は親しく交わり、「一詩を得ると必ず一評あり」という関係だった。この詩鈔は仏山の校訂によって「鈔十之一二、以謀上

梓」と記す。この記述によれば、二人は古くから交際していたということがわかる。というのも上巻の評者として草場佩川（一八六七没）、広瀬淡窓（一八五六年没）の名が出てくるためである。その他の緒方清渓、大沼枕山《ちんざん》、草場船山、広瀬林外、西秋谷、亀谷省軒、広瀬青邨などの評語を載せている。ただ圧倒的に仏山と佩川の評語が多い。長い交流の中でたびたび評されてきたものであろう。

下巻の巻末の十頁は、東林運の二男・楠襲（号は木南子、通称は潤二）の詩を掲載している。これらの詩も仏山は評している。後書きを書いた「友人某某」によると、木南子は優秀な人物で、若くして対馬藩に招かれて講義していた。だが、維新後、東京に出て官吏になったが、惜しいかな二十八歳で没した。遺詩は「凡そ千有余首」あるが、その中の「寸珠片玉」のみを録したとある。

この楠木南子の詩鈔の中に「水哉園に僧智俊の淡路に帰るを送る」（僧智俊は文久三年〔一八六三〕に入門）という五言律詩がある。

同僚又同志　幾歳寓他郷
魚水交情密　驪歌別恨長
灯残村駅雨　鞋冷野橋霜

『梅隠亭詩鈔』

南国美人去　暁雲望渺茫

この詩に対して仏山の評がある。「余音不尽、又曰合作」と。

これを読むと、木南子も水哉園を訪れたか入門していたように思われる。ところがよく読んでいくと、下巻の父楠東林運の詩に「五日、児潤二の東京に在るを懐う」という五言律詩を掲載している。この詩に対して仏山が次のように批評している。

「潤二曽為敝塾都講、才気□駸、人呼千里駒矣。後徴而為対藩臣、次而遊東京任大属、将大伸其驥足、而一旦忽奄病卒、詩中命危之二字、翻為其讖乎、噫」と。

これは潤二（木南子）が二十八歳で歿した後の評であろう。さらに、この評文によれば、潤二は水哉園で都講をしていたことになる。この時期の「仏山堂日記」などがないので詳細はわからないが、一つの発見である。また仏山との厚き交情もうなずける。

この木南子遺稿の詩をもう一首紹介したい。

「水哉園書懐」と題した五言律詩がある。

疑義質有師　心事論有友

興到時誦詩　愁生或酌酒

丈夫志于学　何厭為客久
只有関孤懐　故山老父母

仏山の評語は「語浅情深」とある。平易な語を使用しているが、心情は深い、という。ここに少し水哉園の教育の特色が詠われているようにも思われる。塾生の質問にやさしく答える師。心から話し合える友、酒を酌み交わせる友。皆高い志をもって学問に励んでいる。ただ心配なのは故郷の父母のことだという孝心。

『東遊草』 村上貫一郎著（漢詩集草稿）

著者の村上貫一郎（義貫）は仏山の甥である。

この『東遊草』の漢詩は安政二年（一八五五）八月三日から十月十六日まで七十三日間、仏山の兄・彦九郎（義暁）と子の貫一郎親子が伊勢参りの旅に出た。その道中、各地の名所・旧跡を訪ねた折、漢詩を作り、帰宅後、清書して仏山に見てもらったものである。裏表紙には「安政三丙辰二月下旬、仏山先生江相頼叱正」とある。

本文の漢詩には師・仏山の朱筆がかなり入れられている。ちなみにこの頃、貫一郎は水哉園を手伝い、安政二年夏季の「席序」では「上等の下」で「塾監」後「副長」になっており、師の代講もし、学問もかなりのレベルに達していた。その後、大庄屋見習、大庄屋、明治期には県会議員を務める。しかし、この原稿を見ると、身内ゆえか仏山の厳しさを思わせる朱筆が入っている。ここに紹介するのは、仏山の朱筆や訂正の入らない、貫一郎自筆の原文のみにしたい。

その序にいう。

「予有東遊之志而未果、今茲乙卯八月、家巌欲参伊勢大神宮予亦父随行幸被許同三日出家、十月之望後一日帰郷、此間所得詩数十首聊記以備他日遺志耳。途中所携韵府一隅唐明詩類函二冊、故其詩粗漏観者請見恕焉、且莫笑其雞筋云爾」(仏山の朱筆が入っている部分を傍線で示した)

しかし、この序や本文の漢詩だけでは、伊勢参りの状況がわからない。他の資料に『上京留守日記』、『長峡舎歌集』、『東遊稿』(未見)などがあるらしいが、ここでは主に「仏山堂日記」でもう少し見ていきたい。他に『肥江亭詩鈔』、『滞京留日記』もあるらしい。

義暁は安政二年(一八五五)八月三日、大庄屋を務めていたが、役所の許可を得て、子息の貫一郎と伊勢参宮の旅に出る。この親子は伊勢参宮だけでなく、途中、各地の名所旧跡を訪ねて行く。例えば、厳島、金毘羅宮、高野山、長谷、吉野、伊勢宮を参詣ののち、琵琶湖、勢田、大津、比叡山、銀閣寺、妓王寺、詩仙堂などを巡る。京都から舟で大坂に出て、須磨浦など瀬戸内を舟で帰途につき、十月十六日に家に帰宅した。

「仏山堂日記」に記載されている関係記事を少し紹介する。

「八月朔日、家兄（注：義暁＝彦九郎）貫一郎ヲ拉伊勢参宮存立、三日出立之筈、因テ今夕設餞宴、兄姪（注：甥。ここでは貫一郎のこと）ヲ招キ、忠五郎随従之由故、是ヲモ招為相伴、半六亦来」

「同二日、今夕半六方ニ設餞宴、予モ被招」

同三日、「本家父子（注：下本家の義暁と貫一郎）愈今日出立。賀客如雲。七ツ時出家。三十人余送到津熊宮、餞飲。予与半六、吉武壮右衛門、小田武兵衛門、行司茶屋市蔵方ニ着、一飲。告別而帰」とある。

　義暁と貫一郎は「雲の如し」というほど多くの人々からの見送りを受けて、蓑島から舟で出発するはずであったが、天気が悪く、同六日になってようやく出発した。仏山は心配になって、また蓑島まで見送りに行くが、間に合わなかった。「不得面悟、情意快々」と記す。仏山は二度までも見送りに行くなど、兄や甥への思いやりの深さを感じ取ることができる。

『東遊草』

　さて、『東遊草』は漢詩文だけで、漢詩は長短七十二余首ある。ほとんどの文、句には師・仏山の厳しい朱筆が入れられ、中には全句が削除されたものがある。そして、一から十六までの数字の朱筆が入れられているので、この十六首を採録せよということだろうか。その中で○印がついている「醒眠泉」と題した詩を紹介する。

掬水覚心浄　清芳亦可憐
願令疑法者　一飲忽醒眠

なお、この『東遊草』は北九州市立中央図書館に所蔵されている。

詞華集にみる仏山詩

時々、「村上仏山さんは全国的に知られた人ですか」と聞かれることがある。その裏には、この地方の優れた人を実際より誇張しているのではないか、という思いがあるように思われる。

それに答えるのには、仏山の詩文の素晴らしさを説明するよりも、「全国から仏山先生を慕って入門していています」と伝えるのが大事だろうし、さらには日本の名詩集の中に頼山陽や広瀬淡窓などと一緒に取り上げられていることを知ってもらうのが一番、説得力がある。

そういう意味で、筆者は詞華集《アンソロジー》の類を集めてきたので、時代ごとに、刊行順に少し紹介したい。

なお、同じ詩が複数の書物に採録されているため、度々取り上げた詩があるが、ご理解いただきたい。

『文久二十六家絶句』上・中・下　桜井成憲編（文久二年〔一八六二〕夏）

この本は版元の擁万堂の主人が桜井成憲《せいけん》に編集を委嘱してできたものだという。『詞華集 日本漢詩 第八巻（絶句集）』（富士川英郎・松下忠・佐野正巳編、汲古書院、一九八三年）の富士川英郎の「解題」によると、「二十六人の詩人の作品六百十八首を収めているが、江戸の詩人では大沼枕山、鈴木松塘、鷲津毅堂《きどう》の玉池吟社《ぎょくち》の人たちがひきつづいて名をつらね、遠山雲如《うんじょ》が新しく登場している」、「関西の詩人では斎藤拙堂、藤井竹外、後藤春草、森春濤らがおり、九州出身者には草場佩川、広瀬旭荘、劉石秋、村上仏山のほかに、新しく落合双石が登場し、また、讃岐の志士日柳燕石《くさなぎえんせき》が初めて顔を出しているのも注目すべきである」という。

仏山の詩は中巻の冒頭から六頁にわたって収録されている。作者仏山の紹介が珍しい。「仏山村上先生、名剛。字大有。別号二稗田耕夫一。豊前人文化七年庚午生」とある。「稗田の耕夫と号す」としているところが面白い。

このような詞華集の詩の採録は編者の好みによるが、それぞれで重複したものもかなりあるし、意外な詩が収められている場合もある。この本の編者は、好んで詩人同士の別れを多く採択しているようだ。ここに仏山の「餞二南摩羽峯《（峰）》於長音寺村一。別後成レ咏」と題する詩を収録している。会津藩士だった南摩羽峰が安政四年（一八五七）三月十四日に水哉園を訪問した時の詩である。

一宵ノ文話好因縁　忽向レ東ニ帰路四千
別酒已醒テ人已ニ遠　満江ノ春月水生レ煙ヲ

『文久二十六家絶句』

二人は気が合ったらしく、一晩中、酒を交わしながら文学を語り合った。その後、羽峰は戊辰戦争で苦難の道を強いられたが、東京大学・東京高等師範学校の教授などをした。大正三年（一九一四）刊の『仏山堂遺稿』に、羽峰は当時を振り返り次のように記す。「余（羽峰）嘗て仏山翁を訪い、其家に信宿す。酒詩談笑、温淳古樸、至誠人を動かす。別れに臨み、翁余を送ること里余、余一絶を賦し、別れを叙す。音容なお目に在るが如し。而して幽明途を異にせし、今此篇を読み、黯然として襟を沾《うるお》す」と。

《明治》

『皇朝分類　名家絶句』石川　介　編

（万青堂、明治三年〔一八七〇〕）

『皇朝分類　名家絶句』

この本が『詞華集　日本漢詩　第十一巻』（汲古書院、一九八四年）に収録されたものより見ていく。

石川介《かい》（省斎《せいさい》）の編集で明治三年（一八七〇）に万青堂より刊行された。大沼枕山が序文を書き、村上仏山をはじめ古賀精里、貫名海屋、広瀬淡窓・旭荘・林外、梁川星巌、河野鉄兜、頼山陽など、江戸後期の百人の著名な詩人の七絶が収録されている。

富士川英郎の解説には、「この詞華集の特徴はそれらの詩が詩人別に配列されているのではなく、その題材によって種別されていることである。これは江戸時代に刊行された詞華集にはその類をあまり見ないことであった」という。そして大正三年（一九一四）に刊行されて長く、ひろく読まれた簡野道明講述の『和漢名詩類選評釈』の先駆をなすものの一つだ、ともいう。

この詞華集では詩を「時序」、「名勝類」、「詠史」、「詠物類」、「題画類」に分類している。仏山の詩は七首が収録され、まず「時序」の項で「中元」と題する詩を取り上げている。

中元郇巷亦繁華　霊処踏歌灯似レ花
俯聴二虫声一仰看レ月　悲秋情只属二詩家一

（注：中元は陰暦七月十五日）

仏山の詩をもう一首紹介しよう。

安部仲麻呂望レ月図
三笠山頭一輪月　孤舟海上欲レ帰人
千秋只有二清輝在一　応レ識三晁卿非二叛臣一
（先儒有下譏《そしり》二仲麻呂仕一レ唐以為レ叛者上）

『明治三十八家絶句』上・中・下（擁万堂、辛未初春（明治四年＝一八七一）刊）

上・中・下の三巻から成っているが、架蔵のものは風月堂の出版で一冊の合本になっている。山本弦堂の序文と中村確堂《かくどう》の跋文とがある。

仏山の絶句は二十首が収録され、仏山以外の詩人は十二首から三十首。仏山は平均よりやや多いということになろう。収録数のみで詩人の優劣を判断するものでもないことは勿論である

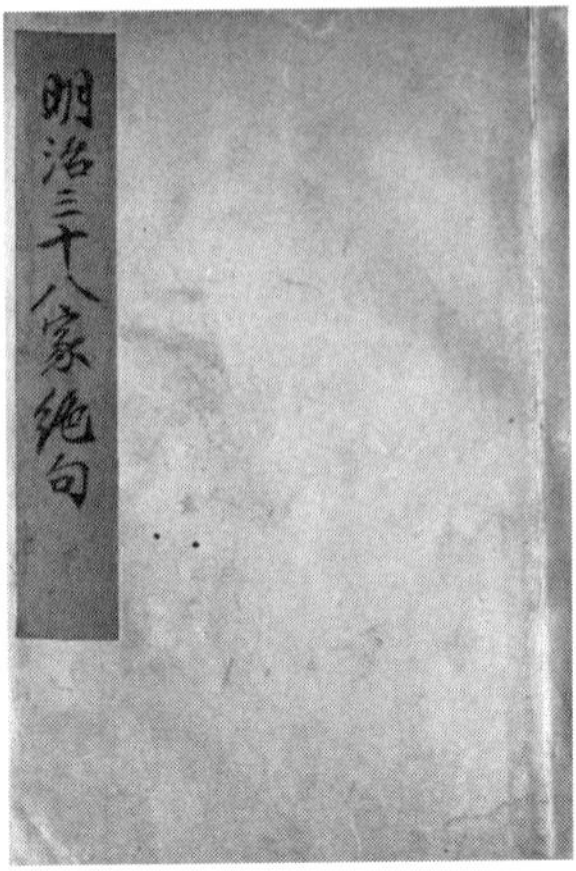
『明治三十八家絶句』

が、撰者の好みにもよるであろう。発表作品が撰者の目に留まらないこともある。また、詩人によっては「絶句」という形式よりも律詩や排律などを得意とする人もいるので、この「絶句」集の収録数のみで力量を判定することはできないが、ある程度の目安にはなるだろう。

さて、仏山の二十首のうちには、他の詞華集に収録されていないものもある。長くなるが詩の題名を列記すると、「題西肥東林師詩巻」、「天然師示阿州黒田東園詩需次韻因賦此寄贈」、「摘橙実経年猶在枝者以供天然師」、「春氷」、「凌霄花」、「重陽後一日過友人墓」、「三月十五日先考墓下作（先考没于京師距今二十年矣）」、「村上氏園亭賞菊」、「寄夢吉夢吉時臥病」、「題調伯辰詩巻」、「秋晩即事」、「送某游平戸」、「喜雨」、「九日登馬岳同諸子賦用李于鱗示殿卿詩韻十首（節七首）」となっている。

「題西肥東林師詩巻」の詩は、『梅隠亭詩鈔　初編』（楠東林運著、村上大有剛（仏山）校）中に掲載された仏山の序文中のものと思われる。全文を紹介する。

何花可以比君詩　凌雪凜乎梅一枝
徒是評香且論色　精神人竟不能知

この詩は承句に少し異同がある。『明治三十八家絶句』の掲載では「凜乎」となっているが、その後、推敲して『梅隠亭詩鈔』の序文では「先開」の句に変わったのかも知れない。
仏山の詩をもう一首紹介したい。

摘二橙実経年猶在レ枝者一以供二天然師一
香橙猶在二去年ノ枝一　酸尽不レ同初熱ノ時
淡泊之中含ム二妙味一　似二君カ禅意一似リ二吾詩一
即山

なお、収録されている他の詩人三十七人は次の通りである。
上巻：渓琴、雲嶺、亥軒、朴斎、梅東、黄石、青村、湖山、翠雨、春帆、鉄心
中巻：枕山、春濤、船山、静逸、小淞、松塘、鳳陽、精所、秋村、学斎、聴秋、摩斎
下巻：天江、香谷、蓼処、迂堂、林外、水香、松陽、香雨、石埭、大受、紅蘭、天章、梅塢、
合計七七五首が収録されている。仏山をはじめ枕山、湖山、春濤、船山などの詩は江戸時代の詞華集に度々取り上げられているが、他に多くの新人たちの詩も収録され、明治期の漢詩人の動向も知ることができる。

なお、この書は『詞華集 日本漢詩 第八巻』（汲古書院、一九八三年）に収められている。

『明治新撰 今世名家詩鈔』上・中・下　池田観編（尚書堂、明治十二年〔一八七九〕）

この本は古本屋で廉価で購入したものであるが、写真でもわかるように状態は極めて悪い。しかし、明治初期の仏山の詩を上巻に十五首も収めた貴重な本である。全部で五十一名の代表的な詩人の詩を収録しており、例えば大槻磐渓、安井息軒、南摩羽峰、草場船山、頼支峯、長三洲、広瀬林外、小野湖山、広瀬青邨、三島中洲らの詩を、一首から最高は十五首取り上げている。

仏山の詩は長短の詩を収録。参考までに題を記す。「聞　敕（勅）建二護良親王廟于鎌倉一私賦」、「橋上立レ月」、「新田義貞」、「奉レ呈二小幡明府一」、「夏日雑詠」（二首）、「岩熊村途中遇二牽レ牛吟レ詩者一有レ感二於亡師一」、「卒然得二二章一」、「田園秋興」（五首）、「客去」、「飛龍門」、「黄牛嶺」。

編者の池田観《かん》は「例言」に、「圏点はその道の識者に見てもらった。自分だけの独断でない。しかし、読者それぞれ各人の考えがあるだろうが、しばらくすれば、大方、質されるだろう」と記す。おおらかな明治人の一こまである。池田については「石川県士族」とあるが、まだよくわからない。ただ、漢学のかなりの実力者であろうことは想像できる。

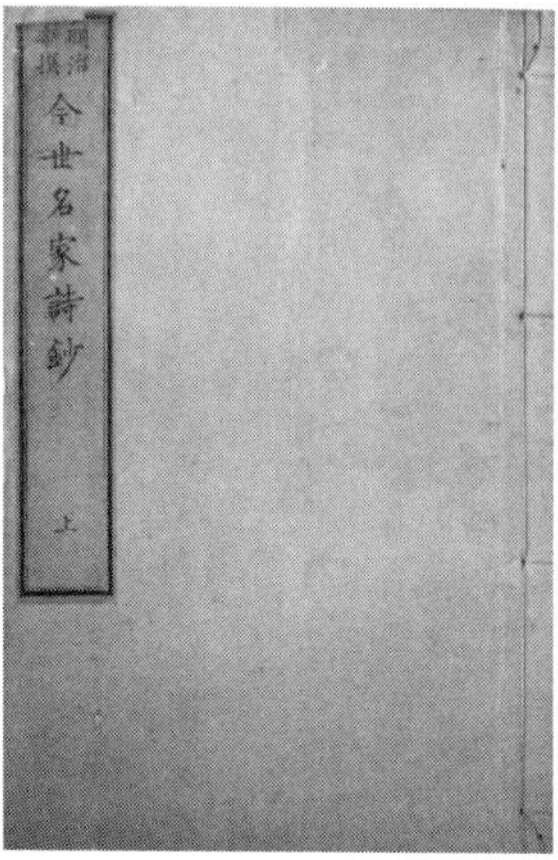

『明治新撰　今世名家詩鈔』

序文とその書を宮原龍が書いている。宮原は江戸・明治時代、備後の尾道の人。通称は謙蔵。号は節庵、潜叟、易安、栗村。頼山陽の門に入り、のち昌平黌に学び、学成って、天保十二年（一八四一）七月、京都御池車屋町に塾を開いて講説したという。

仏山の詩が十五首も収められているのは、代表的詩人の一人と認められたと言ってもよい。

『明治百二十家絶句』六巻　谷　喬　編（明治十六年〈一八八三〉）

明治の谷喬《たかし》は生没年が不詳だという。号は嚶斎《おうさい》。この本の他に『詩学維新』（五巻）などの編書があるという。

この種の詞華集は編者の好みがかなり現れるので、選ばれた詩人たちの優劣、評価などの判別は難しい。ただ大方の評価は推測できるのではないかと思っている。

それにしても、この本の編者は地方の詩人たちにも目配りをして、一二〇名の詩を取り上げているのには驚かされる。幕末・明治初頭の詩人たちを網羅しているために六巻に及んでいる。

その巻之一の二番目に仏山の詩題を取り上げている。一番目の大槻磐渓は十首であるが、「仏山村上剛、字大有」は三十四首も採録されている。編者は採録の数で評価してはいないと言っているが、かなり仏山詩に魅力を感じていると思われる。

巻之一に採録されているのは広瀬林外、阪谷朗盧《ろうろ》など全十六名。巻之二には山田方谷《ほうこく》、坂本葵園《きえん》など十四名。巻之三には大沼枕山、草場船山、長梅外、南摩羽峰、藤沢南岳など二十一名。巻之四には小野湖山、鈴木松塘、長三洲、亀谷省軒など二十二名。巻之五には森春濤、江馬天江、成嶋柳北、三島三洲、秋月韋軒《いけん》など二十四名。巻之六には菊池三渓、広瀬青邨、岡鹿門《ろくもん》、中村敬宇《けいう》、釈五岳など二十三名である。

参考までに、収録されている仏山の詩題をあげる。「横塘」、「十月望月前一夕帰レ自二鋤嵜村一途中即景」、「所レ見」、「金堆堰暮景」、「憩二神護村民家一芍約花盛開」、「夏日雑詠」、「奉レ呈二小幡明府一」、「入レ山」、「明月草」、「石磯」、「聞二秋風一憶二都下故人一」、「和下某生宿二添田駅一作上」、「春日一枝偶詠」、「四月朔暁起有レ作」、「秋暁得二蝶字一」、「売炭翁」、「天然師示二阿州黒田東園詩一需二次韻一因賦レ此寄贈」、「摘二橙実経年猶在レ枝者一以供二天然師一」、「春氷」、「凌霄花」、「重陽後一日過二友人墓一」、「秋晩即事」、「送三某遊二平戸一」、「餞下送南摩羽峰帰二会津一于中亀水上上別後成レ詠」、「春初偶咏」、「仲冬十二夜夢二先姒一醒後惻然有レ賦」、「九日登馬岳」、「富士山」、「初夏遊二菩提寺一」、「秋寒」、「寄二題藤江氏魚楽園一」、「竹陰移レ榻」、「矢山途中」、「長川途中」、「梅花」、

「紅梅」。

右から三首示す。

十月望月前一夕帰レ自二鋤寄村一途中即景（五言絶句）

一傘力難レ支　斜風吹レ雨時
忽然人影在　大月掛二松枝一

この詩について草場船山は「率作却是奇雋」（飾り気のない作品が、かえって珍しく、よいものになっている）と評している。

梅花（七言絶句）

吾疑フ老杜化為レ梅　骨相稜々太痩哉
凌レ雪凌レ霜全二節操一　真成辛苦メ賊中ヨリ来

この詩に対して広瀬林外は「真是驚人語」と評している。

初夏遊㆓菩提寺㆒
三月花開満㆓梵関㆒　歌呼声湧艶ノ雲間
詩人故ニ落㆓衆人後㆒　来見緑陰芳草ノ山

先の著書の解題執筆の富士川英郎は、明治初頭から中期までの漢詩について次のように解説する。

「三百年つづいた徳川幕府が倒れて、慶応が明治となり、江戸が東京となった明治維新後の二十年間は、政治的、社会的な激動と変革の時代」だが、「新しい時代を反映すべき芸術はまだ生まれていない状態」の中で、「明治初頭から二十年頃に至るまでの間は、漢詩こそが、その芸術的価値においても、また、広範囲の読者層を獲得していたことにおいても、まさに日本の詩歌を代表するものである」と。

『東瀛詩選』 兪樾撰、佐野正巳編（汲古書院、一九八一年〈原本は明治十六年～〉）

原本は明治十六年（一八八三）より段階的に刊行されたという。中国（清）の学者・詩人の兪《ゆ》樾《えつ》（号・曲園、一八二一～五〇）によって日本人の詩を約五千余首、詩人を二七七人選び、四十巻、補遺四巻の十六冊として刊行された。また、『東瀛詩選』を編纂する際、「凡そ佳句でありながら選に漏れたものを摘録して二巻」（佐野正巳の『東瀛詩選』の解題）とした『東瀛《とうえい》詩記』は、「主な作者百五人について略伝を書いているので学界の展望に便利である」という。

この本は「岸田吟香《ぎんこう》が日本人の詩集百数家を以て兪曲園にその選定を依頼したのにはじまった」という。日本人の漢詩が中国人からどのように評価されているのかを知るのに参考になる著書である。猪口篤志は『日本漢詩 上』（『新釈漢文大系』四十五）で「中国人の意見として傾聴すべきであろう」と述べている。

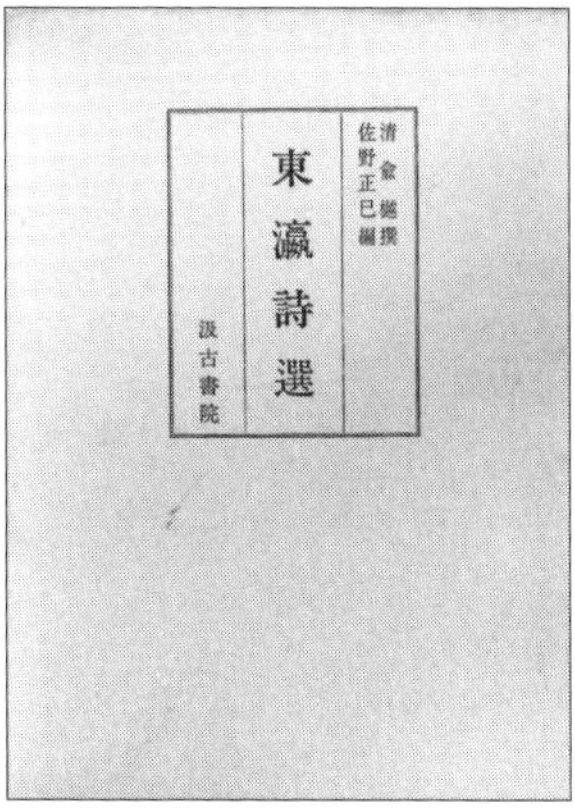

『東瀛詩選』

最近こそ日本人の漢詩を再評価し、掲載した本をよく見かけるが、少し前までは高等学校の漢文の教科書には日本人の漢詩はほとんど収録されていなかった。日本人の漢詩は「和臭」があると嫌い、専ら『唐詩選』から多く採録されていた。しかし、この本を見ると、中国人も日本人の漢詩を高く評価していることがわかる。

「解題」を書いた佐野正巳は「この書は江戸時代の漢詩の浩《こう》瀚《かん》なアンソロジーであって、この書にわたしが心をひかれたのには、清末の中国の最高の学者が日本の漢詩をどうみているかということである。（中略）日本人の漢詩の専集や撰集（『日本詩選』、『鍾秀集』、『南紀風雅雑集』、『本朝一人一首』、『鹿鳴吟社集』、『近世名家詩鈔』、『日本閨媛吟藻』など）をよく読んで、すぐれた作品を採録し、そしてとりあげたそのおのおのの詩人に対しておおむね公平な正しい批評をおこなっている」と述べている。

さらに兪樾は江戸漢詩の詩風の変遷についてとらえており、梁川星巌、大窪詩仏が出るに及んで詩風が一変した、というのである。そして「いわゆる清新性霊派への推移」したと解説する。兪樾は「古体・近体ことごとく備わったものが詩人の条件であった」と指摘する。さらに兪樾は、その条件にかなった十一家を挙げている。その一番目は広瀬旭荘（一七五首）、次いで釈六如（一二三首）、菅茶山《かんちゃざん》（一二一首）、梁川星巌（一〇一首）、広瀬淡窓（九十二首）、大窪詩仏（八十六首）、大沼枕山（八十六首）、頼杏坪（八十首）、小野湖山（七十六首）、釈南山（七十首）、山梨稲川《とうせん》（六十八首）となっている。

広瀬旭荘の収録詩が師・淡窓より多いのは意外であるが、兪樾は旭荘を最も高く評価している。旭荘の詩は巻二十三、二十四の二巻にわたって収録され、「東国詩人の冠」と称せられ、「才気横溢、変幻百出し、長編大作は五花八陣の奇を極む。而して片語単詞、又た雋永《せんえい》にして味う可し」と評しているという。

さて、本題の仏山の詩は二十八首が収録されている。先述のように古体詩、近体詩を選者が好んでいるためか、仏山の場合も絶句や律詩より長詩の古体詩が多い。それは仏山の作詩の傾向でもあった。例えば「盆卉行」、「牧馬図」、「奉母」、「鵜嶋嬬婦行」、「観不知火」、「生徒助余修園池既成賦此」など。収録の絶句は「秋月客中作」、「牧童」、「橋上立月」、「喜雨」など。

仏山の略伝として「字大有号仏山豊前人著有仏山堂詩鈔三巻」と記し、「仏山詩気韻沈厚而詩句疏爽、頗擅勝場、且多渉彼国掌、故如盆卉行及観不知火等題驟《にわか》閲之幾《いくたびか》不知、為《すなわ》何等語也。詩止三巻而入選者已不少、此外尚有佳作如花飛委僧帚松老入樵斤瞑色無邊雨狂、香何処花暑気自逃、如敗将清風忽到、是良朋八石瀬、秋高声在水松雲影尽月懸枝、月中孤影鶴帰山煙外疎声鐘、渡水声、如有雨泉常滴涼、不因風竹自含皆可誦也」とある。

わかり易く言えば、仏山の詩は高尚で落ち着いて、ものに動じない趣があり、語句は爽やかですっきりして、他に匹敵するものがない。「盆卉行」、「観不知火」などの詩は何度読み返したかわからないほどである、などと仏山の詩を絶賛している。

その他、仏山に関わりのある牧野鉅野《きよや》、長梅外（南梁）、長三洲らの詩も収録されている。

牧野鉅野（字は履卿）は仏山が尊敬する郷土出身の学者、詩人。仏山の夫人・久の親戚筋の人でもある。『京都郡誌』によれば「牧野履、通称は泰輔、鉅野と号す、大野井の人なり、家世々農を業とす、履京都及江戸に遊び、終に江戸に帷を下して教授す、最も詩に長ず、著す所鉅野詩集あり、文政十年没す、享年六十、墓碑東京高輪泉岳寺にあり」と。仏山は「大野井村寓居有レ感而賦」と題して詠っている。この鉅野の詩は十五首が選ばれている。兪樾は鉅野の詩を評して「履卿富於詞藻、余所見者其初編也。集中五七言排律有多、至一百韻一百韻者以間有疵句、故未選入、然亦不能不服、其才思之横溢矣」と。

次に、長南梁（梅外）は長三洲の父であり、仏山の親友であった。親子で仏山を何度か訪れている。また、仏山も英彦山の南梁を訪ねて詩会を開いている。この南梁の詩は四十八首（仏山は二十八首）も収録され、兪樾から高く評価されていることがわかる。子息の長三洲も五首収録。実の親子で収録されているのも珍しい。兪樾は「南梁詩抒写性情、不事摹擬而字句鍛錬又不流於率易五言小詩亦有味外味観其客中論詩五古一章可知其詩学最深也……」と評している。

南梁は英彦山で座主の祐筆となったり、家塾を開いたりしていたので、英彦山を詠った詩が多い。ここでも「彦山」と題する五言古詩「彦山駿極天、厳厳九州望……」、あるいは「与村上大有片山豊樹守田子道諸子到梵字巌途上口号」（仏山とその門人の片山豊樹、守田子道等と共に梵字岩に到り、詩を口ずさんだ）と題した七言絶句が収録されている。

ちなみに、南梁は豊後日田郡五馬《いつま》村の専称寺に生まれ、若い時に医学を、後に儒学をも修め、広瀬淡窓に就いて学んだという。南梁の号は師の淡窓から賜ったもの。子息たちも淡窓の咸宜園で学ばせた。詩集に『梅外詩抄』乾・坤二冊、同二編上・下、同三編上・下の他、附録として『古雪遺稿』、『静士遺稿』、『春堂遺稿』、『竹香閣小詩』などがある（瓜生敏一著『田川の文学とその人びと』瓜生敏一先生著作集刊行委員会、一九八二年）という。

また、原采蘋の詩も二首収録されている。『日本閨媛吟藻』を見て、その中から選んだようである。「秋思」、「舟入隅州」と題した七言絶句の二首のみ。やはり自身の詩集がないために選者の目に留まらなかったことが影響したのであろうか。

広瀬青邨の詩が十首、広瀬林外の詩が十二首、そのほか草場佩川、船山など仏山と交流のあった詩人たちの詩が掲載されている。やはり互いにその才を認め合っていたであろう。


『詩文精華』 坂井末雄編（明倫社、明治二十五年〔一八九二〕）

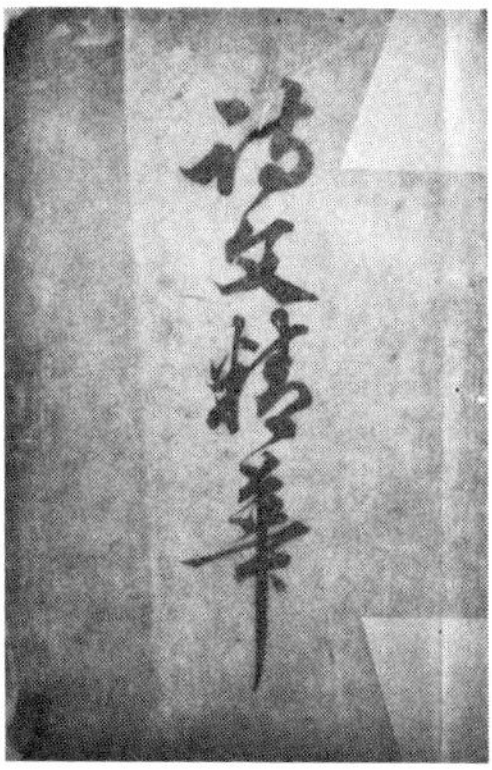

『詩文精華』

この本は縦一八センチ、横一二・五センチで、現在の文庫本より少し大きめ。編輯者は熊本県平民・坂井末雄（排雲）、序文を千山万水楼主人、天籟学人山田善、紫洲緒方桃喜が書いている。

八十頁ほどのものであるが、編輯者の坂井は漢詩文が好きだったというだけに多数の本に目を通して、多様な詩文を取り上げている。物《ぶつ》（荻生）徂徠、室鳩巣《むろきゅうそう》、新井白石、大槻磐渓、梁川星巌、菅茶山、頼山陽、広瀬淡窓など著名な詩人たちの作品が二、三首ずつ掲載されている。

仏山の詩は「橋上立月」、「漁家月」、「富士山」の三首が収録され、一流の詩人として取り上げられている。ここでは「橋上立月」（『仏山堂詩鈔　初編』）を紹介する。

低レ首月在レ水　挙レ首月出レ雲
我来二橋上一立　対レ影為二四人一
此景未レ上二古人筆一　豈無三一詩写二清新一
高吟驚起双白鷺　飛入二蘆花一不レ見レ痕

坂井はこの詩を「宛然如画」（さながら絵を見るようだ）と評している。原本の『仏山堂詩鈔』では、この詩に対して草場佩川、梁川星巌、西鼓岳、後藤春草が評語を加えており、春草は「不見痕」という三字の表現を評価している。

なお、『詩文精華』の後半は「文林」と題して長文の評論文、感想文、碑文、紀行文などが掲載され、明治二十年代までは漢詩文が盛んに書かれていたことがわかる。

『彦山勝景古今百名家詩集　附録：天下第一耶馬渓四十勝詩』

松田竹園編（明治三十四年）

この本は四十五頁の小冊であるが、彦山（英彦山）の十二景七十二首、遠望八景四十首を収め、他に「古今十二大家詩」として頼山陽、広瀬淡窓、釈豪湖、村上仏山、田《た》能《の》村《むら》竹田《ちくでん》、白華、三木三峯、岡坊宜、蒲池才田、本田石城、渡辺羊右、長三洲の詩を収録している。

編者の松田竹園（彦六）の「はしかき」によれば、「彦の高嶺はむかしより其名も高く、三の渓、十の谷、十九の窟、三百石の社領、三千の坊宇、二十の景勝和歌詩集などありしも、歳霜久しく興廃常ならす尊神廃寺傾きありて坊宇と共に名所の跡さへ絶（え）絶（え）なれば終には有名の古跡も消えなん事いとも惜しければ」という思いから、「後の人の古跡を探る志をりともなりなん」と考えて本書を編集したという。

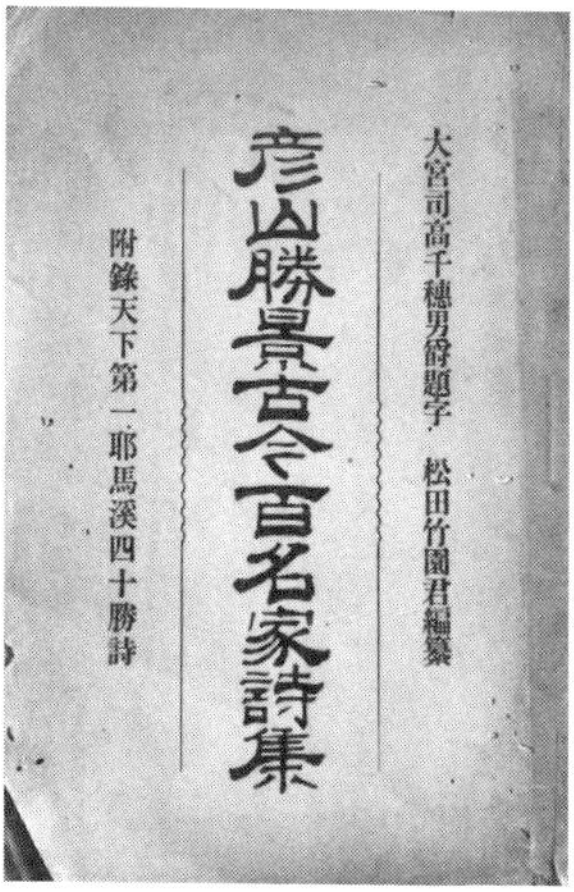

『彦山勝景古今百名家詩集』。題字は大宮司高千穂男爵による。明治の初め頃は洋学が重視され，漢文は軽視されていたが，その後また見直されてきた。この本が刊行された明治30年代には漢詩を詠う人も多くいた。

名峰英彦山は豊前・筑前・豊後の国の人に親しまれ、漢詩ばかりか和歌、俳句などでも多く詠われたが、明治元年太政官布告をもって神仏分離が行われ荒れていた。松田はこれを惜しんだのである。

さて、仏山の詩は「古今十二大家詩」に、「登彦山」、「彦山神庫所蔵神功皇后二面兜歌」、「鬼杉」の三首が収録されている。そのうち「登彦山」、「鬼杉」を紹介したい。

登二彦山一

法螺吹起一声長　道士導レ我攀二羊腸一
上宮儼在二最高頂一　危欄縦レ眸睨二八方一
是山是水都不レ弁　四国九州青茫々
斯時神気自軒挙　欲下把二我詩一問中彼蒼上
高声唱出両三句　驚二殺天狗一天際翔
万壑松杉忽震動　怪風捲レ雨奔雲忙
須臾雨晴雲亦散　秋爽三千八百房

（『仏山堂詩鈔　初編　巻之上』）

梁川星巌はこの詩を「奇怪可喜、真乃彦山詩、詩法亦変幻無窮」と評している。

鬼杉

濃陰圧レ壑数百武　沈黒不レ知日卓午

高過百丈囲二十　霊椿寿歴誰能伍
鬼杉従来鬼所憑　其状亦如鬼有怒
匠石偃師皆逡巡　肯受人間斤与斧
問樹生来幾千年　鬼杉髣髴作鬼語
往古役公闢山時　毎向下陰避風雨

（『仏山堂詩鈔　初編　巻之下』）

この詩には丸印が三つ付けられ、評者の篠崎小竹は「全編佳妙杉鬼可泣」、池内陶所は「自古栢行脱化来」などと評している。

なお、仏山以外に頼山陽、広瀬淡窓、田能村竹田、梁川星巌、岡鹿門、学海居士など著名な人たちの詩が収録されている。参考までにその一部を紹介したい。

頼山陽は「耶馬渓八絶之一」と題して、次のように詠う。

万巌影砕碧潺湲　慣看行人渾等閑
従古喧伝羅漢寺　何知剰水与残山

梁川星巌は「耶馬渓」と題して、次のように詠った。

石約峰頭山東㆑渓　煙雲錯落樹低迷
画人要㆑闖㆓黄家秘㆒　何不㆔齎㆑糧到㆓鎮西㆒

『和漢名詩鈔』 結城蓄堂編（文会堂、明治四十二年〔一九〇九〕）

袖珍本《しゅうちんぼん》の型（縦一二・三センチ、横一五・五センチ）であるが、しっかりした印刷本で、表紙も厚く、題名を金文字に仕立てている。三四六頁。架蔵本は明治四十四年（一九一一）五月発行で十二版となっているので、当時ベストセラーになったのだろう。さらに版を重ねたかも知れない。

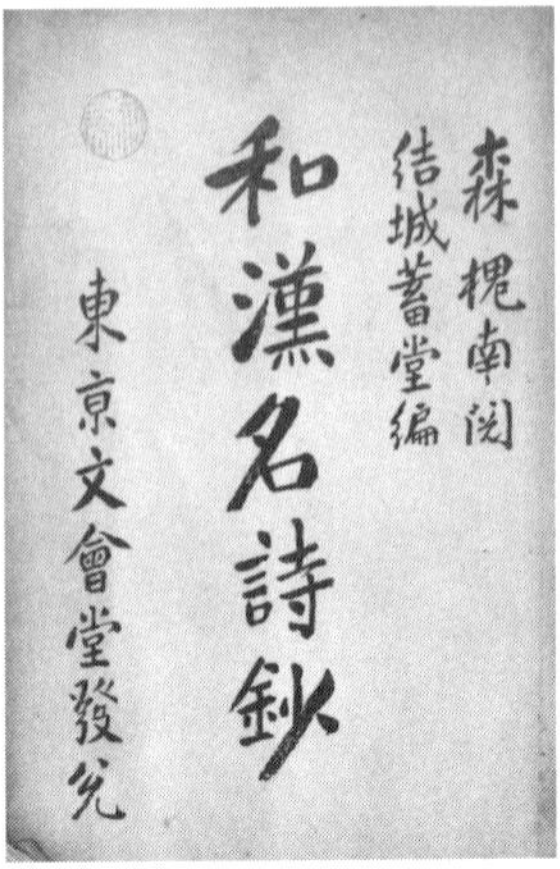

『和漢名詩鈔』

日本編では皇朝詩として王朝時代の嵯峨天皇から徳川時代の著名な漢詩を取り上げている。そして、支那（中国）詩として唐、宋、元、明、清時代の代表的な漢詩を多く掲載している。

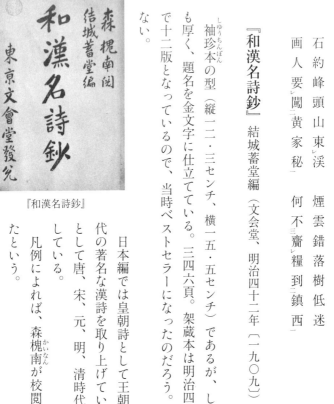

凡例によれば、森槐南《かいなん》が校閲し、結城琢《たく》（蓄堂）が撰輯したという。

刊行目的の一つとして、「先王の政治並家庭に用い、以て天地の微妙を闡《ひら》き、人道の倫常に資する所以のものあるを、故に其風尚《ふうしよう》を翫味《がんみ》すれば則ち以て時世の変遷を知るべく、以て政教の得失を考ふべきなり。詩豈《あに》無用なものたらんや」と記す。敢えてこの文を取り上げたのは、平成の今こそ詩を読み、詠うこころが大切ではないかと筆者は思うゆえである。

さて、本題に戻るが、日本を代表する詩人の中に仏山も入って、「鯉魚図」と「席上賦得春寒花較遅」が収録されている。「鯉魚図」の読み下しを記す。

化して龍と為らず何ぞ嗟するに足らん
江湖畢竟是れ吾家
雷を駆り雨を行《や》る徒に辛苦
寧ぞ若かん晴潭落花を吹くに

『和漢名詩類選評釈』簡野道明講述（明治書院、大正三年〔一九一四〕初版）

この本は大正三年十月発行以来、随分と版を重ねている。架蔵のものは「昭和四年三月十五日四十版発行」とある。そのままの数字を受け取れば、ベストセラーである。

簡野道明《かんのどうめい》（一八六五〜一九三八）は号を虚舟、柳郷、不除草堂主人などという。伊予吉田藩士の子。東京高等師範学校を卒業し、東京女子高等師範学校教授となる。著書に『字源』、『故事成語大辞典』、『論語解義』などがある。

「講述」としたことについて、編者のまえがきにあたる「例言五則」に、「虚舟先生病を伊豆の修善寺に養はるるや、予等かはるがはる湯薬に侍す。先生病閒無聊、日夕予等の為めに和漢古今の詩を講述せらる。余等随って聴き随って筆し、其の稿本積みて堆を成せり」と本書の成り立ちを説明している。

次いで収録した詩の内容を種類別にしている。例えば勧学類、彝倫《いりん》類、感懐類、別離類、詠史類など。そのため一人の作者の詩があちこちに掲載されているが、目次のあとに「作家別索引」（日本「皇朝之部」、中国「支那之部」に分けて記載）があるため、読者にとって便利である。

『和漢名詩類選評釈』の趣のある表紙

この方法は大正の初めの頃としては画期的な編集ではないだろうか。これも版を重ねた理由ではないか。

仏山の詩は五首収録されている。その題のみを記すと、「席上賦得春寒花較遅」、「過壇浦」、「無題」、「秋月客中作」、「鯉魚図」である。この五首は仏山の代表的な詩であるが、さすがに簡野道明の選だと思われる。

なお、広瀬淡窓の詩は十四首、旭荘は四首、広瀬青邨は二首。さすがに頼山陽の詩は二十五首収録されている。

仏山の「無題」は「詠史類」に入れられ、頼山陽の「本能寺」、佐原盛純の「白虎隊」、釈五岳の「熊本城」などもある。

本書は本家の中国の漢文だけでなく、日本の漢文を見直し、広く知らしめる好書であった。

『寵光余影』 村上仏山先生御贈位記念祭謹奠（大正八年〔一九一九〕頃）

この本には奥付がないので、正確な発行年月はわからない。「門司新報」大正五年（一九一六）

『寵光余影』

十二月十九日の記事によれば、大正五年十二月に、村上仏山先生「贈正五位」に際して、関係者が贈位報告祭を開いた。次いで同七年一月十九日に村上仏山翁・贈位記念会を開き、次回には遺墨展覧会などの事業と仏山文庫の建設、仏山翁贈位に関する詩歌を広く募集して印刷することを決めている。これらと文中の日付などからみると、大正八年の一月頃ではないかと想定される。

横一二センチ、縦二一・四センチ、約百頁、写真入りの小型の和本仕立て。表紙は布製。内容は、仏山先生の贈位に関する詩歌募集に応じて集められた作品である。

初めに緒方清渓の「村上仏山先生伝」を載せ、それに末松謙澄の評語を加えている。謙澄は「全編流麗円熟。能く先師の畢生《ひっせい》を悉《つく》す。拝誦の余、往事を追懐す。覚へず襟を正す。而して中間春初開業以下五十余字は、最も先師の真面目を詳しゅうす。文字亦快活にして、躍るが如し。敬服、敬服」と激賞する。

その他、広木天村、赤松翠陰、小宮親文、高橋種之、秋満有常（越渓）、毛里《もうり》保太郎（峡南）などの漢詩、さらに片山豊盛、高辻安行、筒井省吾などの和歌、俳諧などが旧豊前国一帯から寄せられている。当時、郷土では多くの人たちが詩歌を詠んでいた。この地方が文化的に高いレベルにあったことが想像される。
なお、謙澄がほめているように、緒方清渓の「村上仏山先生伝」が最も正確であると言われている。

『仏山先生贈位祭典記念　仏山堂遺稿刊成詩集』　末松謙澄寄贈

これは十四頁余の小冊子である。表紙の印刷は、謙澄の私家版であるため「寄贈」としたのであろう。タイトルが示すように、『仏山堂遺稿　上・下』（末松謙澄編集兼発行、大正三年（一九一四））を刊行した際のものであろう。

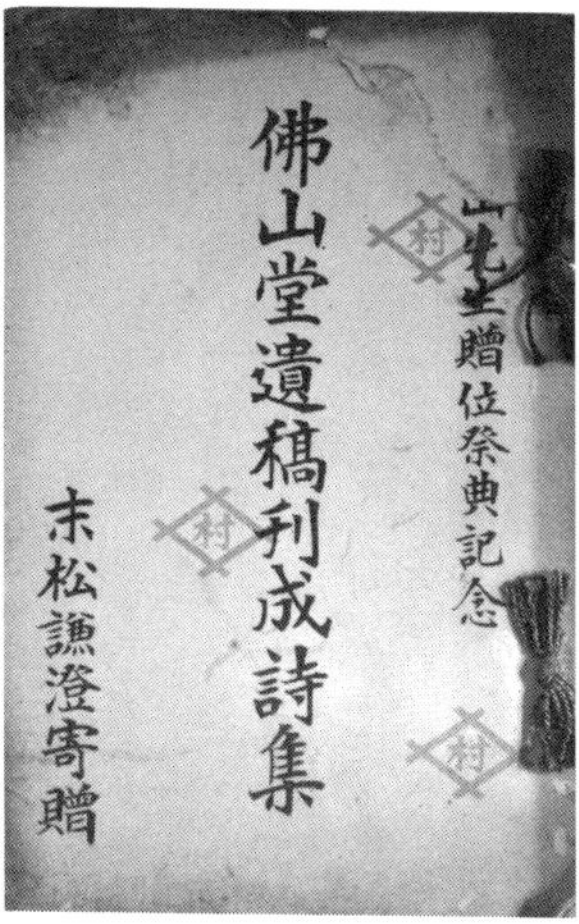

『仏山堂遺稿刊成詩集』

この冊子の本文の紙は、赤いインクで「仏山堂遺稿刊成詩巻」と印刷した原稿用紙様のものを使用している。これも印刷美の一つであろう。この中には、謙澄自身の漢詩はむろんのこと、中国の廉泉、日本人では三島中洲、土屋鳳洲《ほうしゅう》、安広伴一郎などの作品が見える。

末松謙澄は師・仏山への追慕のためばかりでなく、多くの詩人たちと交流していたため、『仏山堂詩鈔』、『仏山堂遺稿』などをも知ってもらうための刊行であった。そのため私費で刊行したのであろう。

謙澄は多くの著書を刊行しているが、一種の本の刊行マニア的なところがある。例えば、詩会を開くと直ぐ、その時の作品集を小冊子にまとめて刊行する。そしてその印刷がかなり凝ったものだという具合である。面白いことに、堺利彦、小宮豊隆などにも言える。

『新註　皇学叢書　第九巻』物集高見編（広文庫刊行会、昭和三年〔一九二八〕）

この本は時代の特色を表しており、現代から見ればかなり時代がかったものかも知れない。しかも、国学者の物集高見《もずめたかみ》（東京帝大教授）の採録したものであるから、少し偏っていると見る人もいるだろう。だが、多くは公平に選択されていると思われる。

発行所は「広文庫刊行会」とあるが、物集高見は『広文庫』、『群書索引』（以上、広文庫刊行会）、『日本大辞林』（宮内省）などの大部の著者または編集者である。その関係から出版したのであろう。

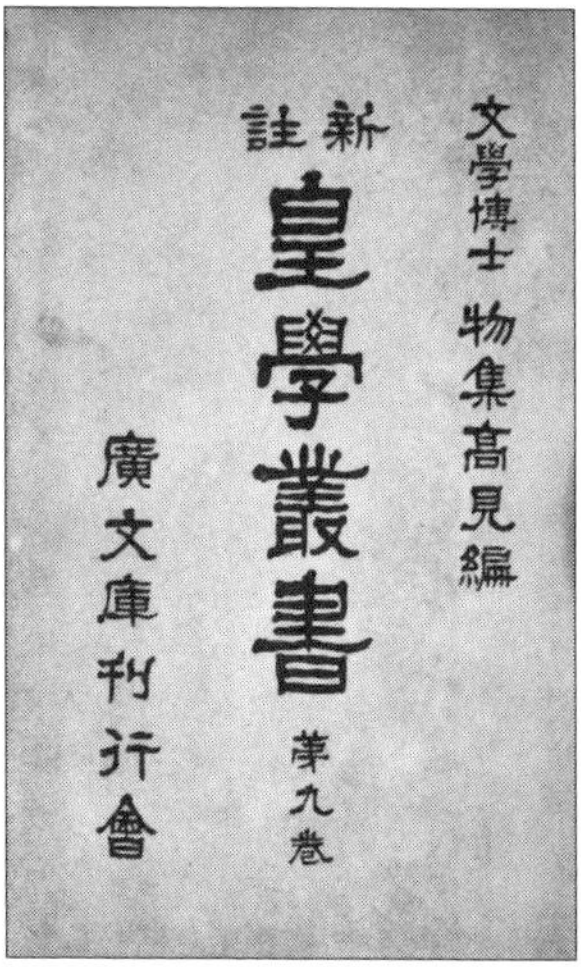

『新註　皇学叢書』（扉）

物集高見は杵築藩の豪商の家に生まれたが、家業は弟に譲り、貧乏しながら学問に励み、神典、歌道の研究でも名をなした。その高見の子が高量《たかかず》である。

高量は一〇六歳まで生きて、父高見同様に博覧強記ぶりは衰えず、明治・大正・昭和の時代の裏話を語り、面白くて貴重な話題を提供した。マスコミに大きく取り上げられ、昭和五十四年（一九七九）、百歳の折に『百歳は折り返し点』を、同五十五年に続編を刊行。同五十七年には『百三歳。本日も晴天なり』（以上、日本出版社）を出版して、さらに話題になった。

高量は明治十七年（一八八四）生まれで、小宮豊隆と同じ年の生まれである。三高から東京大学を明治三十八年（一九〇五）に卒業し、いろいろな職業につき、父親の『広文庫』などの出版を手伝う。

『百三歳。本日も晴天なり』は大変面白い本である。中でも、『日本大辞林』の出版のきっかけが興味深い。父親の当時の同僚・穂積陳重《のぶしげ》教授からの〝悪魔の囁き〞によるものだという。穂積教授が一年半もかけても見つからなかった研究資料を高見が一週間余りで二十冊くらい見つけてあげたところ、普段調べているカードを本にして出版することを勧めたという。それがいわゆる〝悪魔の囁き〞で、学問好きの人間を誘惑した。その後、高見は東大教授を辞めて、『日本大辞林』、『広文庫』、『群書索引』などの出版の大事業に取り掛かったが、生涯にわたって苦難と困窮生活を余儀なくされたのだった。また子息の高量も同様であった。

さて、『新註 皇学叢書』の話に戻す。これは「明治天皇御集、昭憲皇太后御集、明倫歌集、勤王諸家詩歌集、索引」などを収録した約千頁の大部の本である。このうち「勤王諸家詩歌集」

の「詩集の部」の漢詩の中に、弘文天皇から乃木希典、国分青厓《せいがい》までの著名な漢詩人の詩が収録されている。

村上仏山の詩は五首収録されて註なども付けられている。仏山の五首はやや多いようである。収録されている詩は「詠史」、「過㆓壇浦㆒」、「無題」、「席上賦㆓得春寒花較遅㆒」、「秋月客中作」の五首。右の「過壇浦」、「無題」は勤王の思いが出ている詩であり、名句として人口に膾炙《かいしゃ》されている。「詠史」、「席上賦得春寒花較遅㆓首録㆑㆒」は、仏山らしい好い詩であるが、意外と取り上げられていない。

ここでは「詠史」を紹介したい。

奇相休嘲類沐猴　　奇相嘲けるを休めよ沐猴《もっこう》に類すと
龍顔日角是同儔　　龍顔日角是れ同儔
朝三暮四不満腹　　朝三暮四《ちょうさんぼし》腹に満たず
一口併呑六十洲　　一口に併呑す六十洲

参考までに注釈を記すと、「奇相＝奇体な人相。龍顔＝龍の様に長い顔、漢の高祖。日角＝額の中央の角が高くなっている後漢の光武帝。朝三暮四＝智者巧みに愚衆を籠絡する事。荘子、列子。宋の狙公《そこう》猿を愛す、芧《とち》を与へんとし朝三暮四とせしに猿怒る、朝四暮三とせしに喜べり」とある。少し他の人と異なる解釈となっている。

この物集高見は学問に生涯を捧げた人である。先述の子息・高量の著書『百三歳。本日も晴天なり』には、こんなエピソードを紹介している。

「親父が東大の教授になったのは明治十九年の三月で、四十歳のときですが、とにかく本ばかし読んでいました」、「その時分、教授たちの間に芝居に行かないかって回状がときどきまわってきたんですが、親父は一度も行かなかった。「『日本にはいま五万巻の書物があり、わたしはまだ一万巻しか読んでいない。つまり、あと四万巻読まねばならず、そんな芝居へ行く時間はありません』と言うんですね」、「博覧強記になろうと毎日、毎日、本ばかり読んでいました」とある。大いに見習うべきこととは思うが……。

『東西名詩集／吟詠漢詩集』西条八十・塩谷温編（『キング』附録、昭和十一年〔一九三六〕）

前半は「東西名詩集」として近代詩、後半が「吟詠漢詩集」になって漢詩を収録している。出版当時は物資が乏しく、戦時色が濃くなっていた。そのため紙質は悪く、印刷の活字も小さくて、名歌をすし詰めにしたような本である。しかも雑誌の附録であるため、その感が強い。

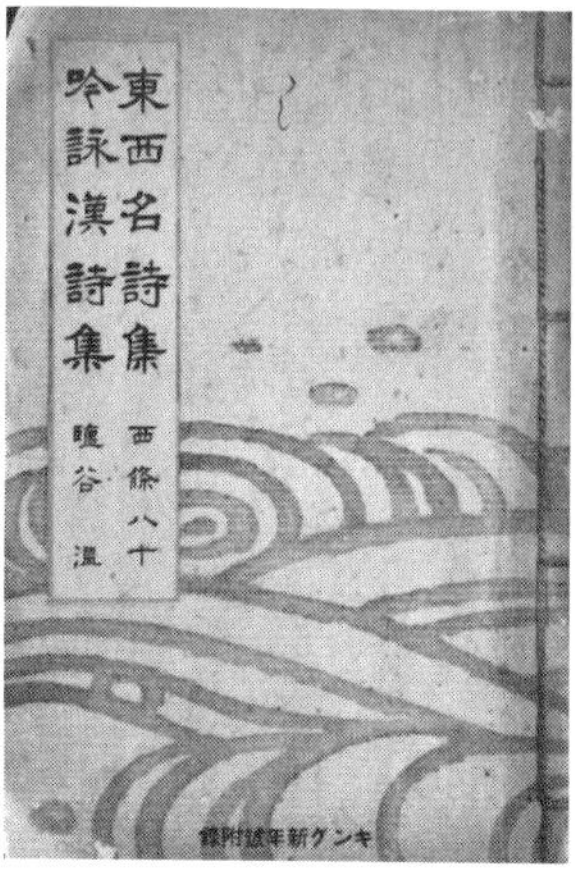

『東西名詩集／吟詠漢詩集』

しかし、近代詩にしても漢詩にしても、質のよいものばかり選んでいる。日本漢詩（皇朝）、中国漢詩（漢土）と分ける。編輯、選者は塩谷温《しおのやのん》（節山学人）である。明らかに時代を反映している。序文に言う、「殊に国体明徴日本精神の高く叫ばるる時に於て、漢詩の朗吟は士風作興上に適切である」と。

仏山詩は「無題」を収録している。

『日本名詩抄』 鈴木香雨編（国民書学院、昭和十一年〔一九三六〕）

鈴木香雨《こうう》という人物について調査していないが、かなりの能筆家である。それぞれの名家の詩を総て自分の字で軸仕立てにして紹介している。一人の詩を一頁に収め、初めに小さく漢詩を活字で示し、その下に書き下し文を施している。全二十二頁で、二十二人の詩を紹介、仏山の詩は「無題」の「落花紛紛雪紛紛……」を収録している。

目次もなく薄い本であるが、落款、詩文の枠をカラーにして読みやすくしている。学生のテキスト用かも知れない。

『日本名詩抄』

それにしても、日本の漢詩人二十二名の中に仏山が選ばれていることは注目すべきであろう。古い人では菅原道真、上杉謙信から吉田松陰、伊藤博文など多彩な人物の詩を選んでいるのが面白い。次第に昭和十一年という時代色が出つつあるためだろうか。

『漢詩 名詩評釈集成 宋代 金代 元代 明代 清代 五山 江戸』木下彪他著

（名著普及会、一九八一年（旧書名『漢詩大講座』アトリエ社、昭和十一年〈一九三六〉）

この本では宋代、金代、元代、明代、清代、五山、江戸の詩人たちの詩を多く収録している。江戸時代を担当したのは木下彪《ひょう》である。ここでは江戸時代のみを見ていきたい。後水尾《ごみずのお》天皇から始まり著名な漢詩人の詩が収録されている。仏山が何らか関係した詩人たちだけをあげてみると、亀井南冥、篠崎小竹、広瀬淡窓、梁川星巌、藤井小竹、広瀬旭荘など。

さて、仏山の詩は「席上賦㆓得春寒花較遅㆒」（席上春寒くして花較《やや》遅しを賦し得たり）と題する詩が一首収録されている（『仏山堂詩鈔 初編』）。

人憂桃李負㆓佳期㆒　人は憂ふ桃李佳期を負《そむ》くを

我愛春寒花較遅
畢竟待レ花如レ待レ客
多情却在二未レ看時一

我は愛す春寒花較《やや》遅きを
畢竟花を待つは客を待つが如し
多情却って未だ看ざるの時に在り

木下彪は「意解」で次のように記す。

「人は春寒の為桃李の開く期遅きを憂ふも、我は却つてそを喜ぶものなり。何となれば、花を待つは客を待つが如く、情味多きは其の未だ相見ざる以前に在るを以てなりと」

花は盛りの時ばかりでなく、開花をじっと待つ時もよいもので、親しい客の来訪を今か今かと待つ時と同じであるというのである。

　この仏山の詩について、評者の草場佩川は「命意更好」と言い、広瀬旭荘は「更婉曲」と評している。

次に、仏山の紹介として簡略ながら実をとらえた文はあまりないので、そのまま紹介したい。

「仏山、名は剛、字は大有、豊前の人。詩を嗜むこと命の如し。幼時亀井昭陽に学び、既に長じて京師に遊び、諸名流と周旋す。後足疾を病み、帷を稗田村に下す。弟

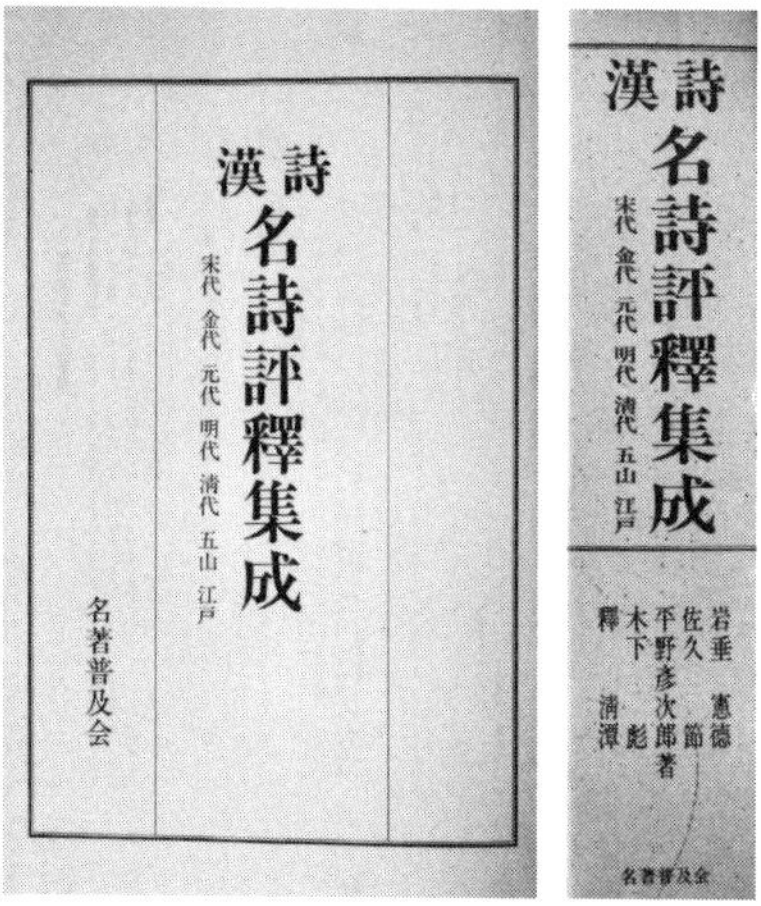

『漢詩　名詩評釈集成』（扉と背表紙）

子四方より集まり、人稗田を称して詩人村といふ。明治十二年、年七十を以て卒す」とある。

なお、参考までに広瀬淡窓の詩は五首収録されている。その中の「別府」と題する詩を紹介したい。

楼上離歌歇
江頭欸乃新
帰舟回レ首処
猶見倚レ欄人

楼上離歌歇《や》み
江頭欸乃《あいだい》新たなり
帰舟首《こうべ》を回らす処
猶ほ見る欄に倚るの人

『精神作興　興国朗吟撰集』 中尾泰山編（文友堂、昭和十二年〔一九三七〕）

この本は昭和十二年に刊行されたものである。当時の世相を反映し、戦意高揚ともとれるものがあるが、全体的にすぐれた詩が収められている。序に「朗吟が士気を鼓舞し、情操を陶冶《とうや》し、心身の修養に裨益《ひえき》する事の多い」とし、「本書の中の詩材は人口に膾炙している我が国民の作中から特に士気を鼓舞するもの、風教に資するもの、性情を高雅ならしむるものを多く採った」とある。

仏山の詩は「過㆓壇浦㆒」が採用されている。

魚荘蟹舎雨煙トナル
蓑笠独リ過グ壇浦ノ辺《ほとり》
千載ノ帝魂呼ベドモ返ラズ
春風腸ハ断ユ御裳川

この詩は選者の言に従えば、「風教に資する」ものと受け取ったのか、また「性情を高雅」にする詩として採ったのであろうか。

面白いことに、壇ノ浦を詠っている広瀬淡窓の「過赤馬関」、菅茶山の「赤馬関懐古」、また趣は異なるが、高杉晋作の「歴㆓壇浦前田砲台㆒有㆑感」を採っている。

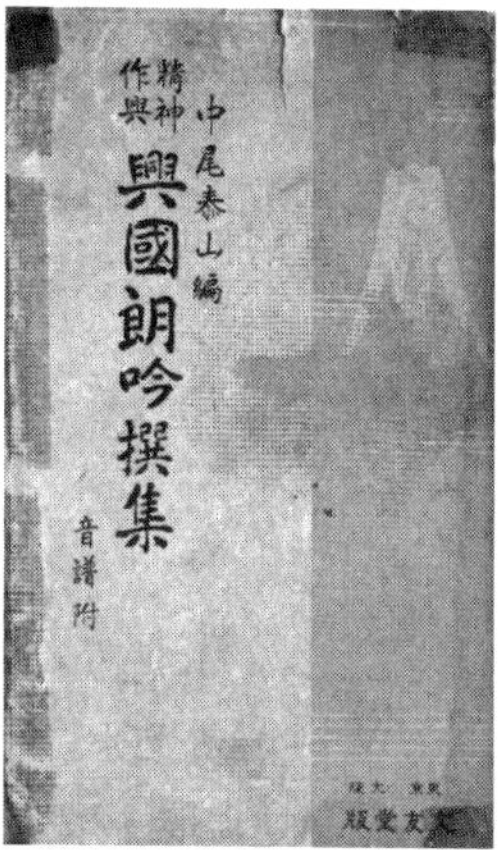

『漢詩 名詩評釈集成』

横九センチ、縦一〇センチの手帳ほどの大きさ。音譜附。昭和十年代のもので少し戦時のにおいはするが、結構面白い本である。

『江戸後期の詩人たち』富士川英郎著（麦書房、昭和四十一年〔一九六六〕）

富士川英郎は漢文、漢詩に造詣が深く、著書も多い。この本の初版は、後記によれば初め麦書房の雑誌『本』に「鴟鵂庵詩話《しきゆうあん》」と題して連載したものに手を加え、改題して刊行したのだという。

その後、同名の『江戸後期の詩人たち』が昭和四十八年（一九七三）に筑摩書房から刊行された。著者によれば、前記の書が「予想外に反響」があり、多くの人から好意ある言葉をもらい、「二つの文学賞を受ける幸福に浴した」という。しかし、部数が少なく、どの書籍にもついてまわる誤植、誤記、詩の訓《よ》み方の適正でないところがあった。そのため筑摩版はそれらを訂正し、部数も増やして多くの人に読まれるようにしたらしい。

江戸後期の安永・天明期の頃から幕末期の漢詩人たちで、例えば六如上人、広瀬淡窓、頼山陽、梁川星巌、原采蘋など多くの人を取り上げている。

この本を手にとるまで、私は日本の漢詩にはあまり興味を持たなかったが、著者の簡潔にして要を得た文を読み、日本人の漢詩を読むようになった。そして、中でも村上仏山を高く評価している。梁川星巌が仏山の「偶詠」の一節をあげて「儒農の詩」なりと称したということを、この書で知った。また「田園詩」が多いとも記す。仏山の長短詩十六首をあげて、読み下しと解説を加えて仏山詩の魅力を伝えてくれた。例えば「秋江晩眺」をあげているので引用する。

江天帰雁雑帰鴉　　江天　帰雁　帰鴉に雑《まざ》る
鴉宿汀林雁宿沙　　鴉は汀林に宿り　雁は沙に宿る
別有漁船炊晩飯　　別に漁船の晩飯を炊《かし》ぐあり
青煙一縷出蘆花　　青煙　一縷　蘆花《ろか》を出ず

富士川は、この詩が「詩人仏山の真面目は野趣の豊かな田園詩の作者たる」ものだという。この他、「漁家月」、「春草」、「稗田」など多くの詩を紹介している。また、「即景次㆓田友衡韻㆒」と題する詩をあげて、「仏山は平明淡雅な表現を喜び、無技巧の技巧を志しているように思われる」と評した。「枕上聴㆓門生読㆒㆑書」（『仏山堂詩鈔 二編 巻之中』）を取り上げている。

『江戸後期の詩人たち』

大布衾中夢始醒
半檐秋月有余明
世間清楽誰如此
臥聴琅琅誦読声

大布衾中　夢　始めて醒む
半檐秋月　余明あり
世間の清楽　誰かこれに如《し》かん
臥して聴く　琅琅《ろうろう》　誦読の声

仏山は塾生たちにも「極めて温和な態度で接し」、「起居をともにしながら、その生活を楽しんで」いたと、森銑三《せんぞう》の文をも引用して評する。

この本の「広瀬旭荘」の項には、若き日の仏山と旭荘の二人が亀井昭陽の門下で親しくなり、「筥崎宮」の「玉せせり」を見学に行った。その時のことを仏山は長詩で詠っている。これを著者の富士川は長く引用して、当時、「鬱勃《うつぼつ》たる英気をいだいて、文章の練磨にはげんでいたその頃の若い旭荘の面影がそこに彷彿する」と称している。それは仏山詩への称賛でもある。

それにしても著者の漢詩文への造詣の深さには感嘆する。

『日本漢詩』上・下　猪口篤志著（明治書院、昭和四十七年〔一九七二〕）

村上仏山の詩文が日本の漢詩文の中でどれだけ評価されてきたかを見ている。そのうちで、猪口篤志は早くから仏山を高く評価している。この本の「例言」によれば「邦人漢詩のすぐれたもの二百五十首を選び、作者の没年順に配列し、解説を施し」、「選詩にあたっては、詩を先にし人を後にした。採詩の多寡は作者の実力とは別に関係ない」、或いは「人口に膾炙したものはなるべく採ったが、凡作や欠点のあるもの、作者に疑問のあるものはこれを省いた」などと記している。

猪口篤志は大正四年（一九一五）に熊本で生まれ、大東文化学院高等科を卒業。漢詩文作家として知られ、大東文化学院大学教授も務めた。熊本生まれのせいか、かなり九州の事情に詳しいようだ。というのも、「作者」の説明において稗田周辺の史跡を詳しく説明しているからである。「（仏山は）平生、白楽天、蘇東坡《そとうば》の二集を好んだ」ということはよく知られているが、「その詩、精妙巧緻・奇恣縦横、凡そ事物の巨細に入らざるはなく、生前既に詩集第九巻を梓行した」と評している。

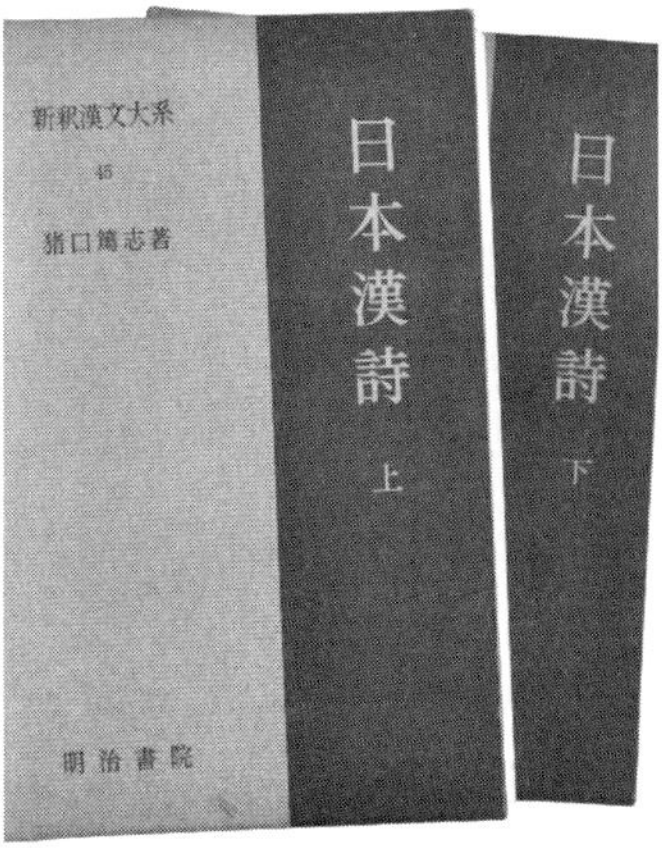
『日本漢詩』

「例言」の条件下で、猪口は仏山の詩を長短四首選んでいる。それは「晩望」（五言絶句）、「過㆓壇浦㆒」（壇の浦を過ぐ、七言絶句）、「鯉魚図」（有㆑人勧㆑仕贈㆓鯉魚㆒）、「無題」である。これらの詩の鑑賞文、解説文を詳細に記載している。さらに「仏山には佳作が極めて多い。特に長編に傑作があるが、今は短編数首を採録しよう」といい、「帰去来図」（五言絶句）、「悼亡」（七言絶句）、「題㆓江馬天江看山不下楼詩鈔後㆒」（七言絶句）、「九日登㆓馬岳㆒」（七言絶句）、「秋江晩眺」（七言絶句）を取り上げている。猪口は『仏山堂詩鈔』全九巻を熟読していると思われる。

仏山が「無題」と題して「桜田門外の変」を詠った詩は人口に膾炙されていたが、この本ではこの詩以外の作品を紹介し、「余説」として歴史的背景と、当時詠われた狂歌、狂句、さらには関湘雲（義臣）の漢詩を参考資料としてあげている。これは後進の者の役に立つ。

『日本漢詩選』 原田憲雄訳（人文書院、昭和四十九年〔一九七四〕）

この本は、古くは大友皇子から明治・大正時代に活躍した一一九人の漢詩の訳詩を掲載している。絶句から律詩、古詩の長詩二三六首を訳したもので、漢詩・漢学の知識ばかりでなく詩的な才能も要る労作である。

訳者の原田は「漢詩を愛するひとりの読者として、少年のころからつきあった作品のうち、特に心にふれたものを抜き出し、わたしの理解したそれらの味わいを、漢詩でない詩のかたちに移しかえてみたかったのである」、「原詩のもつものを、故意に削りおとしたり、詞表文底にないものをつけ加えたりしたことはないつもりである」、「わたしの翻訳はそのような詩人の作業を生かすことに細心であろうと努めてきた」と述べている。漢詩の訳詩はかなりあるが、相当の知識と詩才が求められる。

この本では仏山の詩が二首、末松謙澄一首、広瀬淡窓、旭荘などの長詩が選ばれている。採録されている仏山の詩は「橋上立月」と「鵜嶋孀婦《そうふ》行幷序」である。

ちなみに「橋上立月」の題は「橋の上の月と」と訳し、前半四句の五言は次の通り。

低首月在水　うつむくと　月が水にいる
挙首月出雲　あおむくと　月が雲をでる
我来橋上立　わたしは橋のうえに立つ
対影為四人　影と　あわせて四人

後半四句の七言部分の訳は次のようになっている。

此景未上古人筆　こんな光景を描いた古人はまだいない
豈無一詩写清新　一篇の詩にこの清新を写さずにおられようか
高吟驚起双白鷺　こえ高くうたえば　つがいの白鷺　おどろいて

飛入蘆花不見痕　蘆の花むらにとびこんで……あともみえぬ

評価は読む人によって異なるが、仏山の詩の本質をよくつかんでいる。
次に、仏山の長詩「鵜嶋孀婦行幷序」の題について原田の訳は「後家のヒラメ」となっている。長いので前半を少し紹介したい（原詩は略す）。

ヒラメ
ヒラメ
まえの声は　あとの声と　よく合うて
いくたりかの女が売り歩きながら村にやって来た
女の行商というのは　まったく　ふしぎだ
わけを問うてみた　値もきかぬうち
なかにひとりの年かさの女がいて
わたしにむかって語ろうとするが　まず涙（中略）
おもいかけぬ　みないちどに亭主をなくしてしまおうとは
生きててヒラメを売りとうなんぞありませぬ

死んでヒラメとなるだけがいまのわたしの願いです
ああ　ああ　もう　もう　おたずねなされな
後家のため　ヒラメをどうぞ買うてくだされ

文政十一年（一八二八）、鵜嶋（宇島）の漁民百数十名が台風の突風によって犠牲となった。その後、多くの未亡人たちが生計を立てるため遠方までも魚を売りに行っていた。この悲しい郷土の遭難事故を、仏山は漢詩で詠い、それに感動した原田が訳したのである。詩のもつ強い力を感じる。

末松謙澄（青萍）の漢詩「遊瑞西《スイス》上阿爾布《アルプス》偶作」と題した七言絶句を、原田は「アルプス」と訳して採録している。原采蘋の「厳島」（七言律詩）は、原詩と同じ「厳島」である。他に広瀬淡窓、旭荘、正岡子規などの漢詩も載せている。この書物は多くの漢詩人の詩を収録しているばかりでなく、原詩、作者の紹介などを掲載して読者の便宜を図っている。

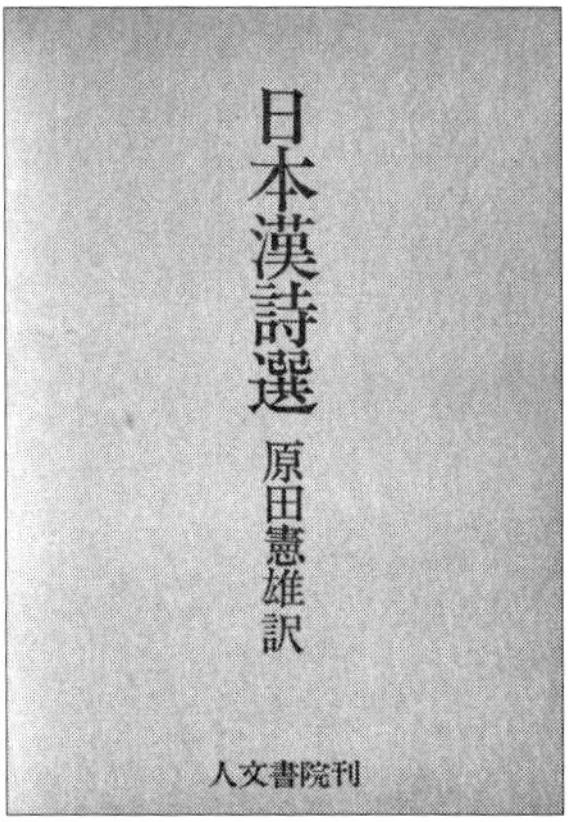

『日本漢詩選』

ちなみに仏山の紹介には次のようにある。「僻遠の山村にいながら詩名は広く知られた。田園詩人というにふさわしく、その作品はすぐれる。ここに紹介したのは十七、八歳の作だが、晩年にいたるまで、密度の高い詩を作っている」と。

『日本漢詩鑑賞辞典』猪口篤志著（角川書店、昭和五十五年〔一九八〇〕）

この本は前掲『日本漢詩』と同じ猪口篤志のものであるが、「はしがき」で「私は前に『日本漢詩』上下二冊を刊行し、各方面から多大の好評を得たが、解説が詳しいため詩数は約二五〇首程度しか収録出来なかった。そのためか、ある面では、解説を簡略にして、もっと詩を増やしてほしいという要望もあることを耳にした」といい、「決心して三百八十余首を選んだ」と記している。著者は「詩を選ぶことは詩を作るより難しい」と言うが、その通りであろう。労苦を察することができる。

『日本漢詩鑑賞辞典』

仏山の詩は四首収録されているが、前書の「晩望」に代わって長詩「鵜嶋孀婦行」（七言古詩）を取り上げている。仏山の得意な長詩を優先して収録したのであろう。猪口は「作者の温かい人柄がよく出ている。推算すると作者十九歳の作となる。その才夙成《しゆくせい》、想うべきものがある」と評す。

「鵜の島」は「今は宇島とかく」などから、当地をよく調べている。

『詞華集 日本漢詩 第八巻（絶句集）』 富士川英郎他編（汲古書院、昭和五十八年〈一九八三〉）

この本は江戸後期から明治初期へかけて刊行された詩人年鑑といった詞華集である。私は村上仏山の詩が掲載された詞華集を収集してきたが、この本の刊行でまとめて読むことができるので、随分助かっている。

幕末・明治初頭に活躍した漢詩人の詩を集めた十冊の本（影印）が採録されており、その内訳は『文政十七家絶句』、『天保三十六家絶句』、『嘉永二十五家絶句』、『安政三十二家絶句』、『文久二十六家絶句』、『慶応十家絶句』、『明治三十八家絶句』、『明治十家絶句』『東京才人絶句』、『旧雨《きゅうう》詩鈔』である。

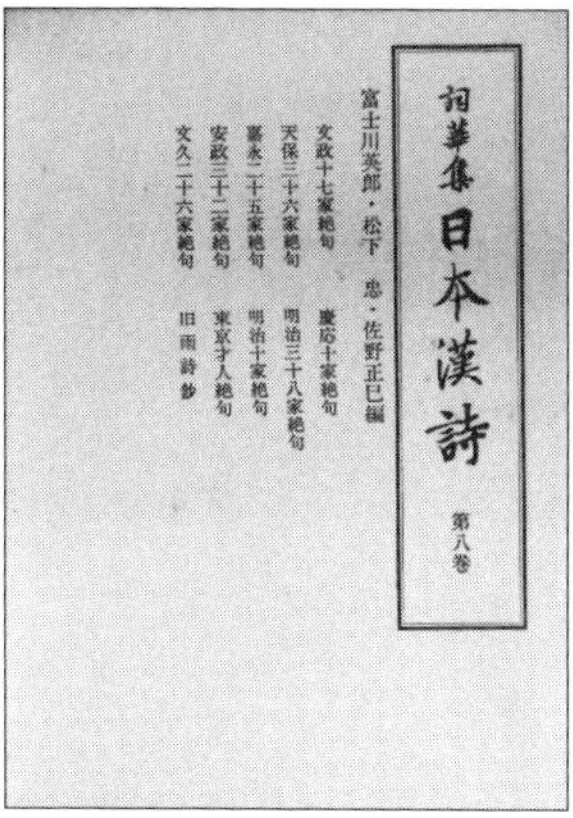

『詞華集 日本漢詩』

その中で仏山の詩は『安政三十二家絶句』、『文久二十六家絶句』、『明治三十八家絶句』の三冊に取り上げられている。仏山は嘉永五年（一八五二）以降『仏山堂詩鈔』の刊行によって全国で広く読まれたことによって、その名が知られたことが大きかったであろう。九州の詩人はどうしても三都の詩人に比べて知名度は低い。その中でも広瀬淡窓、草場佩川、広瀬旭荘、青邨などに伍して採択されている。

中でも『安政三十二家絶句』（京都の額田正編）では二十句余が収録されている。その一句に仏山の教育者としての一面をよく表す「枕上門生の読書を聴く」が掲載されている。編者の見識はさすがである。

『明治三十八家絶句』には仏山の詩が二十二句、収録されている。前書に収録された詩とは異なる作品が多い。他に広瀬青邨、小野湖山、大槻磐渓、大沼枕山、成島柳北などが出てきて、幕末期の詩人たちの顔ぶれから入れ替わっている。時代の移り変わりを感じられる。

ちなみに、『東京才人絶句』（森春濤編）には、愛弟子・末松謙澄の絶句三首が収録されている。これは東京在住の一六〇家の詩五六三首を収めた本で、明治八年（一八七五）刊行。当時仏山は健在であったので、この書を読んで弟子の成長を喜んだに違いない。

Ⅳ 仏山ゆかりの人と書物

戸原卯橘

戸原卯橘《とはらうきつ》（継明）と村上仏山は、共に原采蘋を師とする愛弟子である。ただ教えを受けた時期や年齢の違いがある。卯橘はまだ少年のころ、師の采蘋に連れられ仏山の「水哉園」にやって来て、豊前の詩人たちとの詩会や懇親会に同席した（嘉永二年〔一八四九〕七月二十三日から一週間余り、京都郡、仲津郡に滞在）。その時の様子を「北豊紀行」という名で記録している。この「北豊紀行」については何度か触れてきたので、ここでは詳しく記さないが、郷土史として、また当時の文人たちの詩会、交友などがわかる貴重な資料である。ただ、この年の「仏山堂日記」がないので詳細はわからない。

私は以前から卯橘に関心をもっていたが、たまたま某古書店の目録に廉価な卯橘の端物が出ていた。早速注文したところ、幸いにも入手できた。ただし傷みがひどく、広げて読むこともできず、しばらくそのままにしていたが、最近、卯橘のことを調べる必要が生じ、表装した。

そこで少し紹介しよう。ただ、これは私にとっては貴重な資料であるが、直筆ではないので骨董的な価値はないだろう。

この書簡は『筑前城下町　秋月を往く』（田代量美著、西日本新聞社、二〇〇一年）に、口語訳として全文が紹介されている。「大和の義兵についてはご不安のことと存じます。……」

この書簡は『筑前城下町　秋月を往く』（田代量美著、西日本新聞社、二〇〇一年）に、口語訳として全文が紹介されている。「大和の義兵については喜ぶことはできず、従って、振興しつつある但馬に進発して三但を服従させ、直に京師へ出向けば皇朝の恢復も遠くはないと思います。本日ただ今より出発します」、「永の訣れとなりましょうが意を尽くすことができません。恐惶謹言。神無月第二日。戸原卯橘継明。花押」、「いわがねも　とうすまことの　こころには　などあめつちもかえらざらめや」という歌を付記している。軸面の左下に秋月江藤正澄の「右贈従四位戸原卯橘君真蹟文、文久癸亥歳君在防州三田尻将奉沢宣嘉卿挙兵於生野此書其臨行所贈郷人某也……」と記した解説文を添えている。卯橘はその熱烈な行動力だけでなく、詩文にも長けていた。

卯橘は文久三年（一八六三）、「七卿都落ち」の政変を知り、ついに八月二十六日、脱藩を決意して、七卿のいる三田尻に駆けつける。やがて、卯橘ら勤皇の志篤い同志たちと大和天誅組と呼応して生野で義挙するため、三田尻を出発。その際、父母、兄弟、知人らに手紙を送っている。写真はその中の一部である。

しかし、「大和天誅組の変」は失敗に終わり、生野では去就問題で中止派と強行派の二つに分かれた。卯橋は強行派に残ったものの、今まで味方であった農兵は幕府軍に付き、沢宣嘉《のぶよし》卿ら主だった者たちは脱走してしまう。最後に残った卯橋たち十三名は二千余の兵に囲まれ、農兵と戦うこともできず、万事休す。ここで同志は武士として潔く切腹して果てた。卯橋は九人の介錯をした後、自ら切腹し、口に刀をくわえ、岩上から飛び降り、壮烈な最期を遂げた。

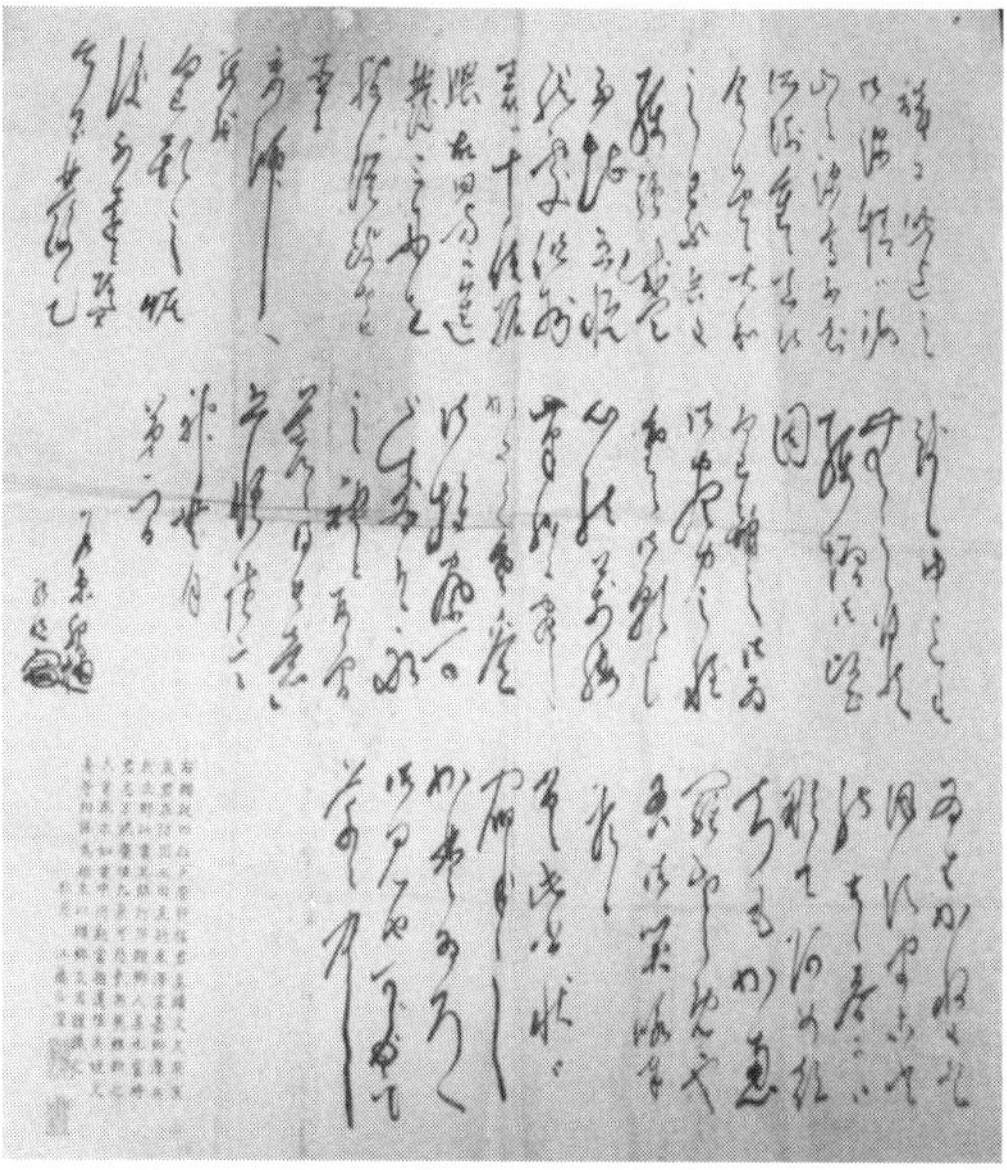

宛名は不明であるが，秋月勤皇の商人・三隅勘蔵ではないかという。卯橋ら志士は七卿の一人の沢宣嘉卿と共に三田尻を出て生野での義挙に向かう前に，訣別の書をしたためて送った。それを後年，翻刻したもの。

　卯橋は原采蘋の晩年の「最愛の子弟」で、安政六年（一八五九）二月、采蘋が父の遺稿集上木のため上京する際に送別会で詠んだ留別の詩の韻を用い、「采蘋先生を送り奉る」と題した詩を残している。その三、四句に「すでに伯楽の千里を知る無く、また他郷に向かって故郷となす」と詠っている（近藤典二著「旅に生き旅に死す――原采蘋」〔『近世に生きる女たち』海鳥社、一九九五年〕）。

　その半年後、六十二歳の采蘋はついに長州萩の地で客死した。さらに四年後（文久三年〔一八六三〕十月十四日）、采蘋の最愛の子弟卯橋は僅か二十九歳で自刃したのである。

鉅野先生

「鉅野」を音読みして「きょや」と読む人、京都郡の「大野井」の出身であるところから「おおの」と読む人もいる。私は『日本漢文学大事典』の「きょや」にならう。これも今後の調査課題である。

この鉅野先生こそ、仏山先生の尊崇してやまない人物。また、ヒサ夫人の祖母の兄だという。『鉅野先生詩集 初編』上・中・下（牧野泰輔著、文化十一年〔一八一四〕甲戌二月。村上仏山、四歳の年）の本文の始まりに「豊前 牧野履履卿著」とある。『京都郡誌』（伊東尾四郎編、京都郡役所刊）の「牧野履」の項には「牧野履通称は泰輔、鉅野と号す、大野井の人なり、家世々農を業とす、履京都及江戸に遊び、終に江戸に帷を下して教授す、最も詩に長ず、著す所鉅野詩集あり、文政十年歿す、享年六十、墓碑東京高輪泉岳寺にあり」とある。鉅野先生は北豊詩人の大先達である。

『京都郡誌』は続けて記す。

「鉅野先生詩集は版本なれども、北豊の人にしてこれを所持せるは、恐らくは小倉安広氏一人ならむ、然れども安広家にあるは、初編のみにして、初編六巻中、巻五巻六を欠げり、詩集には文化十一年平安樫田直之及愚山松本慎幼憲の序あり、豊前・牧野履卿著、美濃・神田孟明子文輯、江戸・海津徳子逸校とせり」

実際に原本と照合してみれば、実に正確である。この一文を読み、まずこの本は入手できないものと諦めていた。ところが、二十年前、某古書店より求めて手にすることができ、大いに感激したことがある。その後、もう一度、古書店の目録に掲載されていたが、稀覯《きこう》本であることに変わりないだろう。

『鉅野先生詩集 初編』

『鉅野先生詩集』の詩の一部を紹介したい。「高尾山に登る」と題する詩である。

孤峰竦ユル処衆山朝ス　磴道凌テレ雲ヲ上ル二九霄ニ一
仏界陰沈僧誦ミレ梵ヲ　仙壇縹緲客吹クレ簫
天門劃キ下ル三層ノ瀑　海嶼晴テ開ク万里ノ潮
此地真霊多シ二異跡一　時ニ看ル瑞気掛ルヲ二岩嶢ニ一

序文で樫田直之は、鉅野先生の詩について「夫詩也者、所以言志也、本之性情発於咏歌、書曰、声依永、律諧声、伝曰、声成文、音成章、皆謂之詩、古今之通義也」と記し、詩に対する思いを述べている。詩集では絶句などより、長詩を得意としていたようである。

さて、仏山は尊敬する鉅野先生について、『仏山堂詩鈔　初編　巻之上』で「大野井村寓居有レ感而賦」と題し、五言古詩体の詩で詠っている（『京都郡誌』引用の詩と原本の詩鈔とでは一部異なる字がある）。

神竜思二騰挙一　豈久在二池坡一
偉哉牧夫子　青年出二其家一
読二書芝海上一　不レ顧二故山花一
季子裘未レ敝　相如己上レ車
其人雖レ亡矣　不朽遺言多
懐レ君中夜起　寒月掛二庭柯一
月乎似レ笑レ我　不レ異二井底蛙一

この詩に対して評者の貫名海屋、池内陶所、後藤春草などは称賛している。

なお、鉦野先生の子息が牧野桂叟《けいそう》である。山崎有信著『豊前人物志』によれば、「長じて巻菱湖《りょうこ》の門に入りて書を学ぶ、慶応年間小倉に来り書道を教授す、上流の子弟其の門に入る者多し、後小笠原忠忱《ただのぶ》公に仕へ書を教授す。明治四年七月九日歿す。墓は行橋の禅興寺にありと云ふ」と記す。

私は鹿児島市在住の子孫の方が行橋市に来られた折、たまたまお会いしたことがある。仏山は、この郷土の詩人であり親族であった「偉哉牧夫子」と尊敬する鉦野先生を目標にして、人間として詩人として或いは教育者として精進したのであろう。

吉田平陽

二十年程前、古書即売会で吉田平陽《へいよう》の『聴雨楼詩鈔』の写本（門弟・西恭叔の謄写、嘉永五年〔一八五二〕）を入手した。後書きに、西恭叔が嘉永五年十二月に平陽の「儼塾」を大帰した際であろうか、師・平陽の許しを得て『平陽先生詩鈔』として謄写したと記している。この頃はまだ平陽は、藩の役職に就きながら塾生の指導をしていたのであろう。これが『平陽詩集』と同じものかは不明である。

この稀覯本によって、少しは次の疑問が解けるのではないかと期待していたが、まだ十分に

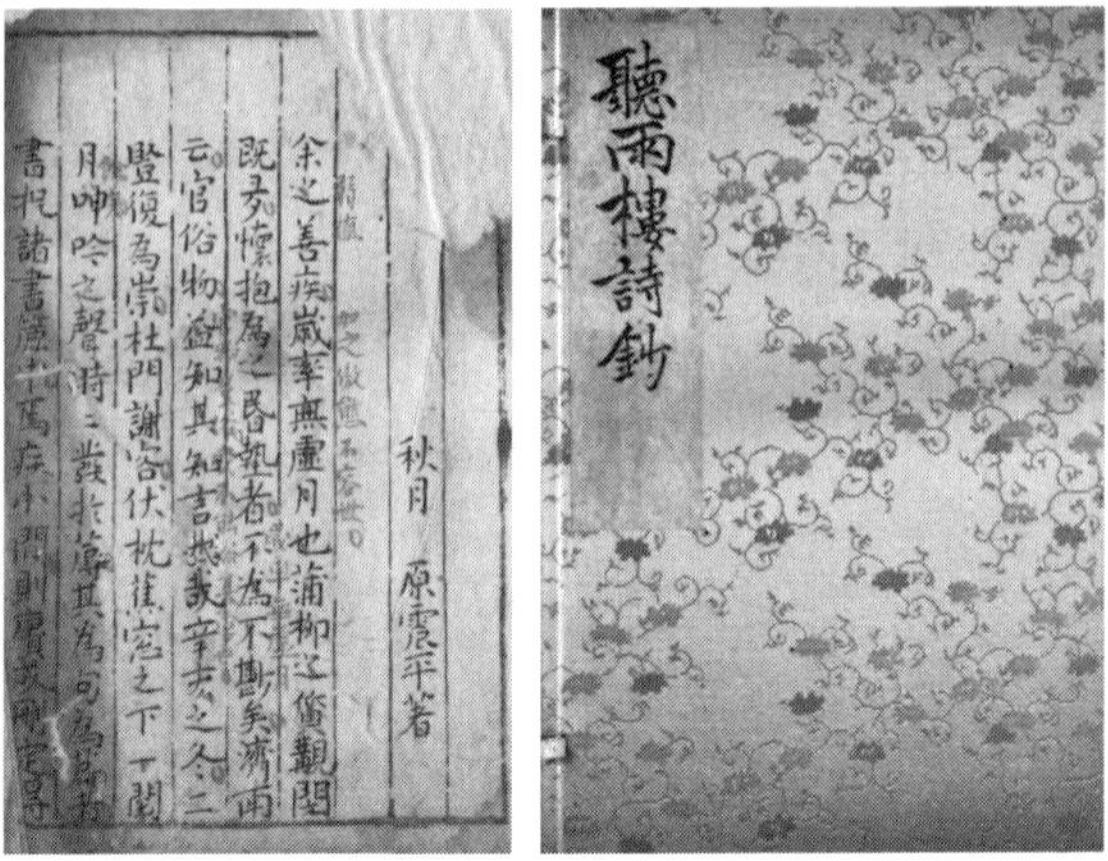

『聴雨楼詩鈔』（吉田平陽の門弟・西恭叔による写本）

調査できていない。それは、吉田平陽がどういう人だったのか、また、仏山がなぜ平陽の門をたたいて間もなく帰郷したのか、という疑問である。しかし、実際に調べていくと、それほど簡単なものではなかった。

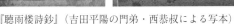

吉田平陽は原古処の高弟である。村上仏山は原古処、子息の白圭の亡きあと、一時、平陽に就いて学んでいたが、すぐ帰郷している。城井国綱（水哉園の出身）の「仏山先生行状」（『仏山堂遺稿』掲載）には、「文政七年甲申、年十五、游筑前、従原古処学経史詩文、二年而古処歿、又従其嗣子白圭、過一期年、亦歿、爾後無定師、遊亀井昭陽、吉田平陽之門、皆不数月而去」とある。この文章は仏山が没して三十数年後に書かれ、かなりよく調べていて、真実に近いという評がある。だが、仏山が平陽に教えを受けて数カ月で辞めた理由は未だわからない。

吉田平陽について詳しく記しているものに、三浦末雄著『物語 秋月史 下巻』（秋月郷土館、一九七二年）がある。これによれば、かなり実力のある藩士であり、漢学者、教育者であったようである。寛政二年（一七九〇）、鵜沼伝兵衛直易（百石馬廻）の二男として生まれたが、十五歳の時、吉田九華の養子となった。平陽は「幼より学を好み、出藍《しゅつらん》の誉れあり」といわれるほどの秀才で、早くから藩儒・原古処について学び、ついで福岡の亀井昭陽に教えを受けて、「学業大いに進み、九華の亡くなった文化元年には十五歳の若さで学館の句読師を勤めて」いたという。平陽は紀四郎、諠三、虎炳、喜三兵衛という名を持ち、平陽は号である。以下、役職に就いたものを列挙してみる。

「文化六年四人十四石被下、同七年学館助教被仰付、同十一年儒学家業御免、江戸御金奉行被仰付、（一時病気のため休み）、文政三年、再び江戸御金奉行被仰付、同五年横目役被仰付、天保八年七月、精勤ニ付、在勤中御蔵米百石被下、学館教授兼務。御勘定奉行被仰付、弘化二年五月格式御弓頭、御時服拝領。同四年七月、御蔵米百石被下、御弓頭ニ而勤方是迄之通。嘉永二年御用役被仰付、御役料三十石被下。安政四年五月、願之通隠居被仰付、年来功者相勤候ニ付、直ニ御雇勤被仰付、三人扶持銀五枚被下、同年九月不快ニ付願之通、御雇勤御免被仰下」（『物語 秋月史』下巻）

勘定奉行として大坂に七度も行っているという。その際、当地の諸名士と交流し、その中に佐藤一斎、伊藤東涯《とうがい》、篠原小竹、広瀬旭荘などがいた。

著書に『国計亀鑑』、『没刃刀』、『平陽文集』、『平陽詩集』等々がある。先の『物語 秋月史』には、「当代の漢学者として最も傑出していた平陽」が、長く御金奉行、御蔵奉行、勘定奉行を勤め、財政にも明るかった、とある。平陽は多才がゆえに公務に多忙を極め、仏山が平陽の「儼塾」に入門した文政十一年（一八二八）十一月頃は学館の助教をしていたが、「儒学家業御免、江戸御金奉行、被仰付、折柄病気ニ付、依願御免」とある通りだとすれば、まず子弟の教育どころでなく、お家の一大事だったことになる。ちょうどその時に運悪く仏山が入門し、「数日で帰郷した」のではないかと推測される。今後、新たに資料が出てくることを切に願う。

なお、平陽は師・原古処の墓を建てる際、その娘采蘋《さいひん》と藩との間に立って苦労した経緯を文章に残している。平陽は文久三年（一八六三）、七十四歳で亡くなった。墓は原古処、采蘋、白圭と同じ西念寺にある。

末松謙澄

謙澄の蔵書

末松謙澄（水哉園入門は慶応元年（一八六五））は仏山の最愛の門人と言っていい。仏山は謙澄の父・末松七右衛門（臥雲）とも個人的に親しく行き来している。臥雲は長く大庄屋を務めた人物であるが、詩文にも長じていた。謙澄の兄・房泰は元治元年（一八六四）に水哉園に入門している。

謙澄は逓信大臣、内務大臣を務めた政治家であるが、本来は学者、著述家など多方面で傑出していた。文学においては漢詩、翻訳、小説のみならず、演劇、美術などにも精通していた。それらの著書も多数ある。そして稀な蔵書家でもあった。ある著名人が末松家を訪問した時、廊下、部屋に本が溢れんばかりに積み上がり、応接間には容易に行けなかった、と記している。鳥谷部《とやべ》春汀《しゅんてい》の『春汀全集　第三巻』（博文館、一九〇九年）には、政治家の中でも「末松（謙澄）、金子（堅太郎）の両子爵も読書家である」とあげている。

ちなみに義父の伊藤博文も読書家であった。鳥谷部春汀は先の全集で「元老政治家では、何といっても、伊藤公ほどの読書家はない。ライブラリーらしきものを持つて居るものは伊藤侯の外にないといつても宜しい。外国を漫遊する際には、第一に書肆を訪問して色々の書籍を買い入れる。而も買い入れたものは内容の豊富なもの、若しくは大冊物ばかりで、廉価の新刊物などは目をつけない流儀だ。骨董品や美術品などは、如何に高貴な物でもパッパッと人に与えて吝《おし》まないが、書籍だけは大切にするさうだ」と記す。引用が少し長くなったが、娘婿の謙澄にも影響があったものと思う。

謙澄没後の大正10年３月，
故末松子爵遺愛品入札目録

さて、二、三十年前になるだろうか、東京の古書店で購入したものであるが、『もく録』という題名の冊子が

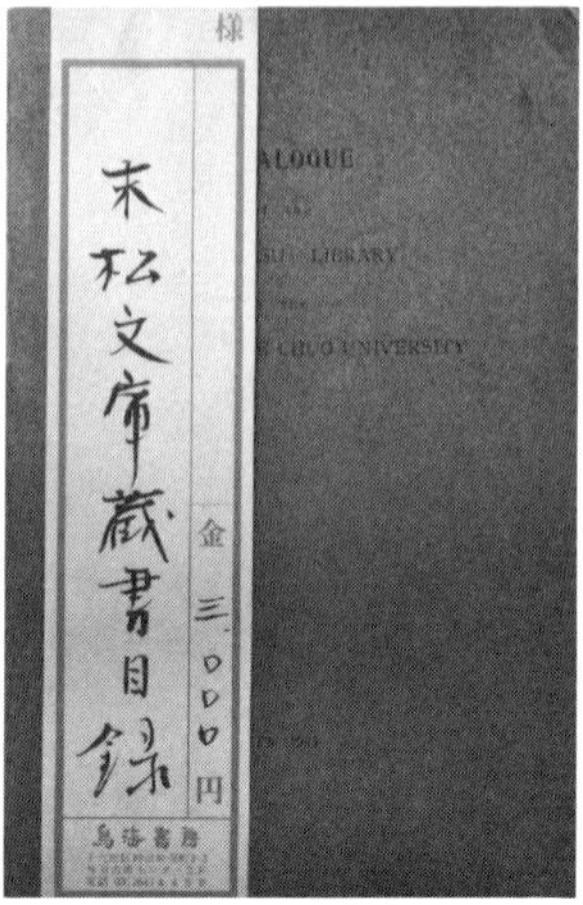

『末松文庫蔵書目録』（中央大学図書館蔵書目録）

末松家の「故末松子爵遺愛品入札」であった。綺麗なすずらんの絵の表紙で、書画・骨董の写真入りの立派な冊子となっている。大正十年（一九二一）三月とあって、会場は東京美術倶楽部になっており、下見が三月五、六日・入札、開札は同七日とある。謙澄没して一年後のことである。

もう一つは「末松文庫蔵書目録　大正十二年三月　中央大学図書館」と表紙に記している（一九二三年七月発行、中央大学）。膨大な書籍、自分の著作、洋書なども ある。この他に和漢書は二松学舎《にしょうがくしゃ》大学に寄贈したという。

「故末松子爵遺愛品入札」の目録の掲載品の中には国宝級のものもある。雪舟の絵の三幅対、雪舟渡唐天神、一休一行書幅、古画聖徳太子、俊成卿歌切、細香竹、頼山陽書幅、明治元君の書、骨董など四九六点となっている。実に膨大な数である。それらを収集するためにかかった金額も膨大だったであろう。まさにマルチ学者の蒐集と言える。

これらによって、英国ドクトル・アンデルソンの著書を翻訳し自身の補遺を加えた『日本美術全書　沿革門』（八尾書店、一八九六年）という書物に役立たせたのであろう。この書籍は大判和紙を用い、写真を多く掲載した豪華本。謙澄は多くの時間と費用を使って出版した。自序でいう。「予ハ此書ノ為容易ナラザル労力ト尠少《せんしよう》ナラザル費用トヲ費ヤシタリ」と書き、多くの友人、知人と交際することができず、家族との団欒もできず、人から怠慢という非難も受けたが、「予ハ此書ノ邦人ニ稗益アルヲ信ズルガ故ニ公務ノ余暇孜々《しし》怠ラズ百事ヲ擲テテ以テ之ヲ完成セリ」と。他に美術関係書に『文学上美術上・三教思想研究――並三教思想と茶道』（審美書院、一九一八年）などもある。前書の序文で謙澄が言うように、私生活を犠牲にして日本の美術界のためにと出版したのである。

個人の蔵書の運命については多くの先輩たちが述べているので、ここでは触れない。入札で入手されたものは、愛好家や学者によって研究、活用されたと信じたい。私自身も多くの書籍、美術品の運命を見聞きしてきたが、これも人間の運命と同様、もののもつ宿命かも知れない。

謙澄の遺言であったのか、遺族の意志だったのかわからないが、大学の図書館に寄贈された書籍は永く後世の人に利用されている。蔵書、収集品の理想的な処理の仕方のように思われる。

謙澄の編著書

謙澄の編著書を蒐集しはじめて四十年以上になるが、数が多くて際限のない行為に似ている。その数は一五〇点以上あると思われる。謙澄は書籍出版マニア的なところがあったのではとさえ思われる。現代と違って明治・大正時代は、自分の考えを雑誌や新聞に発表してもやはり本になれば、永く残り、読まれていくものと考えたのであろう。

　ところが、面白いことに、英国留学中に苦心して『明治鉄壁集』（一八七九年）を出版した時、故郷の父親宛ての手紙で「小子一生一度の詩集出版と存じ候得ば、可成世間之引受よかれがしと相念申候。此以前についぞ詩に精神を費やせし事もなく、此後とても最早左様之時節は有之間布と存候」（玉江彦太郎著『若き日の末松謙澄――在英通信』海鳥社、一九九二年）と書き送っている。しかし、実際、皮肉にもこれ以後、生涯にわたって多くの本を書き出版することになるのである。そして、日常生活は質素倹約して出版費用を捻出した。

　当時、謙澄は学問に対する意欲が旺盛で、普通の留学生が「年間一千円で賄っていた」ところ、書籍の購入などで一五〇〇円の生活費がかかったという。いろいろなところから補助してもらっていたが、書籍購入費などの費用は相当の額になった。しかし父との約束通り留学中に詩集の出版はしなかったが、『成吉斯汗《ジンギスカン》』（一八七九年）、『支那古学略史』二冊（一八八〇年）、『支那古文学略史』二冊（一八八二年）などを刊行している。この費用も大きかったようで、印刷費の調達に苦労したという。

　先の漢詩集『明治鉄壁集』の刊行の際、伊藤博文への手紙で題字の揮毫を頼み、「右拙詩については都下之士人中にも何かと歯牙之余論等可有之哉承度候」（前掲『若き日の末松謙澄』）と、謙虚ながらも、いささかの自信ものぞかせている。

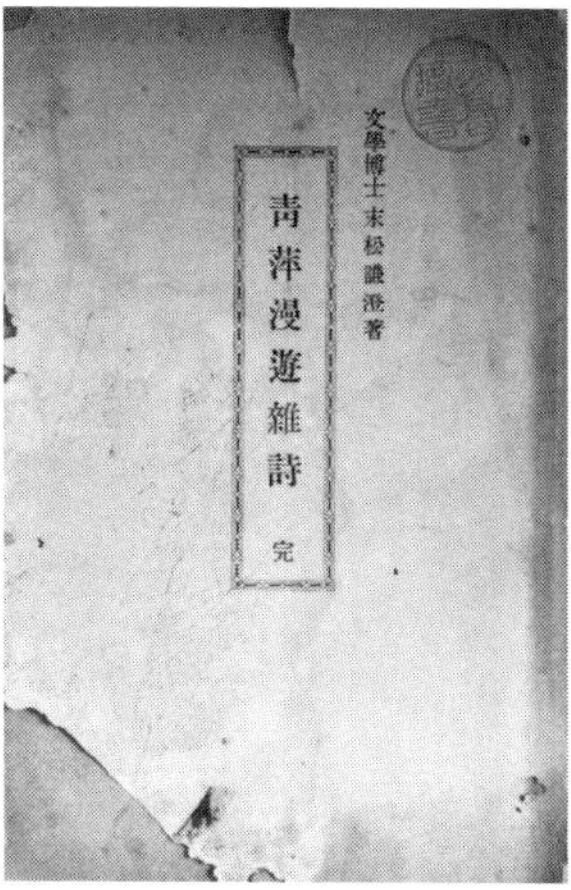

『青萍漫遊雑詩』。緒言で「明治24年5〜8月まで西海，山陽，山陰諸州を漫遊した折に詠んだ詩と過去の未収録の詩」を掲載したという。大分県の日田，耶馬渓などで詠んだ詩や，「京都郡途上」，「企救郡途上」と題する詩もある。

ところが、『明治鉄壁集』（一八八六年に『青萍詩存』と改刻・改題）の評判がよかったのであろう、後年に漢詩集の編著者としてかなりの書籍を出版していくが、自身の作品だけの漢詩集はやはり遠慮してか、ささやかな本（冊子）を出版している。その一つが『青萍漫遊雑詩』（国文社、一八九一年）である。さらに唱和集を編纂して『善隣唱和』、『善隣唱和第二集　翠雲雅集』（秀英舎、一八九一年）という小冊子を出版した。やはり謙澄は終生、漢詩を好み、遠ざかることがなかった。しかも、言文一致を主張し、自身の多くの著書で実践して執筆した人であったにもかかわらずである。やはり幼い時から仏山先生の薫陶を受けたため、漢詩文にも秀でていた。

なお、謙澄は岳父伊藤博文の『藤公詩存』（博文館、一九一〇年）という立派な装丁の漢詩集を編集・出版して恩に報いている。これ以外にも伊藤博文に関する本として『伊藤公国葬余韻』（一九〇九年）、『孝子伊藤公』（一九一一年）なども出版している。それにしても、謙澄は多くの分野にわたって研究し、執筆したものは本として出版していったが、その中にはかなり私費を投じたものがある。大冊の『防長回天史』（十二冊、一九一一〜二〇年）、『仏山堂遺稿刊成詩集』、『日本美術全書』（二冊、アンデルソン著、謙澄訳輔）、『異郷の友垣』（吉田健作遺稿、謙澄補綴・刊、一八九六年）などがそれである。

恩師の仏山に関する著書にも積極的に出版に協力した。『仏山堂遺稿』（一九一四年）、『寵光余影』（一九一八年）などをあげることができる。

「豊前育英会」と「門司新報」

「門司新報」は明治期に豊前国の新聞として出版された。その役員、記者、執筆者の中には水哉園、育徳館の出身者が多くいた。社長の毛里保太郎（峡南）は明治十年（一八七七）に水哉園に入門している。水哉園の先輩である謙澄（慶応元年（一八六五）入門）を畏敬していた。謙澄が大臣に就任後、逐次その動向を新聞に載せている。その「門司新報」は豊前育英会の理事長であった謙澄に協力して、寄附金の募金記事をたびたび掲載している。

「門司新報」の記事を紹介する前に、豊前育英会のことに触れたい。

以前に入手した「財団法人豊前育英会（自四十三年四月～四十四年三月間）会務概況報告」がある。総裁は小笠原伯爵家で、理事長は末松謙澄である。この年に「財団法人豊前育英会」となったのであろう。第五条に「本会ノ資産ハ旧豊前育英会ノ代表者並本会ノ設立者トシテ指定セラレタル大森藤蔵、梅田岩樹、内丸最一郎、中川三郎ノ名義ヲ以テスル寄附財産及ビ将来有志者ノ寄附スル財産ヲ以テ組成ス」とあるところから、旧「豊前育英会」を財団法人に組織替えしたようである。「寄附行説明概要」に「育英会ノ事業ハ基本金制度ヲ採用シタル以来、伯爵小笠原家及同郷各位ノ多大ナル御賛助ニ依リ寄附金ノ申込額予期以上ニ達シ、良好ノ成績ヲ見ルニ至レリ、此時ニ当リ本会ノ維持法ヲ確実ニ定ムルハ独リ本会ノ基礎ヲ鞏固《きょうこ》ナラシムル為メ必要ナルノミナラス大方義捐者ノ信任ヲ厚クシ、会ノ発展上緊要ノコトト認メ多数会員ノ希望ニ従ヒ、本会ヲ経営セントス」とある。組織を改組して、明朗化、近代化した。

少し説明が長くなったが、こうした経緯があったのであろうか、理事長の謙澄は「豊前育英会」への寄附者を募集し、実際に多くの寄附金を集めた。得意の漢詩を揮毫したり、政治力で郷土の開発に貢献したりして、その奮闘の一部を「門司新報」が伝えている。

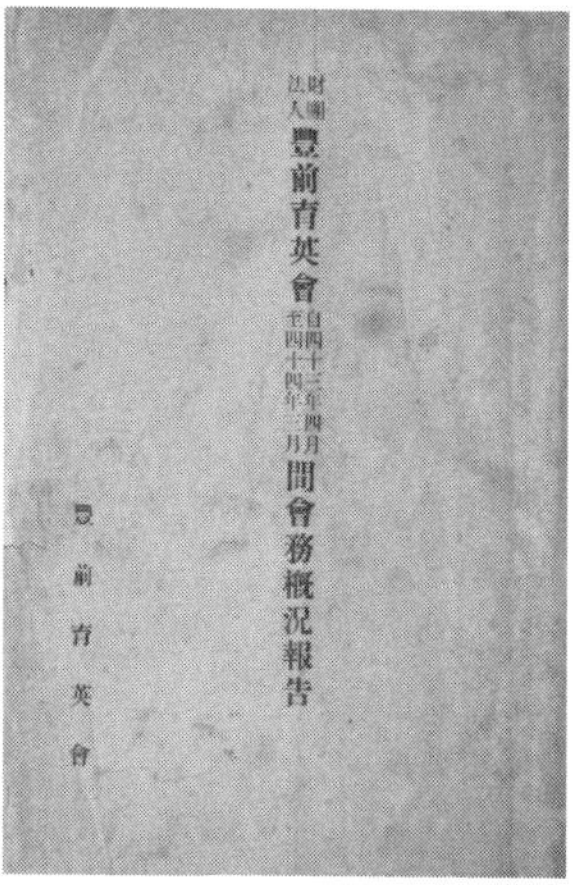

「財団法人豊前育英会 自四十三年四月～四十四年三月間会務概況報告」豊前育英会発行。寄附行為なども改められ，会計報告も項目ごとに詳細に示されている。貸費生が増え，資金も少なくなりそうなので，理事長の謙澄が寄附募集に奔走したようである。

大正八年（一九一九）七月一日の記事に「小倉企救に於ける育英会募資成績」という見出しで、「津田倉楼」に於いて企救郡の有志四十名余を前に謙澄が「約一時間に亙り豊前育英会基金に関する趣旨を懇談する処あり、列席者何れも多大の賛意を表して成績頗る好く門司市同様寄附金一万円以上に達すべく予期せられたり」とあり、大きな活字で寄附者名と金額を書いている。

「金五千円　友枝梅太郎、金二千円

小林徳一、金一千円　松本松蔵」とあり、続いて「若松に石炭を営み成功者高橋英太郎氏列席し居たる折、氏も趣旨を賛して即座に千五百円の寄附を申出たる由」と記し、謙澄の一時間にわたる熱弁は功を奏して、多額の寄附金が集まった。

しかし、謙澄の育英会の寄附金集めは、この熱弁だけでなく、大変な苦労があった。先の同じ大正八年七月一日の記事に、「青萍（謙澄の号）を中心に清滝に於る歓会（上）」という見出しで「門司では一万円以上の寄附金が集まりましたから一万円だけの御揮毫をお願いしたい」ということで、はじめ謙澄は辞退したが、強く懇請されて二枚折金屏風に筆を揮ったり、得意の自作の詩「多謝天公憐我文、微勲会与武臣分、揮将筆舌代鋒鏑、震蕩米欧双陸雲」の一詩を揮毫する。それから次々と書幅の揮毫、伊藤公の書の箱書きなどが持ち込まれ、疲労困憊の体だったという。

続報として同年七月四日に「青萍子を中心に（下）」という見出しで、「豊前育英会」の寄附の礼を述べたこと、さらに逓信大臣として故郷のためにした仕事を詳細な記事にして掲載している。

なお、先の「財団法人豊前育英会（明治四十三年四月～四十四年三月）会務概況報告」には詳しい会計報告、寄附行為、申込書の形式などを記し、これまでの貸費生の一覧も付けている。これによれば明治四十四年（一九一一）三月三十一日までの甲之部、乙之部の貸費生は合わせて三三九名（内五十八名死亡）に達し、この中には堺利彦がいる。堺の「貸費当時の在学学校欄」には「共立学校」（後に第一高等中学に入学する）とあり、「築上郡椎田、士族、堺（中村）利彦」とある（堺は一時、学費援助を受けるため中村家の養子となり、後に元の堺姓に復した）。これは一二〇頁余りの小冊子であるが、資料的にも面白いものである。

この他、架蔵のもので表紙や後半部がないため題名不明の冊子がある。明治四十四年か四十五年の「豊津中学校」の学校要覧と卒業者名簿などを一緒にしたようなものだが、貴重な資料である。

末松謙澄著『青萍詩存』

『青萍詩存』（文学社、一八八六年）は、謙澄がイギリス留学中の明治十二年（一八七九）に刊行した『明治鉄壁集』を改訂・改題したものである。凡例には、この集の原題は『明治鉄壁集』といい、今故有ってこれを改めたり、推敲が足りないところが多くあったので、字句なども改め直し、かつ全首を削る所は削って、これを第三版としたとある。また諸家の題跋もほめ過ぎが多かったので、今度は多くを省いた。もともと、この詩集は旧知の人たちのみに配布しようとしたとも記している。現に表紙には「進呈併謝漫遊中好意」という朱印を押している。また、扉には「山県伯題辞、張斯桂君序、曽紀沢侯読、依田百川君跋、諸名家評」とある。

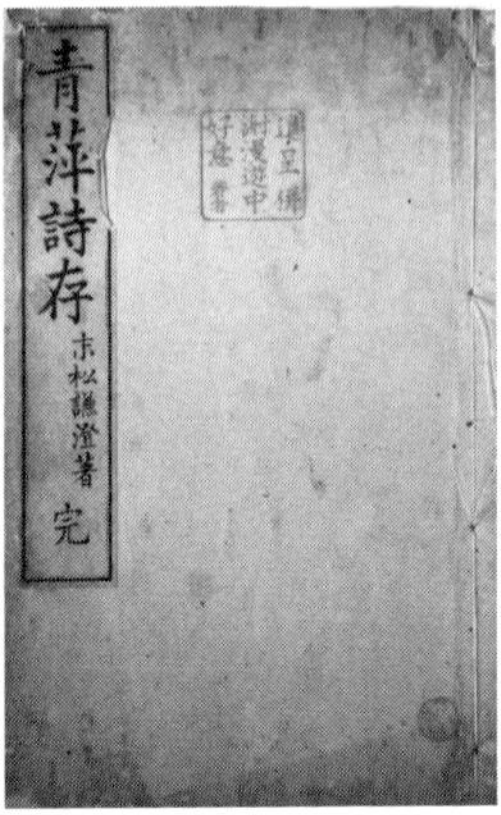

『青萍詩存』

『青萍集』

附録として七首（長短詩）を掲載し、そのうち留学中の思いを詠ったものである。最後の一首（長詩）、西詩の訳（塋上感懐）は「費レ思頗多、不レ忍二湮棄一、故附」と記す。

前に述べたように、謙澄は英国留学中に『明治鉄壁集』を刊行した際、父・臥雲への手紙において「小子一生一度の詩集出版」と思っており、今後はこのようなことはないだろう、と誓った（出版費用の負担のことで、父親に心配をかけないためか）。それは確かに守ったが、この『明治鉄壁集』の改訂、改題版は別であった（事実、自身の漢詩集は没後、大正十一年（一九二二）十月五日、子息末松春彦、友人佐藤寛によって『青萍集』上・下巻が刊行された）。

『青萍詩存』の評家の中に、師・仏山の名がかなり出てくる。仏山は明治十二年（一八七九）に没したが、十九年に刊行したこの詩集の評語を掲載しているということは、既に生前に評していたものであろう。その一つを紹介したい。

「帰郷し旧師仏山先生を訪れ、賦して呈す」と題する七言律詩がある（謙澄は西南戦争に従軍記者として鹿児島に赴き、乱の終結後、帰郷した明治十年末の頃に詠ったものであろう）。

記得当年立雪場　分明認上仏山堂
詩之衣鉢終難㆑受　学有㆓淵源㆒豈敢忘
談入㆑真来清徹㆑骨　酒澆㆑愁去夜将㆑央
他年誓報先生志　且許鯫生今尚狂

この詩に対して仏山の評語は、「君童年寓敝塾頭角、嶄然儕輩靡及而余浅学寡聞無一稗益之者、此篇推予置百尺楼上慚死々々」とある。この「君童年寓敝塾頭」というのは慶応二年（一八六六）八月、長州軍が小倉藩領を侵略し、小倉藩は城を自焼して、香春へ後退する。その間隙をついて百姓一揆が起こり、大庄屋などが被害を受ける。謙澄の実家も襲撃されて全焼し、一家離散の憂き目にあった。一家は香春の親戚の家に身を寄せていた。

その時、仏山は謙澄を自分の家に預かり、他の塾生を帰省させた水哉園で一対一の教育をした。「仏山堂日記」八月四日「一揆騒動之節、久保氏（謙澄の父）挙㆑家香春エ落行候由相聞候間、見舞状遣シ線松（謙澄）義当分此方ニ遣置候テハ如何哉之段申置候処、二日夜、新町迄引取候由ニテ、今夕東太郎、線松召連此方ニ預ル」とある。『青萍・末松謙澄の生涯』（玉江彦太郎著、葦書房、一九八五年）では、「仏山はこうして戦乱のおさまるまで数か月、謙澄と起臥をともにして、親しく学問を授けたのである」と述べている。

仏山の「余浅学寡聞無一裨益之者、此篇推予置百尺楼上慚死々々」という評語はユーモアがあって面白い。仏山は謙澄の詩が自分をほめ過ぎで、百尺の楼上にまつりあげている。はずかしくて死んでしまいたい、というのか。なお、那珂梧楼は同詩に対して「有情有致前聯特佳」と評している。

「八日、自二福山一赴二鹿児島一、舟中弔二僧月照一」と題した七言律詩がある。

慷慨憐君出二仏門一　勤王致レ命恨猶存
鉄衣未レ著僧衣破　万頃金波瘞二片魂一

この詩に対して仏山は「使月照有知方今之大勢与西翁之末路則応一笑一悲金波中矣」と評している。この詩集の中で師の仏山が最も評価したのは「九月六日、再次二都城一、時中秋在レ近」と題する詩である。仏山は「完璧」という二字のみで評した。

英国詩人グレーの詩を「瑩上感懐」と題して漢訳したものも収録しており、この詩を日本へ紹介した先駆者として高く評価されている。末松は「水哉園」での漢詩の修学に加え、独学で英語を習得した。ついには『源氏物語』の英訳本を出版し、英国人に対して日本文化のすばらしさを紹介している。

『青萍詩存』は僅か百頁足らずの本であるが、内容は豊富。謙澄の若き日の情熱が伝わってくるようだ。

佐佐木高美

佐佐木高美《たかよし》は土佐藩出身の伯爵・佐佐木高行の長子である。末松謙澄が官界に入る時、留学の際、この高行に世話になったらしい。高行は文政十三年（天保元・一八三〇）に生まれ、旧藩時代は土佐藩普請奉行、大目付などを務め、幕末には坂本竜馬らと尊王派として活躍。明治維新になって宮中顧問官、枢密顧問官なども務めている。その間に皇典講究所長兼国学院長となる。

その後、佐佐木家は三代（高行、高美、行忠）にわたって国学院大学院長を務めたという。高行を主に、三代にわたって蒐集した蔵書が国学院大学に寄贈され、『佐佐木高行家旧蔵書目録』（汲古書院、二〇〇八年）が刊行されている。高行はことに読書家で多くの蔵書を残している。この点も末松謙澄とよく似ているので親密になったゆえんかも知れない。また、高行の子息・高美と謙澄は親しく交わっていた。

さて、『佐佐木高美大人』（大正八年〔一九一九〕）は高美の追悼集。高美は文久二年（一八六二）

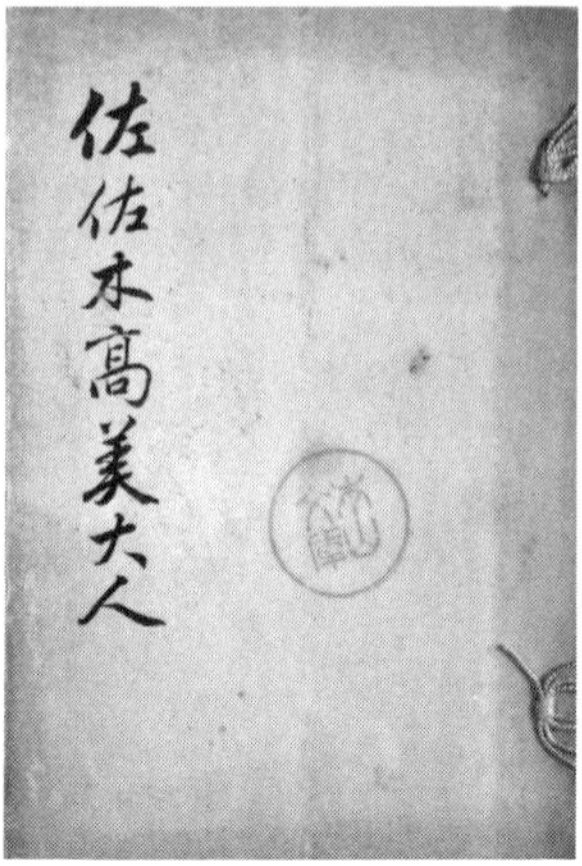

『佐佐木高美大人』

二月に生まれ、明治三十五年（一九〇二）七月、四十歳の若さで逝去した（謙澄より七歳年下であった）。この本は高美逝去の十七年後の大正八年（一九一九）、猪狩又蔵ら知人によって編纂された。高美と末松謙澄との関係だけでなく、村上仏山のことが少し収録されているので、その内容を見ていこう。

明治二年（一八六九）、父高行が刑部大輔から参議の役職に就いた頃、高美は母と共に上京し、「依田某、城井国綱、末松謙澄子等の諸氏に従つて漢洋学を修めたり。明治四年には末松謙澄子と共に米人フルベッキ氏の家に寓し、同氏及び英人フェルトン氏の教を受くること多かりし」とある。若き日の謙澄と高美は共に外国人に英語を学び、時には謙澄、水哉園の同門の城井国綱が高美に漢学を教えたというのである。

さらに続けて「明治十年、西南の役起るや、父侯は、聖駕に扈して京都に赴きしかば、大人も亦父侯を省して京都に在り。既にして戦乱平定に帰せしを以て、大人は九州地方を漫遊して、老儒村上仏山に会見し、遂に南して鹿児島に至り戦後の状況を視察し、傍ら山水の勝を探りて優遊自適する所ありしかば、健康漸《ようや》く旧に復せり」とある。

水哉園にやって来て仏山に会い、九州の風景を眺めているうちに病気が治ったというのである。高美が水哉園を訪問したのは、きっと謙澄や国綱の勧めがあったからであろう。ここに謙澄、国綱が師・仏山を尊崇してやまない気持ちを感じることができる。

高美は明治十七年（一八八四）五月、謙澄より遅れて英国に留学して、ケンブリッジ、オックスフォード大学で英国憲法、国際公法などを学ぶ。その英国の留学中に郷土出身の吉田健作、謙澄らと交流した。その時の写真がある。高美は帰国後、外務省に勤めていたが、明治二十二年（一八八九）、官を辞し、教育方面に力を入れ、東京文学院、日本中学校などを創立した。育英や、『国史大辞典』の編纂事業などにも資金を提供したという。

『異郷の友垣』（吉田健作遺稿，末松謙澄補綴）に掲載の写真。前列左より佐佐木高美，末松謙澄，原田輝太郎，後列左より吉田健作，横田万之助

高美が亡くなって七年後、追悼会が開かれた時、謙澄、谷干城《たてき》などが演説したようである。その時の谷干城の文章の中に「然るに先に末松子爵の御話を承り、又亡児（高美）の賛美せし言に微し、末松子爵の其性行（高美の）玉の如しと申されしは決して溢美《いつび》に非ずと深く信じます」とある。

意外な書物で仏山に出会ったという関係記事が出てきた。人と人との出会いも運命的である。

八条半坡

八条房詢は字を子猷、号を半坡という。天明五年（一七八五）二月二十八日に中津に生まれた。家は代々奥平侯に仕え、禄百石を領した。父は平次右衛門勝記、茅斎と号す。

春翠大江渙の「墓碑文」によれば、「茅斎君文武の芸に於て学ばざる所鮮し、其学ぶ所其蘊を究めざるものなし、房詢君父に従ひて、弓馬剣槍の道を学び、皆其室に入る、且甲陽の兵法に達す、性最も文学を愛し能く詩を作る。常に松川北渚、恒遠轟谷、村上仏山と相唱和す」と。さらに「兵制を改めんと欲」し、安政二年（一八五五）頃「江川太郎左衛門、高島秋帆、佐久間象山、藤田東湖、牧穆仲、島津文三郎、其他数名の諸士に謀り、阿蘭陀の火器兵法を甲陽の兵法に加へ、長を取り、短を舍《す》て以て大に藩の兵制を改革す」、「全国兵備の未だ整はざるを痛嘆し尊皇愛国の義を唱へ、鎖港攘夷の説を述べ、藩公及び水府老公に建議する所あり」と。

万延二年（一八六二）正月二十四日没す。年七十七歳であった。仏山よりも二十五歳年長。すぐれた人格者で、詩も善くしたため、仏山は尊敬してやまなかったようである。

半坡については友石孝之編『注釈 八条半坡先生詩抄』（百回忌記念、八条宗詢発行、一九六一年。文中には「條」と「条」の字が入り混じっている）に詳しい。半坡の詩の多くは、この本によった。

弘化元年（一八四四）九月二十五日、半坡は水哉園の仏山を訪問する。今から一七二年前のことである。

その時の様子が「仏山堂日記」弘化元年九月二十五日の条に記されている。「中津藩士津田半蔵号小石、八条平太夫半坡、井上嘉源二号蓼汀、冨永万福寺号呵石、外ニ小僕一人、此辺古跡ヲ探リ夕方来訪一宿」とある。半坡は親しい友人三人と「小僕」の五人連れで、水哉園にやって来た。当然、宿泊する予定で、前もって先触れを出すか、書簡で連絡をしていたであろう。

その後、二十六日の条に「晴れ、早朝右五人同伴、御所渓（谷）ニ遊、夫ヨリ香春高坐寺観楓、河上屋ヨリ酒肴持参、西念寺ヨリ持出有之、日田屋酒持参、紅葉ノ最中奇興無限、塾生モ追々馳加、夕方味見越、河内吉武氏ニ一宿」、さらに二十七日の条に「吉武氏出立、青龍窟探洞中ニテ小酌、夕方、神護村ニテ告別、中津客ハ大橋ノ様行、余ハ塾生三人同道、鋤崎永昌方ニ立寄、深更帰宿」とある。

『注釈 八条半坡先生詩抄』。漢学に造詣の深い友石孝之先生によって，初めて半坡の生涯と詩がまとめられた。しかも誰でもわかるよう「注釈」付きである。

この日記にあるように、仏山は半坡の一行を大歓迎した。そして京都郡、田川郡の名所旧跡を案内し、酒、御馳走を取り寄せ、文学を語り、詩会を開いた。

日記に「御所渓ニ遊」とあるが、馬ケ嶽にも登ったのであろう。

『仏山堂詩鈔 初編 巻之下』（弘化元年から嘉永二年までの作品を収録）には、「馬嶽に登り、八条半坂の韻に次ぐ」と題する詩を載せている。

片 片 寒 雲 出㆑岫 飛　　依 稀 城 上 動㆓旌 旗㆒
血 流 当 日 応㆑漂㆑杵　　鬼 餧 千 秋 誰 建㆑祠
澗 菊 狐 穿 疎 蕊 乱　　崖 松 鶚 坐 大 枝 岳
吟 人 固 有㆓悲 秋 感㆒　　況 是 荒 山 吊㆑古 時

一方、半坂はこの弘化元年の水哉園訪問時、共に青龍窟、御所ケ谷などに遊んだ際の詩を残している。友石孝之編『注釈 八条先生詩抄』によれば、「京都路上」、「遊青竜洞即事」などと題した詩を残している。

「御所谷」と題した五言律詩を紹介したい（書き下し文は友石孝之氏）。

西 州 曽 擾 乱　　西州曽て擾乱《じょうらん》し

聖駕遠親征
当日行宮跡
千秋御所名
運謀誅五賊
除害救庶氓
武徳開其後
長教天下平

聖駕遠く親征さる
当日行宮の跡
千秋御所の名
謀を運《めぐら》して五賊を誅し
害を除いて庶氓を救う
武徳其後を開き
長く天下をして平らかなら教《し》む

仏山、東遊の旅へ

弘化元年（一八四四）に水哉園を訪問した半坡から、その後たびたび仏山に対して来訪の誘いがあったようであるが、ようやく十六年後の安政六年（一八五九）四月に実現することになった（安政大獄）。その前日と当日を「仏山堂日記」から追ってみる。

四月十二日の条に「予久ク東遊之志アリ、半坡翁ヨリ是非十四、十五日頃東遊致呉候様申来レドモ、来二十日ヨリ本家仏事執行有之、夫迄ニハ帰宅不レ致テ不レ叶ニヨリ一日期ヲ早メ、明日十三日発程之筈ニテ、用意混雑也」。（一週間の「東遊の旅」に出かける）

翌十三日になると、「五ツ半時（七時半）馬上ニテ発家、塾生恥格、僕源四郎跟随《こんずい》（付添う）

九ツ時（昼十二時）湊町塩屋伝五郎方ニ着、酒飯供給有之、七ツ下刻、安雲光林様寺ニ着、緩宴到深更」とある。

十四日の条に「今日安雲ヨリ馬ヲ返ス。馬夫ハ彦三郎也、今日光林寺ニ強テ被留尤モ法鶴子今津ニ遊学致シ居候ヲ呼ビ返シ旁大ニ丁寧之過待ニ付、不得已、再宿ス、今夕、大宴成当村医生増田文治ナル者陪飲」とあり、仏山は大歓迎を受け、なかなか中津の半坡の家まで行き着かない。

十五日になって「今朝、岸片徳善寺隠居来訪、共ニ緩酌。七ツ時（午後四時頃）、安雲出立、黄昏中津八条氏ニ着、主翁喜無レ限、共ニ十余年之情ヲ談ジ、緩酌至深更、津田小石亦来会」とある。二人は十六年ぶりの再会で「喜無限」と記しているが、「仏山堂日記」の中でも、こんな喜びの表現は少ない。この後、半坡先生主催の歓迎会、詩会が次から次へと続くのである。

十六日の「仏山堂日記」には「晴、与主翁朝飲。儒官手嶋仁太郎、医員辛嶋丈庵、松川元理及津田市蔵等来訪。今日主翁予ヲ誘城外金谷堤上ニ宴ス。……」、次々と当地の名士に会い、「邂逅同飲」、「又一酌」などが続き、仏山は大歓迎を受ける。

十七日、「酢屋ニ卯飲。今津大庄屋・今津小十郎曽テ余カ東遊ヲ聞、是非同遊致呉候様、半坡翁ニ約束有之シ趣ニ付、今日翁ニ誘レ彼ニ赴。半坡夫婦、予、恥格共ニ先行」、「翁ト予轎ニ乗ル」、「津田小石、手嶋仁太郎、橋本忠次郎亦来会。主人頗富二書画一、其亭号二観漁一、風景奇絶、終日吟酌、夜中待二月出一、前江泛レ舟、深更帰レ亭宿ス。今日是地医師荒川競斎陪飲。光林寺法鶴並長州恵跟、今津浄光寺修学中ニテ共ニ来見」

十八日、晴夜雨、今朝競斎方ニ被レ招諸老ト赴レ之。其後、観漁亭ニ帰又一酌。午後発二今津一、輿中《よちゅう》酔眼晩時、中津ニ達、黄昏ヨリ津田小石、悟桐楼ニ被レ招、半坡物斎ト同飲。宴終テ田中勘之助招ニ応ス。藤本元岱《げんたい》予ヲ田中氏ニ訪、対酌到深更」

十九日、「今朝田中氏ニ又元岱等ニ一酌中、光林寺ヨリ使僧慈眼、轎夫《きょうふ》（かごかき）四丁ヲ連来。同寺ヨリ予ガ帰ヲ轎送スル也。即田中氏ヲ辞シ酢屋ニ告別、辛島、松川両家ヲ訪、其後八条氏ニ帰、主翁已ニ設二別宴一小石、元岱亦来会緩酌、後告別シテ中津ヲ発、元岱送到高瀬川上」、「湊村塩屋ニ着、主人予カ帰ヲ待事甚、丁寧相留ニ付一宿。四月二十日、塩屋ニテ又々緩宴午後湊ヲ発」、「天生田茶店、塾生五輩予ガ帰ヲ迎、強テ一飲、七ツ時（五時頃）無恙帰家。今日ヨリ本家仏事ニ付、御坊・若院家被見……」

広瀬淡窓

広瀬淡窓について今更ここで説明するまでもないと思うが、『広瀬淡窓資料集 書簡集成〈大分県先哲叢書〉』（大分県立先哲史料館編、二〇一二年）の序文を借りて記すと、「江戸時代後期、

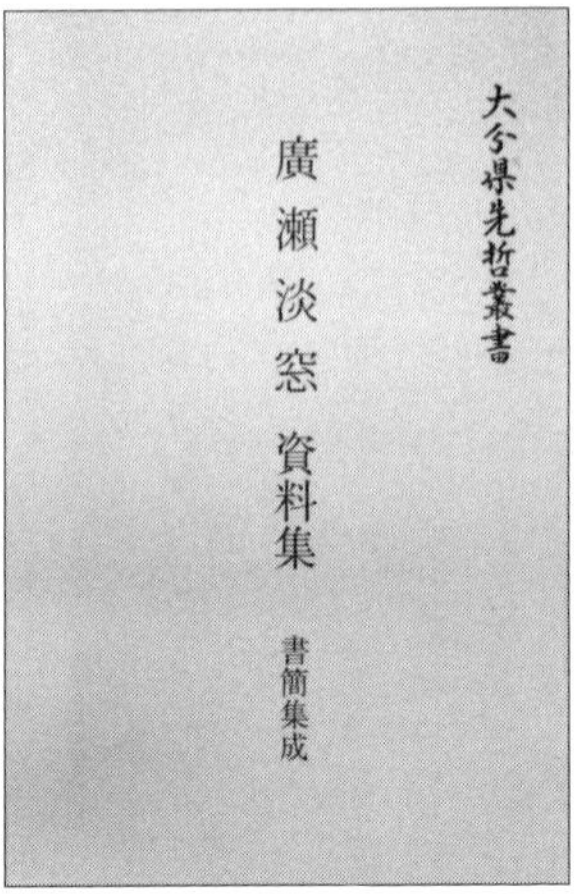

『広瀬淡窓資料集 書簡集成〈大分県先哲叢書〉』（扉）。収集，解読，時代特定など多くの困難を経た労作である。

豊後日田に生まれ、活躍した儒学者であり、漢詩人・教育者として全国的に知られ」、「中国・日本の諸学を統合した『敬天』思想を確立し、近世最大規模の私塾といわれる『咸宜園』を創立」した人物である。

この『広瀬淡窓資料集 書簡集成』は、その淡窓の往信と来信を収録した書簡集である。この時代の書簡には年を記入していないのが通常で、しかも差出人、宛名も本名だけでなく、多くの号を使ってわかり難い。その困難な研究を経て、この本は淡窓の往信四三〇通、来信一五四通の計五八四通を収めている、文字通りの労作である。

淡窓から仏山への書簡は二通が収録されている。一通は嘉永四年（一八五一）十月二日付のもの、もう一通は嘉永六年八月十八日付のものである。

嘉永四年の書簡は、仏山が『仏山堂詩鈔 初編』の出版準備をしている時、淡窓に詩鈔の評語と題言を依頼したが、淡窓は「野生兼而老衰之上、当夏已来眼疾大ニ差起」、読書、執筆もできない。ただ題言は「少々起草仕候」と記し、「御菓子料一封」のお礼をと「咸宜園」に在塾していた友石晴之助（子徳）から話があるだろうと言い、最後に眼疾のため広瀬（矢野）範治に代筆させたと断りを入れている。

この書簡は例によって差し出した年を記していないが、文面にある「当夏已来の眼疾……」、「題言少々……」などによって、「嘉永四年」と確定したようである。また、書簡文は筆者の個性のある筆跡が多いため、解読にかなりの経験と研鑽を要する困難な作業である。こうして解読、整理して活字化してくれるとありがたい。

もう一通は、嘉永六年八月一日付の淡窓から仏山宛ての書簡である。仏山や淡窓から大きな期待をされていた友石晴之助（子徳）の訃報を受け取った淡窓が、仏山に宛て、「友石生之事、絶言語、驚入申候。御同様悲惜之至と申内、幼少より御養育、猶子ノ御情一入奉察候。彼方父兄之思召、万々拝察、誠可申様も無之候……」と、晴之助の逝去を哀惜してやまない（晴之助は仏山・淡窓両先生の養子に請われていた）。仏山と淡窓とがやりとりした書簡は、実際はまだかなりあったと思うが、現在確認されているのはこの二通だけである。それにしても実に筆まめな人である。

この本の「来信編」の安政元年（一八五四）、旭荘から兄淡窓に宛てた書簡に驚嘆した。それは安政元年八月から十二月まで山陰道の美作・伯耆・出雲に歴遊の折、毎日の出来事を綿密に書いて書簡の形で報告したものである。中でも私が驚いたのは、書簡とはいえ個性的な観点に立った立派な旅行記と言っていいことである。しかも、潤筆《じゅんぴつ》（金）料、紹介状（添状）、餞別、詩会、講義、入門者の受け入れなどを細かく記している。今まで文人の旅行記、日記で、金銭のことを記したものはほとんど見られない。一般に文人の嗜みであろうか。だが、さすがに商人の家に生まれた旭荘は違っている。

私はこの文人の潤筆料を知りたかった。というのは原采蘋が父古処の詩集上木のため、たびたび各地を遊歴し、その間の潤筆料をあてるつもりであったという。しかし、私はかねがね、本当に金のかかる旅をして潤筆料や餞別で本を出版する金ができるのかという疑問を持っていた。ところが、采蘋は憐れ、ついに望み叶わず、萩の地で客死。その際、詩集の上木料どころか、持ち金は僅か十四両ばかりだったということが、私の頭から離れなかったからである。それ以来、潤筆料に関心を持って調べてきた。が、容易に見つからなかった。ところが、この旭荘の書簡に詳細に記入されていたのである。旭荘は書簡の最後に、「余ハ他見無用。範、孝異日の遊歴之為ニ瑣事を録せり」と、後輩や子息たちが遊歴する際に参考となるように書き記したもので、他人に見せるものでないと記している。当然であろう。

旭荘は安政元年八月、四十八歳の時、山陰道の美作・伯耆・出雲を歴訪し、「一切之雑用差引、残り候潤筆、弐百三十両余」とある。この歴訪の旅は門人の誘いによるものであるが、各地で大歓迎を受ける。潤筆料も結構受け取る。御馳走攻めにあい、名所旧跡の案内、入門者の獲得、名士の交流、詩会の開催などで長逗留して、ついに冬になり、一丈四尺もの積雪の中を必死で中国山脈の険難な道を帰るはめになる。しかし、旭荘の各地の自然、風俗、人情の観察は鋭い。稀有の旅行記でもある。徳富猪一郎が旭荘を「大新聞記者である」と評したのはよく言い得ている。

月形　覚

月形覚（悔堂）は、筑前藩の勤王志士・月形洗蔵の弟である。

近年、月形洗蔵が「薩長連合の先駆者」であるということで話題になっている。薩長連合の仲介の労をとったのは坂本竜馬のみの功績ではなく、最初に言い始めて行動を起こしたのは月形洗蔵だったという。それを土佐藩の中岡慎太郎が引き継ぎ、最後に坂本竜馬が薩長同盟を成功させたという。

祖父の月形質《すなお》（鷦窠《しょうか》）は黒田藩の侍講を務めた学者で、頼山陽とも親しかった勤王家だったという。父の深蔵（漪嵐《きらん》）も藩校修猷館《しゅうゆうかん》の教官であったが、藩内の政争により地位を追われ、左遷された。その後、藩内で私塾を開いていた。洗蔵も幼い時から漢学を学び、相当な学問を修めていたと思われる。後に洗蔵は「福岡藩勤王の士の中心人物たりし人」であったが、不幸にも藩論は公武合体となり、多くの過激な尊王攘夷派は切腹、斬罪、流罪などの処罰をされた。

洗蔵は斬罪となる。これを「乙丑《いっちゅう》の獄」（慶応元年〔一八六五〕）という。しかし明治三十一年（一八九八）七月、正四位を贈られ、名誉を回復する。

この洗蔵の弟の覚が仏山に詩の評を乞うている。「仏山堂日記」の安政六年（一八五九）十一月二十日の条に「筑前覚（洗蔵の弟）の門人木屋の瀬原田太寿ヲ遣シ詩稿批評ヲ乞」、翌七年（万延元年〔一八六〇〕）六月十五日の条に「筑前直方岡田養省ヨリ書柬《しょかん》来。月形覚之詩稿ヲ促ス」とある。

『仏山堂詩鈔　二編　巻之下』（安政三年から安政六年までの詩賦を収めているという）には、「筑前月形悔堂大昨年自賚㆓詩巻㆒需㆑評。及㆓令秋㆒返㆑之。題以㆓此詩㆒」と題する漢詩を詠んでいる。

昆陽之瀬水沅沅　其側結㆑庵辞㆓世紛㆒
跡落㆓江湖㆒唐杜牧　名承㆓父祖㆒魏陳群
胸襟皎潔姓呼㆑月　風調軽盈詩比㆑雲
勿㆑怪三年留㆓貴稿㆒　見㆓君文字㆒若㆑逢㆑君

『村上仏山』（友石孝之著、一九五五年）によれば、「筑前直方の月形悔堂がわざわざ訪れたのは安政四年であった。悔堂は、名を覚といい、勤王家として又有名な人である。その時、仏山は悔堂詩稿の評文を依頼されたまま、つい二、三年を過ごしてしまい、万延元年六月十五日になって、岡田養省という人を通じ催促を受けてあわてた。早速にあつく陳謝して評序を作って直方に返送したりした」とある。「仏山堂日記」には返送したという文の記載がないが、他に二人のやりとりの手紙などがあったのであろう。覚の来訪という記載もない。時々、憚《はばか》って記載されないこともあるが。

安政六年（一八五九）という時代は、前年より「安政の大獄」が始まり、次々と尊攘派志士が逮捕されている厳しい世情であった。当然、九州でも勤王の志士、関係者が咎を受けている。水哉園にも、かなりの勤王の志士、佐幕派の人物が訪問していた。それも変名を使って訪問した記録が「仏山堂日記」には所々に見られる。

仏山はもともと原古処の影響を受けて尊王思想の持ち主であるが、大庄屋の兄の立場や、好意的な藩主が佐幕派の中心人物であること、自分の学者としての立場などを考慮したのか、自身の考えを鮮明にしなかったようである。月形覚は人を介しての詩の評文の依頼であったが、意図するところを計りかねたのかも知れない。それゆえ、時間をおいて、詩の評文と詩を贈ったのであろう。この月形覚に贈った仏山の詩には、月形家は祖父、父など著名な学者、詩人の出ている家であるゆえ、今、自重して名家の名を汚すことのないようにという、忠告の意味が含まれていたようにも思われる。

なお、桟《かけはし》比呂子氏の著書『評伝 月形潔――北海道を拓いた福岡藩士』（海鳥社、二〇一四年）によれば、覚と洗蔵は潔の従兄弟（月形家家系図）だという。潔は福岡藩の権参事から明治政府の官僚となり、司法省八等出仕などを経て内務省権少書記官となる。北海道樺戸《かばと》集治監《しゅうちかん》の初代典獄となった。その間、北海道の開発に寄与し、当地は「月形村」と名づけられる。その後、九州鉄道の建設に尽力した。潔は明治二十七年（一八九四）一月、四十八歳で歿した。明治三十四年一月、ゆかりの月形村に「月形潔君之碑」が建立されたという。この碑の撰文は、従兄弟の月形洗蔵と共に薩長同盟のために奔走した、土佐藩出身の土方久元《ひじかたひさもと》のものである。

吉田学軒

『学軒詩集』

吉田増蔵（号・学軒《がっけん》）は、仏山の最晩年の明治十二年（一八七九）二月に水哉園に入門している。実際、仏山より子息の静窓から多くの教えを受けたようだ。

学軒は豊前国仲津郡（のち京都郡）上田村（現みやこ町上田）の出身で、父親の吉田温次（温治）も水哉園開塾の初期、天保八年（一八三七）一月に入門。また、兄の吉田健作（平三郎、謙策）も元治元年（一八六四）一月に入門している。仏山はこの吉田兄弟の父親と親しく、度々訪れて詩会などに加わっている。

学軒については「昭和」年号の考案者であることはよく知られているが、ここでは主に詩集について触れたい。

生前の学軒は著書を残さなかった。詩文は多く綴っているが、残念なことに多忙のため著書として出版することはなかった。学軒の研究のほんの一端を示す『為山篇』（一九三五年）があるのみであった。しかし、学軒没後六十年を経て『学軒詩集』（吉田増蔵著、国広寿編、無窮会、二〇〇四年）が刊行され、詩人としての学軒を知ることができるようになった。

編輯者の国広寿の「跋」によれば、遺されていた資料を整理し、学軒の「書原撰述所」（中国古代文字学の研究）で研究していた池田英雄、西部文雄の協力と、松平天行が早くに学軒の「詩集序」、「碑文」などを残されていたことが幸いした。また、学軒の長女・三浦ふゆ子と、その子息・三浦克己などの協力によって本書が発行されたという。

本当に待望の書であった。

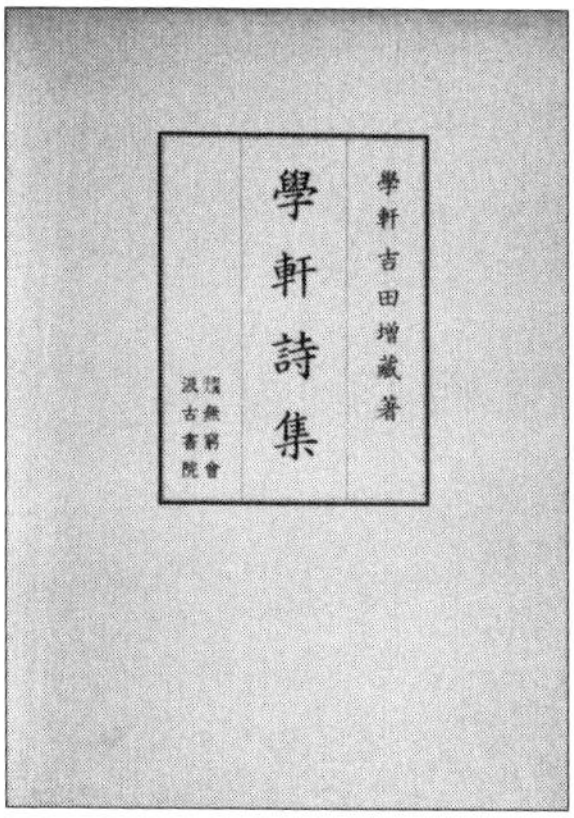

『学軒詩集』

この詩集から仏山との関係を示すものを紹介したい。『学軒詩集』巻一に「壬午暮春。謁仏山先生墓」（七言律詩）と題する詩がある。

黯然呑涙謁墳前　満眼風光万感牽
高会回頭如昨日　仙遊屈指已三年
人空碑畔寂松籟　春尽山中哀杜鵑
猶記分明当時事　称吾筆墨若雲烟

学軒は師・仏山の没後三年を経て、その墳墓に詣でた。十三、四歳当時を思い出し、涙ぐみながら周辺の松風の中を歩く。恩師より「吾筆墨」は「雲煙如し」（自在な筆づかい）とほめてもらったことを思い出すのであった。学軒は作詩において「小仏山」といわれるほど優れた詩を発表していたが、書においても少年の頃から秀でていたのであろう。

同じく『学軒詩集』より、もう一句を紹介したい。

到水哉園途上口占

天寒日暮転凄凄　吟過泗川十里堤
古仏山前雲断続　詩人村外路高低
書声遠被松風奪　灯火遙穿竹翠迷
得得水哉園已近　楼高千載小橋西

学軒が久しぶりに水哉園を訪れた時に、「口占《こうせん》」（詩文を、書かずそらで作ること）したものだという。懐かしい学舎を訪れる途中の風景が実によく描かれている。「淝川」、「古仏山」、「詩人村外路」、「書声遠被」、「灯火遙」、「得得水哉園」、「楼高千載」などの語句は、どれも水哉園の周辺を思わせるものばかりである。作者の懐古ひとしおであったことを想像させる。

この本は学軒の長女・三浦ふゆ子氏などから贈呈されたものである。

与謝野鉄幹の漢詩を添削

水哉園で学んだ学軒は、「小仏山」と称されるほど詩文にたけていた。のちに京都帝国大学を卒業し、奈良女子高等師範学校の教授、漢学研究のかたわら、宮内省図書寮編修官、宮内省御用掛を務め、宮号や勅語の草案作成などの仕事をしていた。この間、帝室博物館総長の森鷗外と親しくなり、漢学について教えることもあったという（漢学について造詣が深い鷗外の最晩年の日記も口述筆記している）。

学軒は与謝野鉄幹ともつながりがあるのだが、ちょっと不思議な気がする。鉄幹は詩、学軒は漢学・漢詩で共に著名であるからだ。濱久雄著『与謝野鉄幹漢詩全釈』（明治書院、二〇一五年）によると、二人が初めて出会ったのは大正十一年（一九二二）七月十一日、鷗外の通夜の時であったという。鷗外と鉄幹は各々の文芸誌『スバル』と『明星』を主宰していた歌人同士で

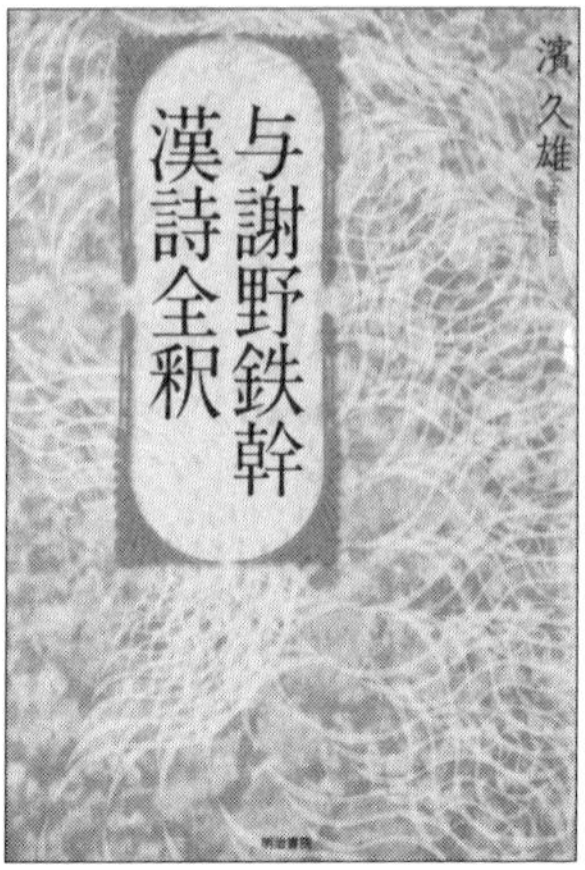

『与謝野鉄幹漢詩全釈』

もあったので、以前からの交流があって通夜の席に出たのであろう。

さて、どうして鉄幹が学軒に漢詩の添作を依頼するようになったのであろうか。孫引きであるが、学軒の文（『与謝野鉄幹遺稿歌集』の序文）によれば、こう記す。

「しばしば鉄幹の家に過ぎり、君ならびに君の夫人とも入懇《じっこん》の間柄となったが、君は博士（注：森鷗外）の先容に依り余が漢文・経学の傍ら、説文の研究に従事せるを聞知し、たまたま君の従事しつつある国語と漢語との研究に資するべきを思い、爾来しばしば問字の車を吾が門に駐めらるるに至れり」とあり、二人は親しく交流していた。鉄幹も漢学について造詣が深かった。幼い時から家庭で漢籍、国書の素読を受け、さらに寺の養子になって、漢学塾で漢籍、漢詩を学んだという。十二歳の頃から漢詩の雑誌に投稿していた。その後、西本願寺で得度したが、山口県の徳山女学校で国語、漢文の教師となっている。

これだけの経歴を見ても、鉄幹と漢学、漢詩は深く結び付くのである。学軒も鉄幹の漢学の力を認め、「鉄幹の師である落合直文と異なり、漢学の造詣も浅からず、文字より音韻訓詁にいたるまで、その叩くところ余をして感嘆せしむるものあり」と記す。ちなみに鉄幹が再び漢詩作成に意欲を示したのは、晩年の大正九年から没年の昭和十年（一九三五）までの十六年間だという。

この『与謝野鉄幹漢詩全釈』の例言にいう。

「本文の『其の壱』は、昭和三年より翌年の春に及ぶ漢詩で、与謝野鉄幹が吉田学軒にその雌黄《しおう》（添作）を依頼した草稿である。学軒のご息女挾間むつみさんの筐底より発見され、今回始めて提供された一二四首に及ぶ漢詩である。なお、その後に添えた一首の漢詩は、鉄幹・晶子研究者、元日本大学教授永岡健右先生から提供されたもので、学軒添作の詩稿五首のうち、すでに公開された四首を除くもので、今回、ここに収載した」

鉄幹が学軒について詠んだ漢詩が二首、「吉田学軒先生に呈す」と「五畳韻　吉田先生に呈し、併せて諸友に似す」とがある。「吉田学軒先生に呈す」（五言律詩）を、著者の浜久雄氏の書き下し文と語釈を引用させていただく。

百家の凋落の後／夫子　独り能く振ふ／超俗　識と徳と／立誠　詩に神有り／道は探る　九経の典／学は葆《たも》つ　六書の真／相識る　廿年晩し／五十　津を問はんと欲す

《語釈》多くの大家が亡くなった後、吉田学軒先生は独りよく活躍され、学識と道徳で俗世間を超越され、誠の心を立てて、その詩には精神がある。人の踏み行うべき道を、儒教の古典である九経から探索し、学問は漢字構成の六書の真実さを保たれている。ところで、私は先生に面識を得たが、二十年遅かった。そこで五十歳になって、初めて先生に学問研究に関する方法をお尋ねしたいと思う。

なお、浜久雄氏は漢学者で大東文化大学教授、公益財団法人無窮会専門図書館長などの経歴を持ち、『中国思想論攷――公羊学とその周辺』（明徳出版社、二〇一四年）、『牧野默庵の詩と生涯――江戸漢詩 性霊派の後勁』（同、二〇〇五年）など多くの著書を残している。

吉田健作

水哉園に入門

吉田健作（平三郎・謙策。号・松雨）は吉田学軒の兄である。十三歳で村上仏山の水哉園に入門した。漢学塾の水哉園の出身者としては珍しく、理系の工業技術者として近代工業の発展に寄与した。

健作は嘉永五年（一八五二）四月十九日、父温次、母イツの長男として豊前国仲津郡（のち京都郡）上田村八九番地（現みやこ町）で生まれた。温次は文政六年（一八二三）四月一日生まれ、イツは仲津郡山鹿村の山田利兵衛の三女で文政十年七月二十日生まれであった。吉田家は庄屋クラスの農家（「明治四年豊津県町家帯刀之者言上書」には、温次は黒田手永箕田村の庄屋を務め、文久三年三月より格式子供役格と記されている）。吉田家には立派な庭があり、書斎を「鳥江亭」と称し、仏山をはじめ藤本平山などの詩人たちがやって来て詩会などを開いている。「仏山堂日記」には度々仏山が立ち寄ったことが記されている。

健作の水哉園への入門は、元治元年（一八六四）の十三歳の時である。慶応元年入門の末松謙澄より一年早い。健作はおそらく自宅から通学したのであろう。正確な記録がないが、六、七年間は在籍したものと思われる。

明治五年（一八七二）、二十一歳の時、小倉県第二区会所の書記となった。これは末松謙澄の父・房澄の推薦とも言われている。長男の健作にとっては、吉田家を継がねばならなかったので、両親は満足していたであろう。しかし健作は、時代が大きく変わっていくのに自分は旧態依然とした農村で、村の仕事の世話をしているが、このままでいいのだろうか、と自問自答するのだった。

自分よりも三歳年下で水哉園の後輩の末松謙澄が、明治四年に上京して、著名な漢学塾で漢学を学び、また外国人について英語を勉強し、外国新聞を翻訳していること、また新聞社の記者として活躍していることなどを、謙澄の父の房澄などから聞くたびに、健作の上京の思いは

『区長・戸長職掌及心得書』。最初に「区長戸長へ告諭，今般公撰入札ヲ以テ其方等ヲ区長戸長ニ任スルハ即チ衆人ノ挙ル所官ノ検スル所ニシテ区民ノ幸福等ノ……」と記す。

募るばかりだった。そして一方で、健作は疲弊した農村を少しでも発展させることができないかと、考えていた。

やがて、謙澄からの誘いがあったのであろうか、両親の許しを得て上京する。末松謙澄が「健作能く予を知り、予亦能く健作を知る、予の在るは猶健作の在るが如し」（『異郷の友垣』吉田健作遺稿、末松謙澄補綴・刊、明治二十九年（一八九六））と述べるほどの親友であった。この時、弟の増蔵（学軒）は九歳であった。

夢を抱いて上京

明治八年（一八七五）、健作二十四歳の時、勧業寮の自費農学生として勉学を始めた。そのうち勧業権助の岩山敬義や勧業五等出仕の田中芳男に会って、殖産興業（特に農村振興）のため働きたい旨を強く伝える。やがて、健作の熱望が通じ、官吏にとりたてられ、明治九年、健作は内国勧業博覧会事務局取扱兼事務員の職に就くことができた。

当時、明治政府は殖産興業を盛んにして西洋諸国に追いつくために苦心していた。その手段として明治六年にウィーン万博を見学してきた佐野常民《つねたみ》が提唱して、明治十年に日本で内国勧業博覧会を開催するようになっていた。その準備のために優秀な人材を探していた頃でもあり、健作は田中の目に止まったのであろう。

　健作は田中芳男について、次のように話していたという。「常に人に謂て曰く我蒙を啓くものは田中先生」と。また、『日本製麻史　全』（高谷光雄著、法貴定正発行、一九〇七年）には「渥《あつ》く田中芳男氏の眷顧《けんこ》を受け其薫陶を蒙る少小ならず」と記す。この田中の経歴を見ると、慶応三年（一八六七）十一月からのパリ万国博覧会へ出張、明治四年文部省出仕少教授などを経て、米国へ出張、勧農業局事務取扱、十年九月に内国勧業博覧会審査官の職に就いている。この前後の時期に田中と健作は知り合ったようだ。

　後に田中は博物館館長などを務め、男爵、貴族院議員となった。大正五年（一九一六）、七十九歳で没した。

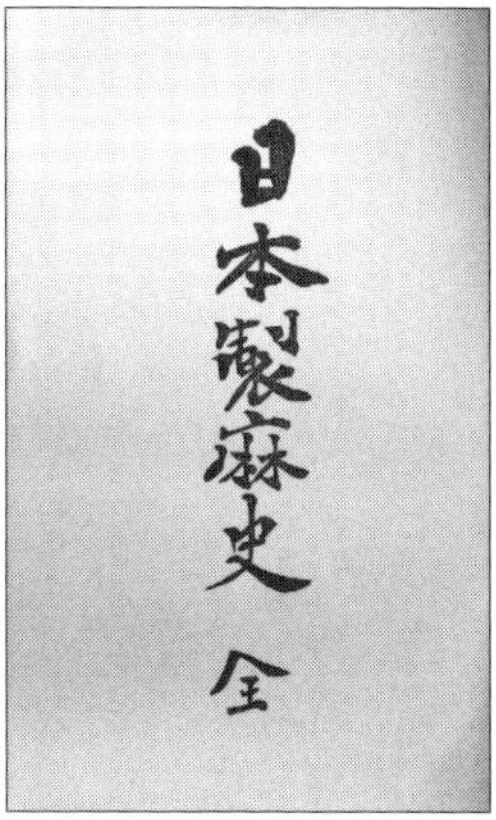

『日本製麻史　全』（扉）」

第一回内国勧業博覧会

　健作は勧業寮権助の岩山敬義や勧業五等出仕の田中芳男の力添えによって内務省に入り、内国勧業博覧会事務局取扱兼事務員となったと記したが、その前の「勧業寮自費農学生」になるにあたって、郷土の出世頭である石井省一郎の推薦があったという。話は相前後するが、「吉田健作君詳伝」には「土木権頭石井省一郎氏の紹介に因」って岩山敬義、田中芳男と会い、「勧業寮自費農学生」となったという。

ここで石井省一郎について説明しておきたい。『豊前人物志』によれば、石井は小倉藩士として天保十二年（一八四一）に生まれた。「豊津藩切米名簿」によれば、十八石四人扶持とある。幕末に外国船がしきりに馬関にやって来ると、長州藩の攘夷軍に加わろうとしたという。慶応二年（一八六六）長州軍が小倉に侵入してくると、小倉藩士として勇敢に戦う。ついに長州藩は小倉藩領深く攻めてくる。この状況を幕府や朝廷に上申のため京都に使者として赴く。だが、長州と小倉藩との和解は、益々深刻になり、急ぎ帰藩し、小倉藩の停戦員に加わり、交渉を始める。一方では、薩摩藩の大山格之助や長州藩の前原彦太郎らに停戦の協力を依頼した。交渉は難航するが、粘り強く交渉を重ねて、ようやく和議が成立した。この時の石井の功績は大きかったという。

やがて明治政府はできたが、すぐ戊辰戦争が始まる。すると石井はいち早く藩論をまとめて出兵を促し、共に戦う。明治二年（一八六九）に民部官となり、未だ政情が定まらず各地で暴動、一揆が度々起こると、石井が派遣されて、交渉官として手腕を発揮し、和解させた。明治政府の地方官会議の原案作りや、会議を開催する審議官を務めた。大久保利通の厚い信頼を得ていた。内務省土木権頭、熊本県令心得、内務省土木局長、岩手県知事、茨城県知事を歴任して貴族院議員となる。昭和五年（一九三〇）十月、九十歳で逝った。

日本国内での「博覧会」は、明治四年の京都博覧会に始まり、明治十年まで三十回余り開かれている。明治六年、大久保利通内務卿「殖産興業に関する建議」を提出し、政府が勧業政策を主導していく方針を明言した。この時、博覧会業務は文部省であったが、その内容は知見を広めることを目的にした古器旧物展覧会であった。しかし、明治政府は西洋諸国に対抗するため、産業を増進して国力を増強した。その政策の一つとして採用されたのが内国勧業博覧会であった。『博覧会と明治の日本』（国雄行著、吉川弘文館、二〇一〇年）に、「出品収集活動は、政府の出品収集の通達が国↓府県↓町村へと下がって往き、これに応じて出品物が町村↓府県↓国へと収集されていく過程である。明治初のイベントである内国博は、中央集権体制を構築してきた政府にとって、この体制が実際に機能するかどうかの一大実験であった。実験結果はほぼ成功したといえよう」と記されている。

明治十年（一八七七）八月二十一日から十一月三十日まで上野公園で、政府主催の第一回の内国勧業博覧会が開かれる。この事務局員に抜擢された健作は、全国各地を駆け廻り、各地の産物を見つけて、出品の依頼、運送などの事務に当たった。『日本の博覧会――寺下勍《つよし》コレクション〈別冊太陽〉』（橋爪紳也監修、平凡社、二〇〇五年）によれば、「維新後、初代内務卿大久保利通が殖産興業策として、また、西南の役の勃興に興奮する人心の緩和策として開催したもので

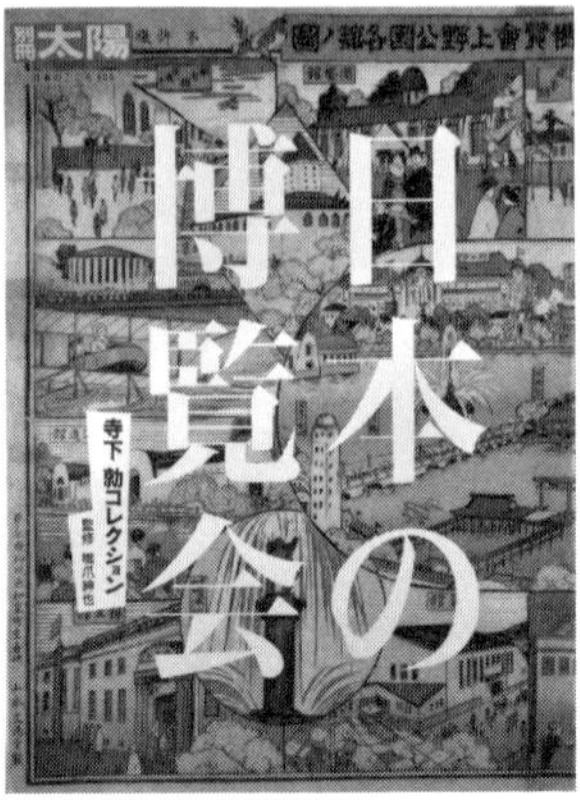

『日本の博覧会〈別冊太陽〉』。表紙は第1回内国博覧会の錦絵

ある。開会式には明治天皇が皇后とも臨幸した」、また、「出品人は一万人以上、点数八万四千点、入場者も四十五万人以上」だったという。この「第一回内国勧業博覧会は成功し、以後の博覧会の原型になった」、「明治新政の殖産興業への執念が実現させた」と述べる。

念願の欧州留学へ

第一回内国博覧会の大役を終えると、健作は以前より願い出ていた外国の近代製麻業を学ぶための留学を、再び勧業局長・松方正義に上申した。その概要は「微心を凝らし微力を尽くし利否考へ得失を検し、三年間の実験に依つて我国種芸に於ては粗窺で得る所ありと雖も、其外国種芸の方法、且つ製造事業に至つては常に隔靴掻痒の感に耐へざるを以て此上外国に航し、亜麻有名の産地に就き其の種芸より製造業まで深く伝習研究し、以て平素の愚衷を我国に尽くさんと欲す」、「平素の愚衷終に黙止するに忍びず。敢えて左右に上陳する」（「吉田健作君詳伝」、以下「詳伝」と表記する）とある。

一方、故郷の上田において父・温次は「予子が企画を達せしむべし。努力にて其の成功を期せよと」と励ました。明治十一年（一八七八）二月、二十七歳の時、農工芸取調のため仏国出張の命が下る。そして、パリの万国博覧会を視察する松方正義勧農局長（万国博覧会事務副総裁、後に総裁）に随行していくことになった。ようやく念願が叶ったのである。

この当時の博覧会について見てみる。『万国博覧会の研究』（吉田光邦編、思文閣出版、一九八六年）の相川佳予子の論文によると、「明治十年（一八七七）の第一回内国博覧会以降相次いで開催された博覧会・共進会は、国内の技術の水準、新しい製品の展示の場としてわが国の産業技術の発達に貢献してきた。明治維新以降、政府の手によって着々と進められてきた近代化政策は、産業面に於いては殖産興業、輸入防遏《ぼうあつ》のスローガンのもとに、江戸時代以来の伝統的手工業を近代的な機械工業へと転換させることになるが、いち早く近代化のすすめられた繊維工業」は「繊維素材毎にそれまでの発展段階に応じた独自のかたちで進められた」と論じている。

健作は従来からある麻織物を工業化することで地方の産業振興を考え、先進国西欧への留学を切望していたのである。いよいよ出発の準備を整えて、横浜港より乗船してみると、同郷の親友の末松謙澄がいるではないか。驚いて、よく聞いてみると、謙澄も英国公使館付一等書記官見習という名目で、英仏歴史編纂方法取り調べのための留学であった。互いに多忙のため、留学の時期を知らなかったのだ。偶然の同行を喜び、二人はおのれの夢を語った。『幕末明治・海外渡航者総覧』三巻（手塚晃・国立教育会館編、柏書房、一九九二年）には二人の経歴も収録されているが、健作が帰国したのは約一年半後の明治十三年（一八八〇）の九月であったという。

日本を出発して後、「詳伝」によれば、「其四月巴里に達し、留まること数月。屢公（松方正義）に逼って一日も早く事業を修めんことを請ふ。八月に及んで北の都府を巡視」して、里爾市の熱心な製麻事業研究家、巨大な工場の亜麻製造家のもとで研究することになる。やがて「公の将に帰朝せんとするや、親《みず》から里爾に赴き製造場主に托するに君の事を以てし、且つ君に謂ひて曰く、製麻業は必ず我邦に興業さしむべし。子夫れ充分に其業修せよ」と励ました。健作の苦難の製麻業への修業が始まった。

後日、英国から健作のもとにやって来た謙澄は、次のように記す。「健作が同時に事業と学問とを兼学して非常の辛酸を嘗めたる状況」を十分の一も詳らかにできないが、「寒中麻田の耕作に従事し、大いに感冒を受け、纔に癒れば又出でて事に従ひ又大いに病みし如きの事」あり、「其事を壮とし、其志を悲しみ潸然涙を灑ぎしこと数々《しばしば》なり。蓋し健作が不治の病を肺部に醸したるは実に此時にあり、嗚呼悲しむべき哉」（前掲『異郷の友垣』。健作が留学時代を小説風にしたものだが、未完のため謙澄が編集し解説を加えた）と。

麻業研究のためヨーロッパに留学

健作が念願を叶えて仏国へ向かったのは明治十一年（一八七八）十月のことである。研修先の仏国リール地方に向かう途中に、パリの万国博覧会を見学した。その後、製麻工業の町リールの研修地に向かった。一方、健作の留学する前年（明治十年）、京都府の官費留学生となって、リヨン近郊の工業学校予備校に入学し、リールの工業学校で製麻を学んでいた横田万寿之助がいた。帰国後に健作はこの横田と協力して近代製麻業を発展させていくことになる。

横田と同時にフランスに留学して染色技術の移入、モスリンの国産化に貢献した人物に稲畑勝太郎がいた。この稲畑の足跡を追って『京都フランス物語』（田村喜子著、一九八四年、新潮社）が出版されている。当時のリールの町を描いている。「動き出した汽車の窓から（横田）万寿之助は煙突の林立する製麻工業の町リールを万感の思いをこめて眺めた。人口十五万の小都市だが、麻類の紡織所は九十を数え、一工場には三、四本の煙突が立つていた。リール滞在中に彼が視察した近隣のアルマンチェルやルーベーでも同様、織物工業に携わるどの都市でも無数の煙突が煙を吹きあげていた。織物に限らず全ての工業都市に共通した無数の煙突こそ、ヨーロッパ文明の象徴であることを感じた」、「労働条件は酷しかった。午前六時から夕方六時まで、一時間の昼休みがあるだけである。出勤時間に五分でも遅刻すると工場から閉め出され、詫びを入れて漸《ようや》く工場に入れてもらっても遅刻分は給料から差し引かれる。勤務時間中の私語は禁止され、怠惰な労働者は容赦なく解雇される」とある。厳しい労働

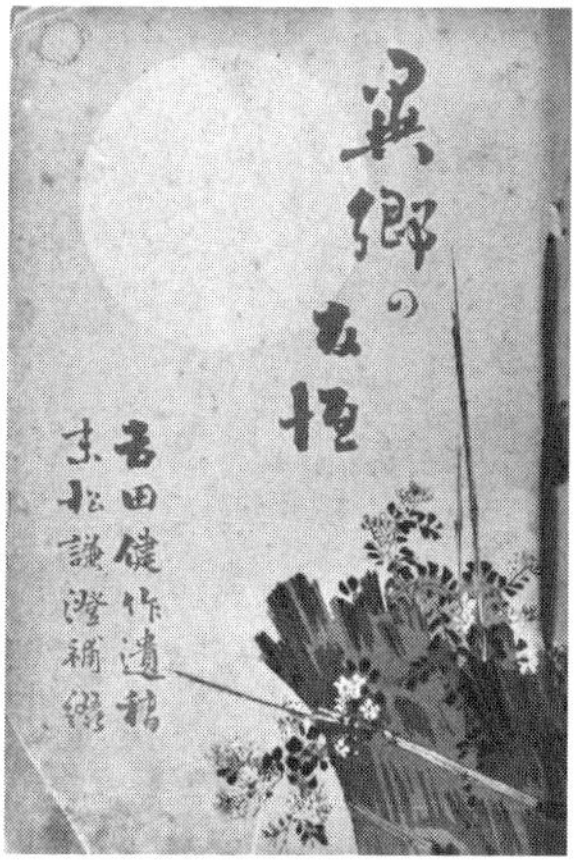

『異郷の友垣』

吉田健作所蔵の洋書類

状況の中での研修であった。

この横田について健作の遺稿集『異郷の友垣』に、緯度では樺太と同じくらいの冬の寒い朝、寒さに震えて眠られぬままに勉強していた健作のもとに、横田と思しき友人が訪ねて来る。顔色がよくないので、無理しないで健康に気をつけてもらいたい。それは国の事業のためであると忠告する。謙澄は「健作がリールの片田舎にて苦学の時の状況を写し出せるものなり、文中、横田とあるのは同学横田万寿之助氏なること明なり、健作、横田共に仏国リール附近にありて同じく製麻の業を修め交情殊に密なり」と述べている。

健作は昼には麻の栽培の研修、夜には紡織機械の設計、据え付けを学んでいた。今日、遺族のもとに残されたフランス語の植物百科事典、機械工学の書籍などから、その猛勉強ぶりが窺える。家では国学を教わり、少年時代には水哉園の村上仏山より漢学、漢詩を習った健作が、留学先で外国語の書籍を読み、実際に機械の設計図を書き、植物栽培方法を習うというのは、並みの努力ではできないことである。

留学中、多くのことを学んだ健作は明治十三年（一八八〇）九月、帰国した。政府の許しを得て全国各地を巡回し、産業の実情、麻の栽培の適地を探して回る。そして、製麻の近代工業化の必要と将来性を、政府高官や豪商たちに力説して回った。効あってまず近江の地に麻糸の生産工場を建設することになり、農商務省の命で麻糸紡会社の機械購入のため、英・仏国に出張。機械の購入、外国人技術者の雇用などを経て、工場建設にこぎつけ、ついに明治十九年（一八八六）十一月、滋賀県大津市の地に「近江麻絲紡織会社」として開業させたのである。

さらに健作は北海道製麻会社、下野《しもつけ》麻紡績会社などの設立に奔走。麻の栽培から製品の生産まで指導していた。これでようやく近代工業機械による生産が軌道に乗り出したのである。

健作は明治二十五年（一八九二）二月五日、没した。四十一歳だった。

昭和十二年（一九三七）、『帝国製麻株式会社三十年史』が刊行され、その書の冒頭に「本邦製麻業の恩人、吉田健作氏と其の碑」の説明書きがあって、健作と顕彰碑「吉田健作君碑」（滋賀県大津市園城寺《おんじょうじ》町三井寺《みいでら》山内・御幸山、明治三十年（一八九七）八月建立）の大きな写真を掲載し

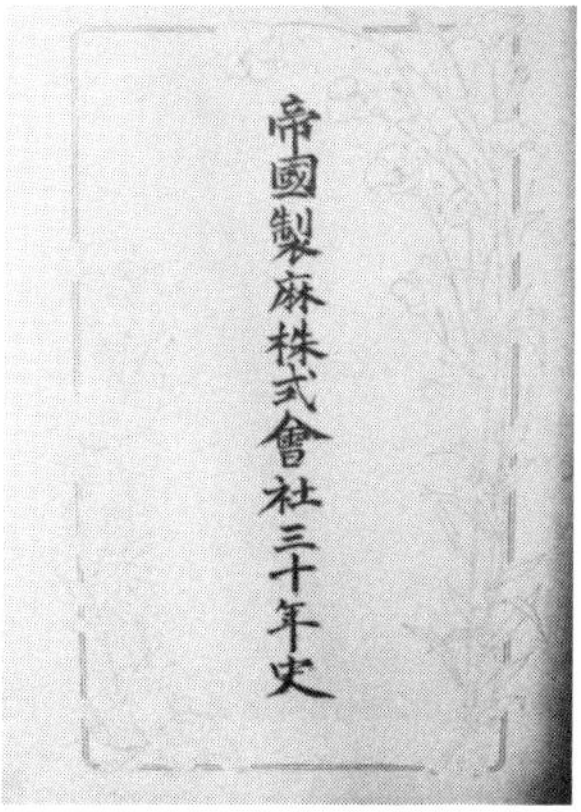

『帝国製麻株式会社三十年史』昭和12年刊。何度かにわたって合併し，社名も変り，草創より起算すれば50周年。健作の功績も記す。

「吉田健作君碑」（『帝国製麻株式会社三十年史』より）。碑は滋賀県大津市園城寺町の三井寺山内御幸山に建つ。

ている。そして、その本文の初めに「帝国製麻創立以前、本邦製麻事業の濫觴と吉田氏」として写真を入れて説明する。「本邦に於て機械紡織による製麻工業が生れ出たのは明治の初期、綿紡織工業が澎湃《ほうはい》として各地に興された頃と殆ど時を同じふする。未だ吾国工業の発祥時代に今日の盛大な綿工業と並んで既に大きな地歩を固めつつあつたことは吾国産業史上特筆に値する事である」、「製麻工業そのものの勃興には吉田健作氏の終生を賭した活動と当時の為政者の覚醒とを見逃すことはできない」、「（吉田健作は）日本産の大麻の紡織を機械化しやうと深い計画があつたのである」と記している。

「吉田健作君碑」は篆額を品川子爵が、撰文を田中芳男が筆をとった。経歴の説明が重なるが、名文の碑文を紹介する。

君諱信行。通称健作。吉田氏。豊前京都郡人。幼受業村上仏山。年二十四游東京。入内務省勧業寮。為農学生。時余在省始識君。君夙以殖産興業自任。居常嘆曰。無恒者産無恒心。欲張国勢。在務基本。屢上書言事。明治十一年。奉命航仏国。講習亜麻製造於里爾市。日夜刻苦。遂以此得病。而毅然不屈。留三年。悉究其術。歴観欧洲諸邦工業。而帰官農務省。従事工務。十九年与友人横田万寿之助謀。創立近江麻布紡織場於滋賀。不出数年而効績較著。於是各種紡績之業東西勃興。多取摸範於此。遂至風靡一世矣。

二十二年。開設北海道製麻会場於札幌。而栃木製糸場場之建。亦係君所規画。君容貌清癯。如不勝衣者。而膽気豪邁。行事往々驚人。性好酒。酒酣談国事。議論慷慨。痛斥時弊。一々中肯綮。有暇則吟詠自楽。而堅忍敢為之風。終始不渝。委身実業。十有八年。於茲内歴遊九道諸州。外三航海泰西。冒百難成其志。而憂労過度。病常不離身。未及大展其抱負之才。而歿。悲夫。歿時事僅四十一。実二十五年二月五日也。官至北海道庁四等技師。叙正七位。配神戸氏。挙二男。曰正之。曰正通。頃者君之知有相謀。建石於大津。以図不朽。徵余文。余以知君殊深誼不可弁。乃拠状叙其慷慨。君素為松方品川二公所最信。既歿。品川公贈書君同門友末松謙澄曰。方今工業旺盛之日。而失若人。僕深為国家惜之。嗚呼此一言足為君誄。君可以瞑矣。

（品川子爵篆額／従四位勲三等・田中芳男撰）

藤江吉郎助と「魚楽園」

藤江家が管理する「魚楽園《ぎょらくえん》」（田川郡川崎町）は、紅葉のシーズンにはライトアップされ、雪舟作という名庭をより魅力的に見せている。テレビ、新聞でよく紹介され、訪れる人も多い。私も二〇一六年の秋に訪ねて、その美しさに魅せられた。座敷の一角に仏山の漢詩を紹介していたが、あまり目に留める人はいないようだった。

仏山の『仏山堂詩鈔 三編 巻之中』（慶応二年〔一八六六〕～明治二年〔六九〕の四年間の作）の冒頭に「寄㆓題藤江氏魚楽園㆒」（題して藤江氏魚楽園に寄す）という詩がある。

霊鯤横捲北溟浪　　霊鯤は北溟の浪を横捲し
悪鱷倒吹南海煙　　悪鱷は南海の煙を倒吹す
不及園池小魚子　　園池の小魚子に及ばず
桃花影暖戯漪漣　　桃花の影暖かく漪漣に戯る

この詩が実際に作られたのは慶応二年以前と思われるが、今のところ「仏山堂日記」などで確認ができない。ただ、慶応二年八月十五日の「仏山堂日記」に「藤江吉郎助来訪」とだけある。あくまでも推定だが、この日以前に仏山が藤江氏の魚楽園を訪ねたことがあるか、または藤江氏の息などから聞き知ったのであろう。この吉郎助の娘・和歌野（のち菊と改名）が仏山の次兄義暁の子・貫一郎に嫁し、いわゆる村上家とは姻戚関係になっている。この吉郎助と後述の実榛との関係はわからない。

藤江吉郎助が水哉園を訪れた慶応二年の八月は、長州戦争の最中で、藩内は大混乱していた。だから、この年、仏山が魚楽園を訪ねる余裕はなかったであろう。残念ながら慶応二年前後の日記が残されていないので詳細がつかめない。

水哉園の入門帳の明治二年（一八六九）の項に、「田川郡荒平・藤江長之助」とあるが、藤江家十一世実槺の三男という。だが、長之助は同五年に亡くなったという。

浜嵜弘毅氏の著書『聞き歩き 筑豊川崎ふるさとの文化』（梓書院、二〇〇二年）には、「仏山は明治六年初夏、六四歳で荒平の藤江邸を訪れる。藤江邸には雪舟の仮山があり、途中には仏山をして小龍門と呼ばしめた鮎返りの景観がある」と記している。

仏山は藤江氏に関係する詩を長短七首詠っている。先述の「題して藤江氏魚楽園に寄す」以外に、「荒平（村の名）土豪藤江氏愚翁、余に一遊を請ひて久し。今茲の首夏特に轎丁を遣はして相迎ふ。乃ち家姪義貫の門生某某と赴く。途中の作」、「荒平里に到る」、「藤江氏席上の作」、「雪舟仮山（庭の築山。藤江氏に在り）」、「荒平夜歩」、「小龍門に遊ぶ」（『仏山堂遺稿 上・下』に収録）がある。

「雪舟仮山」（五言の長詩）の一部を紹介する。

水有自然勢　　水に自然の勢有り
石有自然姿　　石に自然の姿有り
一草又一木　　一草又一木

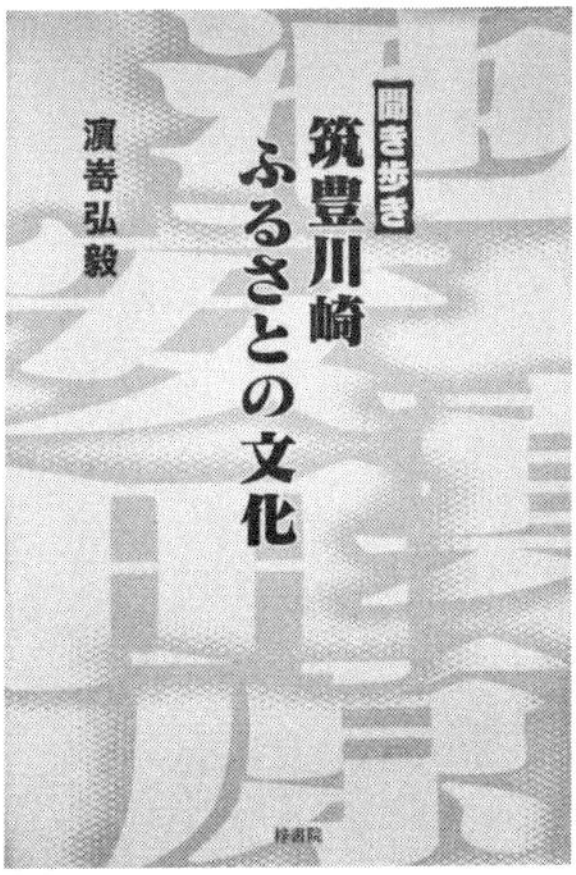

『聞き書き 筑豊川崎
ふるさとの文化』

孰不具天資　孰れか天資を具へざる
凡工之築山　凡そ工の山を築くや
造意出于私　造意私に出づ
（下略）

仏山が魚楽園を訪れた明治六年は、世情不安定で、次々と新しい太政官布告が出されていた。水哉園のある小倉藩は、香春藩、豊津藩、豊津県、小倉県と名称がめまぐるしく変わっていた。だが、藩士たちの移住によって、「私塾」である水哉園に多くの藩士が入門するという特異な現象も起きている。仏山の名声と人徳によるものであろう。

守田蓑洲

守田蓑洲《さしゅう》（卯助・精一・房貫）は文政七年（一八二四）三月四日、行橋市沓尾《くつお》（旧仲津郡沓尾村）の大庄屋、良右衛門の五男として生まれた（『守田蓑洲――明治の元勲を感動させた男』行橋市歴史資料館編、二〇〇九年）。天保八年（一八三七）に十四歳で水哉園に入門。その後、最上級まで昇級し、塾長を長く務め、師の仏山を助けた（詩集では「簑」を多く用いているが、説明文では「蓑」を使用している)。
蓑洲は父の跡を継ぎ、平島手永の大庄屋となった後でも仏山との親交は続き、両者はたびたび行き来している。時には仏山は家の難題を蓑洲に相談して、解決のために奔走してもらうこともあった。

『江山寿詠』(西穐《秋》谷批、友石惕堂・片山豊盛輯纂、明治十八年(一八八五))は蓑洲の六十一歳の記念集である。序文(「寿蓑洲守田翁周甲序」)は村上恭(静窓)が識している。明治十八年(一八八五)当時、すでに仏山は亡くなり、跡を継いだ静窓も明治十七年に水哉園を閉園して、当時、船山の塾長か、京都本願寺教黌教授になっていたと思われる。

静窓は序文の署名のところに「西京」の文字を記している。そして、蓑洲について「幼而学於先人有英畏之稱」と記し、水哉園で学んだことも記述している。静窓は若い頃、先輩の蓑洲に教えてもらったのかも知れない。

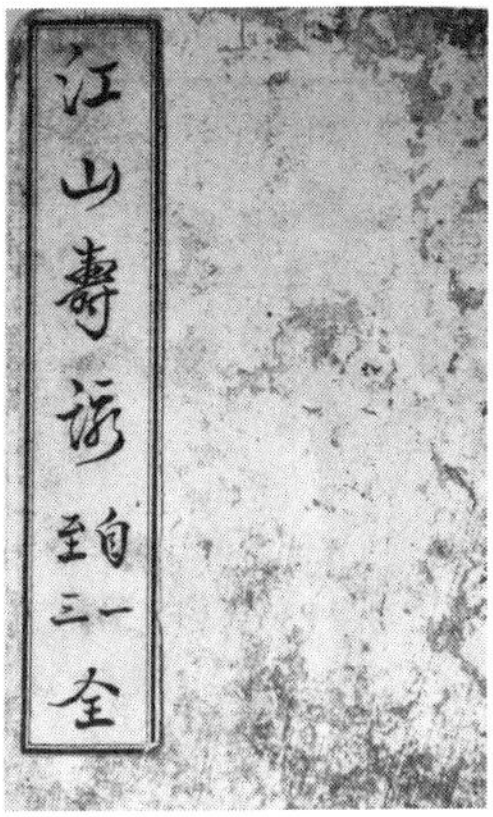

『江山寿詠』

さて、詩集前半の漢詩の部に収録されている人たちの多くは九州在住または出身者であるが、中央詩壇で知られている人もいる。これだけの著名な人たちが名を連ねた記念集は珍しい。例えば、北部九州に在住または出身者として小沢南窓(武雄、陸軍中尉)、西秋谷、吉嗣拜山、緒方清渓、白川則之、安広紫水、城井錦原、戸早春邨、松川北渚、友石惕堂、友石文斐、後藤素一、東陽月秋、秋満有常、恒遠精斎などがいる。中央詩壇の知名人としては菊池三渓、藤沢南岳、長梅外、長三洲などの名が見える。

この詩集が刊行されたのは仏山が亡くなって約六年後であるが、生前に詠まれた「巨霊石歌」、「呈蓑洲翁」の二首が掲載されている。

「呈蓑洲翁」と題した詩を紹介したい。

朝来暮去客紛紛　卅歳相親只有君
欲識交情堪久処　清於水又淡於雲

秋満有常は「呈蓑洲翁、次仏山先生詩韻」と題して、次のように詠った。

仏山門下士紛紛　師愛最深無若君
夫子錦腸誰表得　蔵詩巌峙筆生雲

紙幅が限られているので他の詩人たちの紹介はできないが、さすがに詩人家系を示すように一族の漢詩、和歌が多く掲載されているのも珍しい。例えば守田鷹（蓑洲長男）、守田醇（蓑洲姪）、塙春（蓑洲姪）、山口格（蓑洲姪）などがいる。

友石文斐は「江上寿詠跋」で、「故健与冨与子孫。此三者皆備焉。而後寿者賀始可賀也。……能兼此三者而寿者。於蓑洲守田翁見之。翁齢六十一」と記す。

蓑洲は行政官としての大庄屋、文人としても優れて、また地域の人々の人望も厚く、高潔な人物だった。特に今元の海岸に田地八十町歩の文久新田を開拓して稲作、野菜の収穫の増産を図ったことはよく知られている。そのほか区長、県会議員などを務める傍ら、教育にも尽力した。

「江山寿詠之三」（片山豊盛纂）には多くの人たちがお祝いの長歌、短歌を寄せている。中には、出雲の千家尊福《たかとみ》、山名豊樹、佐久間種《たね》、津田維寧《これやす》など錚々たる名が並んでいる。詩集の中で「江山鐘秀亭前十二景」と「江山鐘秀亭後十二景」をあげているのは貴重である。この蓑洲邸から見える絶景二十四カ所をあげているのである。例えば「沓峡帰艇」、「蓑洲群鷺」、「今井暁鐘」、「平尾残月」などは参考になる。蓑洲邸周辺の風景は、なにか文人を生む風土に恵まれていたようだ。

杉山　貞

近代の北九州の教育を語る場合はこの杉山貞《ただす》のことから始めねばならないほどの人である。杉山貞は村上仏山の水哉園の出身であると言われてきたが、その名は入門帳（入門姓名録）のどこにも記されていない。私は長い間、不思議なことだと思い続けていた。

ところが近藤典二著『教師の誕生――草創期の福岡県教育史』（海鳥社、一九九五年）により、ようやくわかった。杉山は若い頃、一時、原田家（小倉藩先手組）へ養子に行き、「原田定吉」と名乗っていた。そのため水哉園の入門帳を調べてみると、確かに慶応三年（一八六七）五月二十五日に入門（紹介者・光川英三）となっている。

写真の『杉山貞先生を語る』（ガリ版印刷、一九四三年）の中で、弟の貞幹の談話でも一時、「原田家」の養子になっていたと述べている。この冊子は頁数は少ないが、特に貴重なのは杉山家の系図を掲載していることである。杉山貞は天保十四年（一八四三）八月に豊前国企救郡横代《よこしろ》村の庄屋の家に生まれた。父・伴吉（助三郎）の三男である。『教師の誕生』によれば、七、八歳の頃から兄に手習と漢籍を習い、安政元年（一八五四）には同村居住の倉橋源兵衛に入門して、漢学を学んだという。

時代が激動し始めると、杉山は武術の必要を感じるようになる。すると撃剣と槍術を丸山隼之助に学んだらしい。慶応元年（一八六五）先手組の原田氏の下で、第二番隊に編入され、田の浦・門司海岸の対長州戦線に配備されたという。慶応二年六月、小倉藩と長州藩との戦い（丙寅の変）が始まると、兵卒として命の危険にさらされることもあったらしい。

「企救郡資料」（伊東尾四郎編『企救郡誌』収録）によれば、「慶応丙寅ノ年、国難ニ遇ヒ、氏（杉山貞）モ一卒トシ従軍シ、各地ニ転戦シテ、具サニ辛苦困難ヲ嘗ム。日出前ヨリ防御地ニツキ、又ハ哨兵トシテ各地ニ徘徊シ、夜半本陣ニ還ル。其ノ間昼食夕餐ノ以テ供スルナク、玉蜀黍ノ程、竹葉等ヲ噛ミテ、餓ヲ凌ギシコト幾度。死ヲ決シテ本陣ヲ去リシコト又幾度ナルヲ知ラズ。氏此ノ間ニ性格ノ鍛錬ヲ得シコト多大ナルベシ」と記している。

その後、小倉藩は島村志津摩をはじめ藩士、農兵の奮戦も及ばず、小倉城を自焼し、香春に退き、やがて長州との和睦がなる。そして、藩庁を豊津に定めた。

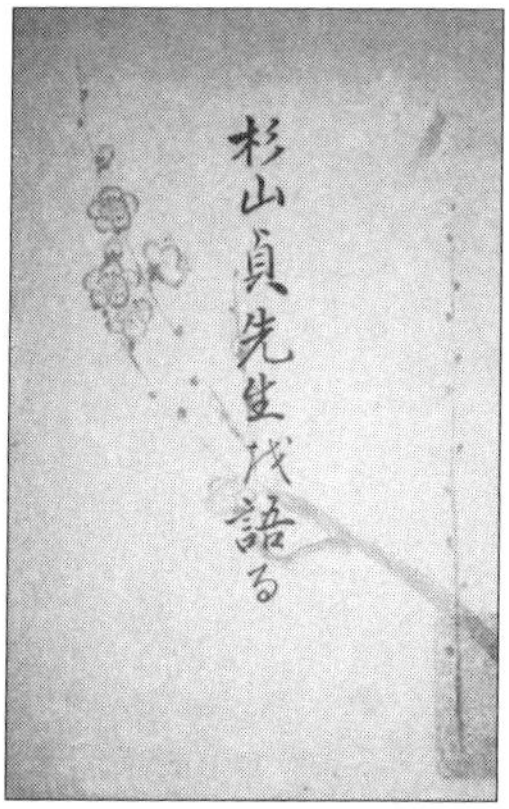

『杉山貞先生を語る』

『杉山貞先生を語る』によれば、この長州戦争の折、長州側から戦陣に届いた書簡を、居合わせた人が誰も読めなかったことから、杉山は学問の必要を強く感じたと記している。だが、杉山はこの頃すでに寺子屋でかなりの学習を終えているので、やや誇張されているかも知れない。

『教師の誕生』

昼夜を問わず戦場を駆け巡り、死を賭けて戦った杉山は、慶応三年五月、村上仏山の水哉園に入門した（「原田定吉」の名前）。先の「企救郡資料」では「氏此ノ時仏山堂ニ入リ、詩文を修ム。刻苦精励学大ニ進ム。塾規一日二食ナリ。氏之ヲ知ラズ。午トナリ未トナルモ、昼食ノケハヒダニナケレバ、怪ミテ隣生ニ問ヒ、初メテ之ヲ知レリト云フ。仏山氏ハ近世ノ大儒ニシテ、詩文ニ名アルノミナラズ、其ノ学識気概一世ヲ蓋《おお》フ。氏其ノ感化ヲ受ケシコト亦多大ナルベシ」と述べている。杉山は水哉園には慶応三年五月から明治六年の初めまでの約六年間、在塾している。

前掲『教師の誕生』によれば、「明治五年二月十一日、村上仏山先生のたっての薦めで下曽根村の竹下氏に入り婿し、六年三月、企救郡下曽根小学校の創設とともに水哉園を辞去し同校の教師になったが、同年十二月、竹下家を離縁、下曽根小学校教師を辞めて横代村に帰り……」とある。

明治七年（一八七四）七月、杉山は「小倉県令小幡高政の添書」を持参し、創立したばかりの長崎師範学校の入学試験を受け、合格した。同年七月十五日に開校式が行われたという。先の著書にいう。「杉山貞の長崎師範学校在学期間は、明治七年七月から明治八年十二月までの一年六か月間である。規定の修業年限二年を成績優秀等により一年半で卒業している」と。そして、他県からの招聘を断って、小倉化育小学校の訓導となる。

近藤典二は杉山貞の『日誌摘要秘書』を主たる資料にしているようだ。筆者は寄贈を受けたという「北九州市立中央図書館」で何度か探してもらったが、未だに拝読できないでいる。

その後、杉山は明治十五年（一八八二）、小倉中学校校長兼一等助教授、同十九年、小倉高等小学校長、同三十一年、小倉高等女学校長を歴任。他に豊津中学校評議員、企救郡教育会長、福岡県教育会小倉支部会長など多くの役職に就いて、教育界に多大の貢献をした。このような経歴を見ると、教育者としての仏山の跡を見事に継いだものとも言える。

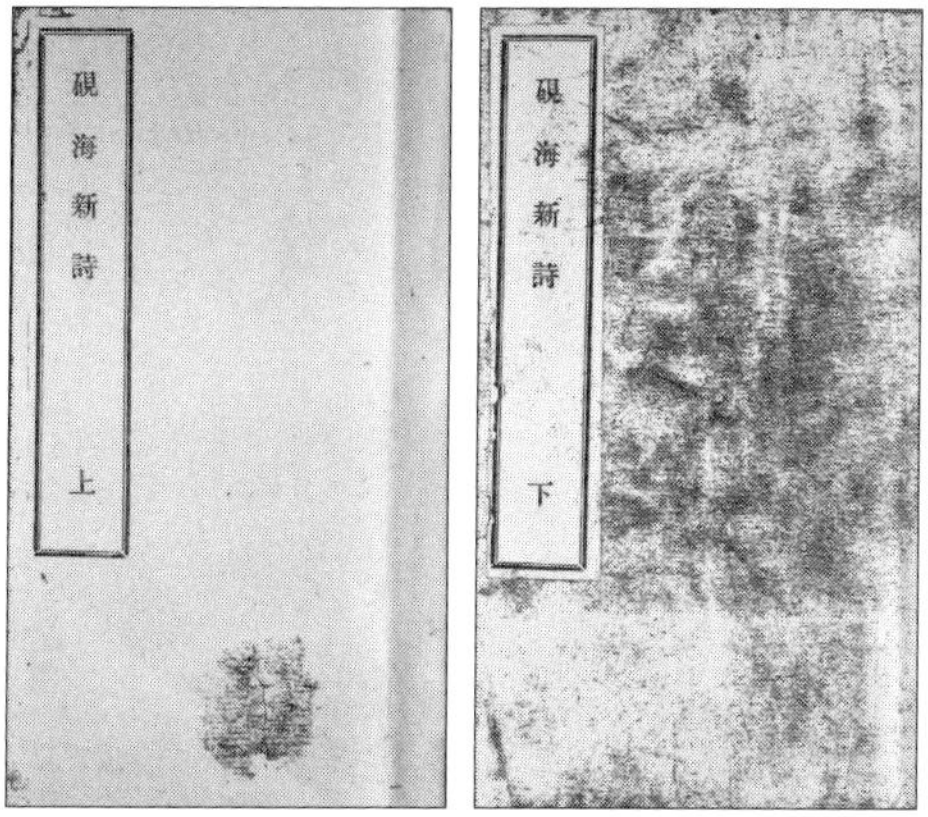

『硯海新詩』上・下（明治15年）。杉山貞は水哉園で仏山の教えを受け，漢詩を学んだ（北九州中央図書館蔵）。

劉寒吉執筆「杉山貞に関する覚書」（秋山六郎衛編『福岡県人物編』収録）には、杉山についてこう記されている。「北九州でその人の教へをうけたひとは数千人ゐる。わたしの父も母も、わたしの親族の伯父も叔母も、近所の老人も、明治時代に生きてゐた北九州のひとたちは、ほとんどそのひとの教へ子である。そのひとは、北九州の先覚者、杉山貞である」と。

また、「企救郡誌資料」にも、「有為青年ノ学資ニ究スルヲ見レバ其ノ父兄ニ説キテ之ヲ学ニ就カシメ、俸給ノ幾分ヲ割キテ、之ガ資ヲ補セシモノ一、二ニ止マラザルナリ」、「至誠一貫是レ氏ガ究竟ノ理想ニシテ、又能ク之ヲ実現セリ」と記されている。これも仏山の教えを実践していると言えよう。さらに、この文の筆者（伊東尾四郎）は述べる。「仏山堂出身者ニシテ、学者又ハ政治家トナレルモノハ、文学博士末松謙澄子アリ、安広伴一郎氏アリ。蓋シ此ノ両人ハ仏山堂出身中ノ二大俊才ニシテ其ノ名ヲ知ラレケルガ、他ニ無名ノ英雄、有徳ノ教育家アリ。是レ即チ余ガ爰ニ述ベントスル杉山貞氏其人ナリトス」と。

次に杉山貞の詩を紹介したい。『硯海《けんかい》新詩　下巻』（西秋谷輯・友石惕堂・藤井愿亭・倉田硯洋・戸早春村校、明治十五年〈一八八二〉）に掲載したものである。

冬日田家

田園此日事方休　東舎西隣酒共酬
二叟相逢何所祝　今朝老牸得児牛

冬夜帰自横代村途上

明月在天雲正晴　厳霜布地夜悽清
東村西落人方定　万犬声譍一犬声

最後に、森鷗外の『小倉日記』から仏山についてのエピソードを紹介したい。

鷗外は明治三十二年（一八九九）六月から三十五年六月まで二年十カ月間、第十二師団の軍医部長として小倉に在住した。その間、多くの文化的な貢献もした。その小倉時代に書き留めたのが『小倉日記』である。中に三度、杉山貞の名が出ている。明治三十三年二月四日の条に「杉山貞至る。高等女学長たり。頭童歯豁《とうどうしかつ》の人にして、曽て村上仏山の門より出づと云ふ」とあり、挾間畏三著『神代帝都考』（一八九九）の話題になり、同著の序文を書いた末松謙澄の文章について鷗外が言う、「固《もと》より責を塞ぐに過ぎずと雖も、その文の詩に劣ること甚し」と。

杉山はこれに反論して、「青萍（謙澄）の常の師たる所のもの、亦唯々仏山先生あるのみ。先生は弟子の斧政（正）あるごとに詩なるときは、直ちに筆を援いて改刪《かいさん》し、文なるときは、容易く是非することあらず、甚しきに至りては、その稿先生の篋底《きょうてい》に葬られ畢《おわ》んぬ。同門の士の皆詩に長じ文に短なることを免れざる所以なりと」（『森鷗外・小倉日記』小林安司他編、北九州森鷗外記念会、一九九四年）。杉山の言は水哉園の一つの教育方針を指しているのかも知れない。

ただし、謙澄は名文家として著名である。

のち謙澄は「杉山翁教育功績碑」（大正八年〔一九一九〕建立、広寿山福聚寺）の撰文中、「其人如玉、其心如石……」などと記す。

初出一覧

Ⅰ

村上仏山と「水哉園」▼『西日本文化』四八七号、西日本文化協会、二〇一七年
私塾「水哉園」▼『ふるさと文化誌 ゆくはし美夜古物語』第六号、福岡県文化団体連合会、二〇一七年
【新資料】水哉園の「席序」▼『北九州・国文』三九号、福岡県高等学校国語部会・北九州地区部会、二〇一二年
村上仏山の書簡▼書き下ろし

Ⅱ

水哉園を訪れた人々 上▼『北九州・国文』四三号、福岡県高等学校国語部会・北九州地区部会、二〇一六年
水哉園を訪れた人々 下▼『北九州・国文』四五号、福岡県高等学校国語部会・北九州地区部会、二〇一八年
水哉園を訪れた人々 続▼『北九州・国文』四六号、福岡県高等学校国語部会・北九州地区部会、二〇一九年

Ⅲ／Ⅳ

随筆・村上仏山／仏山ゆかりの人と書物▼「郷土・美夜古の文献と歴史」創刊準備号～四六号、城戸淳一発行、二〇一五～一九年

あとがき

わたしは若いころから堺利彦や葉山嘉樹など京築地方の文学を調査してきたが、いずれは郷土の偉大な漢詩人・村上仏山を調べなければならないと思っていた。

そんなとき、ある人からこう言われた。「とかく地方では郷土のすぐれた人を実際よりも大きく取り上げる傾向があるが、行橋でも村上仏山の名前がよく出てくる。でも、全国的に知られている人ですか」と。

私は、何か大きな問題を提起されたように思った。

そこで、まず村上仏山の詩が『仏山堂詩鈔』刊行当時から今日まで、どのように読まれ、どのように評価されてきたのかを調べ始めた。幸い、以前から仏山の詩が掲載されている雑誌、書籍を収集していたので、ある程度、目処がついたと思った。だが次第に、調べていくとかなりの量があり、入手困難なものもあることがわかった。

ところが、偶然にも水哉園の「席序」と仏山の書簡を入手することができた。これは、今まで見たこともない新発見の資料であった。そこで自分の力で理解できるものから、少しずつ個人誌、研究雑誌に書いてきたが、まだ道半ばである。また、始めてみると、書簡の解読に難渋した。さらに、詞華集の中にはかなりの誤りがあって、原本と照合していると時間のみが過ぎていった。しかし、私も年齢を重ねていき、いつ頓挫するかわからない。ここらで一応、中間報告のつもりで本書の刊行を決意した。そのため検証、校正が十分でないことをおそれている。賢明な読者の諒とせんことを願う。

本書の刊行にあたって、行橋歴史資料館館長の山中英彦先生には叱咤激励をしていただき、何度か特別展の原稿を書かせてもらった。心よりお礼を申しあげる。古書の葦書房・宮徹男氏、今井書店の今井敏博氏には、多くの資料を提供していただいた。さらには宮徹男氏には強く本書の出版を勧めていただいた。

村上良春先生には水哉園、村上家の資料を快く閲覧させていただき、ご教示を受けた。進祥一郎氏には「席序」などの改正、校正をしてもらった。お礼を申し上げる。

山内公二氏には写真や資料を提供していただき、そのうえ多大なご教示を受けた。今村佐恵子氏、山口公和氏には校正の労をとっていただき、中村画材店主には書簡をはじめ多くの資料の表装を廉価でしていただき、大いに助かった。

小倉郷土会会長馬渡博親氏からは、安広仙杖と長男の伴一郎の家系図、詩集などの貴重な資料をいただいただけでなく、五十年間にわたって何にかにつけてご教示をいただき、このたび序文までお願いした。深く感謝いたします。ほかにも多くの人たちにお世話になった。

終わりになったが、未整理のままの拙文を編集する労をいとわず、一冊の本にしていただいた花乱社編集長の別府大悟氏、宇野道子氏に衷心よりお礼を申し上げます。

二〇二〇年七月

城戸淳一

城戸淳一（きど・じゅんいち）

1941年，福岡県行橋市に生まれる。

1963年，北九州市立大学卒業。

高等学校教諭として38年間つとめ，その間，司書，司書教諭資格を取得し，図書館教育にも携わる。

定年退職後，行橋市史編纂室，行橋市図書館長，福岡県文化財保護指導員をつとめる。

現在，美夜古郷土史学校，かんだ郷土史研究会，小倉郷土会などの会員。行橋市文化財調査委員。

著書に『京築文学抄』（美夜古郷土史学校，1984年），『京築の文学風土』（海鳥社，2006年），共著に『京築文化考』（海鳥社，2002年），『京築を歩く』（海鳥社，2005年），『図説・田川京築の歴史』（郷土出版，2006年），『京築の文学群像』（花乱社，2020年）など。

村上仏山《むらかみぶつざん》と水哉園《すいさいえん》
新発見資料《しんはっけんしりょう》と郷土《きょうど》の文献《ぶんけん》

2020年10月15日　第1刷発行

著　者　城戸淳一
発行者　別府大悟
発行所　合同会社花乱社
〒810-0001 福岡市中央区天神 5-5-8-5D
電話 092(781)7550　FAX 092(781)7555
印　刷　モリモト印刷株式会社
製　本　有限会社カナメブックス
［定価はカバーに表示］
ISBN978-4-910038-17-9

京築の文学群像

城戸淳一著

竹下しづの女，堺利彦，葉山嘉樹，鶴田知也，里村欣三，……多彩な思潮と人脈が生み出してきた文学と歴史。郷土への深い愛情と半世紀を超える研究とが織り成す書。

▷四六判／328ページ／上製／本体2000円

小倉藩の逆襲　豊前国歴史奇譚

小野剛史著

武蔵から坂本龍馬まで――無類に面白い昔の小倉。毛利元就，細川忠興，小笠原忠真，高杉晋作，島村志津摩，小宮民部など豊前国小倉藩をめぐる人々の二十四の物語。

▷四六判／232ページ／並製／２刷／本体1600円

豊前国苅田歴史物語

小野剛史著

古墳と自動車の町・苅田町。これまで語られることのなかった戦国・幕末・近代の歴史物語を，長年苅田町の歴史に寄り添ってきた役場広報マンが平易に綴る初の郷土史。

▷四六判／212ページ／並製／本体1500円

修験道文化考　今こそ学びたい共存のための知恵

恒遠俊輔著

厳しい修行を通して祈りと共存の文化を育んできた修験道。エコロジー，農耕儀礼，相撲，茶，阿弥陀信仰などに修験道の遺産を尋ね，その文化の今日的な意義を考える。

▷四六判／192ページ／並製／本体1500円

北九州・京築・田川の城　戦国史を歩く

中村修身著

旧豊前国の範囲を中心に主要な城を紹介しつつ，戦国史の面白さへと導く，かつてない歴史探訪の書。資料を駆使した解説に加え最新の縄張図を掲載。斬新な登城案内。

▷Ａ５判／176ページ／並製／本体1800円

維新秘話・福岡　志士たちが駆けた道

浦辺　登　著

時代の激流に翻弄され，勤皇・佐幕派共に数多有為な人物が命を落とした福岡の幕末・維新。福岡県内の多くの秘話・史跡を紹介しつつ，日本近代の黎明史を捉え直す。

▷Ａ５判／200ページ／並製／本体1800円